JOGOS DE HERANÇA 2
O HERDEIRO PERDIDO

JOGOS DE HERANÇA 2

O HERDEIRO PERDIDO

JENNIFER LYNN BARNES

Tradução
Isadora Sinay

Copyright © 2021 by Jennifer Lynn Barnes
Copyright da tradução © 2022 by Editora Globo S.A.

Todos os direitos reservados. Nenhuma parte desta edição pode ser utilizada ou reproduzida — em qualquer meio ou forma, seja mecânico ou eletrônico, fotocópia, gravação etc. — nem apropriada ou estocada em sistema de banco de dados sem a expressa autorização da editora.

Título original: *The Hawthorne Legacy*

Editora responsável **Paula Drummond**
Assistente editorial **Agatha Machado**
Preparação de texto **Sofia Soter**
Diagramação **Ilustrarte Design e Produção Editorial**
Projeto gráfico original **Laboratório Secreto**
Revisão **Isabel Rodrigues**
Capa **Thiago de Barros (Estúdio Solo)**

Texto fixado conforme as regras do Acordo Ortográfico da Língua Portuguesa (Decreto Legislativo nº 54, de 1995)

CIP-BRASIL. CATALOGAÇÃO NA PUBLICAÇÃO
SINDICATO NACIONAL DOS EDITORES DE LIVROS, RJ

B241h

Barnes, Jennifer Lynn
  O herdeiro perdido / Jennifer Lynn Barnes ; tradução Isadora Sinay. - 1. ed. - Rio de Janeiro : Globo Alt, 2022.
    432 p.   (Jogos de herança ; 2)

  Tradução de: The hawthorne legacy
  Sequência de: Jogos de herança
  ISBN 978-65-88131-46-6

  1. Ficção americana. I. Sinay, Isadora. II. Título. III. Série.

22-75460
CDD: 813
CDU: 82-3(73)

Camila Donis Hartmann - Bibliotecária - CRB-7/6472

1ª edição, 2022 – 2ª reimpressão, 2022

Direitos de edição em língua portuguesa para o Brasil adquiridos por Editora Globo S.A.
R. Marquês de Pombal, 25
20.230-240 – Rio de Janeiro – RJ – Brasil
www.globolivros.com.br

Para Charlie

CAPÍTULO 1

— **Me conta de** novo sobre a primeira vez que vocês jogaram xadrez no parque.

O rosto de Jameson estava iluminado pela vela, mas mesmo na penumbra eu via o brilho de seus olhos verde-escuros. Nada — nem ninguém — fazia o sangue de Jameson Hawthorne ferver como um bom mistério.

— Foi logo depois do enterro da minha mãe — respondi. — Alguns dias, talvez uma semana.

Nós estávamos nos túneis subterrâneos da Casa Hawthorne — sozinhos, onde ninguém mais escutaria. Fazia menos de um mês que eu havia entrado na imponente mansão do Texas e uma semana que havíamos resolvido o mistério de por que eu tinha sido trazida até ali.

Se é que resolvemos esse mistério de verdade.

— Eu e minha mãe costumávamos caminhar no parque. — Fechei os olhos para me concentrar nos fatos e não na intensidade com que Jameson se agarrava a cada palavra minha. — Ela chamava de Jogo de Andar sem Rumo.

— Enrijeci ante a lembrança, abrindo as pálpebras. — Alguns dias depois do enterro, fui ao parque sem ela pela primeira vez. Quando cheguei perto do lago, vi uma multidão reunida. Um homem estava deitado na calçada, de olhos fechados, enrolado em cobertores esfarrapados.

— Sem-teto.

Jameson já tinha ouvido tudo aquilo antes, mas seu foco absoluto em mim não vacilava.

— As pessoas acharam que ele estava morto, ou desmaiado de bêbado. Então ele se sentou. Vi um policial abrir caminho pela multidão.

— Mas você chegou nele primeiro — Jameson completou, seu olhar no meu, a boca se curvando para cima. — E o convidou para jogar xadrez.

Eu não esperava que Harry fosse aceitar a oferta, muito menos que fosse ganhar.

— Depois disso, nós jogamos toda semana — continuei. — Às vezes duas partidas por semana, até três. Ele nunca me contou mais do que o nome.

O nome dele não era Harry de verdade. Ele mentiu. E era por isso que eu estava nos túneis com Jameson Hawthorne. Era por isso que ele tinha começado a me olhar como se eu fosse um mistério de novo, um enigma que ele, e apenas ele, poderia solucionar.

Não podia ser uma coincidência que o bilionário Tobias Hawthorne tivesse deixado sua fortuna para uma desconhecida que conhecia seu filho "morto".

— Você tem certeza de que era Toby? — Jameson perguntou, o ar entre nós elétrico.

Naqueles dias, eu não tinha certeza de nada além disso. Três semanas antes eu era uma garota normal, que ia me virando, tentando desesperadamente sobreviver ao Ensino Médio, conseguir uma bolsa de estudos e escapar. Então, do nada, fiquei sabendo que um dos homens mais ricos do país havia morrido e me incluído em seu testamento. Tobias Hawthorne tinha me deixado bilhões, quase toda sua fortuna — e eu não tinha ideia do porquê. Jameson e eu tínhamos passado duas semanas resolvendo enigmas e pistas que o velho havia deixado para trás. *Por que eu?* Por causa do meu nome. Por causa do dia em que nasci. Porque Tobias Hawthorne havia apostado tudo na chance exígua de que eu, de alguma maneira, pudesse reunir sua família despedaçada.

Ou pelo menos essa foi a conclusão a que nos levou o último jogo do velho.

— Eu tenho certeza — falei com ferocidade. — Toby está vivo. E se seu avô sabia disso, e sei que é um *se* bem grande, mas, se sabia, precisamos presumir que ou ele me escolheu porque eu conhecia Toby, ou ele de alguma maneira planejou nos reunir em primeiro lugar.

Se tinha uma coisa que eu havia aprendido sobre o bilionário falecido Tobias Hawthorne era que ele era capaz de orquestrar quase qualquer coisa, manipular quase qualquer um. Ele adorava enigmas, charadas e jogos.

Assim como Jameson.

— E se aquele dia no parque não foi a primeira vez que você conheceu meu tio? — Jameson deu um passo na minha direção, emanando uma energia demoníaca. — Pense nisso, Herdeira. Você disse que a única vez que viu meu avô foi quando você tinha seis anos e ele te notou na lanchonete onde sua mãe era garçonete. Ele ouviu seu nome inteiro.

Avery Kylie Grambs, que rearranjado se tornava A Very Risky Gamble, ou Uma Aposta Muito Arriscada. O tipo de nome que um homem como Tobias Hawthorne iria lembrar.

— Foi isso — eu disse.

Jameson tinha chegado mais perto de mim. Perto demais. Todos os garotos Hawthorne eram magnéticos. Maiores que a vida. Eles tinham um efeito nas pessoas — e Jameson era muito bom em usar isso para conseguir o que queria. *Ele quer algo de mim.*

— Por que meu avô, um bilionário do Texas com uma equipe inteira de cozinheiros particulares à disposição, estava comendo em uma espelunca em uma cidadezinha do Connecticut da qual ninguém nunca ouviu falar?

Minha mente acelerou.

— Você acha que ele estava procurando alguma coisa?

Jameson deu um sorriso esperto.

— Ou alguém. E se o velho foi até lá procurar Toby e encontrou *você*?

Havia algo na forma como ele pronunciou a palavra *você*. Como se eu fosse alguém. Como se eu importasse. Mas Jameson e eu já tínhamos passado por isso.

— E todo o resto é uma distração? — perguntei, desviando os olhos dele. — Meu nome. O fato de Emily ter morrido no meu aniversário. O quebra-cabeça que seu avô nos deixou... era tudo mentira?

Jameson não reagiu ao som do nome de Emily. Enroscado em um mistério, nada o distraía — nem mesmo ela.

— Uma mentira — Jameson repetiu. — Ou um disfarce.

Ele estendeu a mão para afastar uma mecha de cabelo do meu rosto e todos os nervos do meu corpo entraram em alerta. Eu me afastei.

— Pare de me olhar assim — falei, rígida.
— Assim como?
Cruzei os braços e o encarei.
— Você liga o charme quando quer alguma coisa.
— Que maldade, Herdeira. — Jameson era mais bonito com uma expressão de desdém do que qualquer pessoa tinha o direito de ser. — Tudo que quero é que você revire um pouco os arquivos da sua memória. Meu avô era uma pessoa que pensava em quatro dimensões. Ele poderia ter mais de um motivo para te escolher. Por que matar dois coelhos com uma cajadada, ele sempre dizia, quando você pode matar doze?

Havia algo na voz dele, na forma como ele ainda estava me olhando, que teria tornado fácil me enrolar naquilo tudo. Nas possibilidades. No mistério. *Nele*.

Mas eu não era o tipo de pessoa que cometia o mesmo erro duas vezes.

— Talvez você esteja errado. — Virei o rosto para longe dele. — E se seu avô não soubesse que Toby estava vivo? E se *Toby* foi quem notou que o velho estava me observando? Considerando deixar toda a fortuna para mim?

Harry, como eu o conhecia, tinha sido um belo jogador de xadrez. Talvez aquele dia no parque não tivesse sido uma coincidência. Talvez ele tivesse me procurado.

— Estamos deixando passar alguma coisa — Jameson disse, andando até bem atrás de mim. — Ou talvez — murmurou, diretamente na minha cabeça — você esteja escondendo algo.

Ele não estava completamente errado. Não era da minha natureza abrir o jogo — e Jameson Winchester Hawthorne nem fingia ser confiável.

— Entendi, Herdeira. — Eu quase conseguia *ouvir* seu sorrisinho torto. — Se é assim que você quer jogar, por que não deixamos isso interessante?

Eu me virei para encará-lo. Olhos nos olhos, era difícil não lembrar que quando Jameson beijava uma garota não era hesitante. Não era suave. *Não era de verdade*, lembrei. Eu era parte do quebra-cabeça para ele, uma ferramenta a ser usada. Eu ainda era parte do quebra-cabeça.

— Nem tudo é um jogo — falei.

— E talvez — Jameson devolveu, seus olhos acesos — seja esse o problema. Talvez seja por isso que estamos girando as engrenagens nesses túneis dia após dia, requentando o assunto, sem chegar a lugar algum. Porque isso não é um jogo. *Ainda.* Um jogo tem regras. Um jogo tem um vencedor. Talvez, Herdeira, o que a gente precise para resolver o mistério de Toby Hawthorne seja alguma motivação.

Eu apertei os olhos.

— Que tipo de motivação?

— Que tal uma aposta? — Jameson arqueou uma sobrancelha. — Se eu resolver tudo isso primeiro, você precisa perdoar e esquecer meu pequeno lapso de julgamento depois que desvendamos Black Wood.

Black Wood foi onde descobrimos que a ex-namorada morta dele tinha morrido no meu aniversário. Foi o momento em que ficou óbvio que Tobias Hawthorne não havia me escolhido porque eu era especial. Ele tinha me escolhido pelo que causaria neles.

Imediatamente depois, Jameson tinha me largado.

— E se eu ganhar — devolvi, encarando aqueles olhos verdes dele —, você tem que esquecer que a gente se beijou e nunca mais tentar me seduzir a te beijar de novo.

Eu não confiava nele, mas também não confiava em mim mesma perto dele.

— Muito bem, Herdeira. — Jameson deu um passo a frente. Bem ao meu lado, ele baixou a boca até minha orelha e sussurrou: — É hora do jogo.

CAPÍTULO 2

Feita nossa aposta, Jameson saiu por um lado dos túneis e eu, por outro. A Casa Hawthorne era imensa, enorme, grande o suficiente para mesmo depois de três semanas eu ainda não ter visto tudo. Era possível passar anos explorando o lugar e ainda não conhecer todos os cantos, todas as passagens secretas e compartimentos escondidos — sem contar os túneis subterrâneos.

Para minha sorte, eu aprendia rápido. Cortei caminho por baixo da ala do ginásio até um túnel que passava por baixo da sala de música. Passei por baixo do solário, então subi por uma escada escondida até o salão principal, onde encontrei Nash Hawthorne casualmente apoiado em uma lareira de pedra. Esperando.

— Ei, menina.

Nash nem pestanejou quando me viu surgir aparentemente do nada. Na verdade, o mais velho dos irmãos Hawthorne dava a impressão de que se toda a mansão desabasse, ele só continuaria apoiado naquela lareira. Nash

Hawthorne provavelmente inclinaria seu chapéu de cowboy para a própria Morte.

— Ei — respondi.

— Imagino que você não tenha visto Grayson? — perguntou Nash, o sotaque do Texas fazendo com que a frase soasse quase preguiçosa.

Isso não serviu em nada para aliviar o impacto do que ele tinha acabado de dizer.

— Não.

Mantive minha resposta curta e meu rosto impassível. Grayson Hawthorne e eu estávamos mantendo distância.

— E eu imagino que você não saiba nada de uma conversa que Gray teve com a nossa mãe logo antes dela se mudar?

Skye Hawthorne, a filha mais nova de Tobias Hawthorne e mãe dos quatro netos Hawthorne, tinha tentado mandar me matar. A pessoa que efetivamente tinha puxado o gatilho estava em uma cela na cadeia, mas Skye tinha sido forçada a sair da Casa Hawthorne. Por Grayson. *Eu sempre vou te proteger,* ele me disse. *Mas isso... nós... Não pode acontecer, Avery.*

— Nem ideia — eu disse simplesmente.

— Imaginei. — Nash me deu uma piscadela. — Sua irmã e sua advogada estão procurando por você. Ala leste.

Era uma frase carregada e tanto. Minha advogada era a ex-noiva dele e minha irmã era...

Eu não sabia o que Libby e Nash Hawthorne eram.

— Obrigada — eu disse a ele, mas, quando cheguei ao topo da escada em espiral da Ala Leste da Casa Hawthorne, não fui atrás de Libby. Nem de Alisa. Eu tinha feito uma aposta com Jameson e pretendia ganhar. Primeira parada: o escritório de Tobias Hawthorne.

No escritório havia uma escrivaninha de mogno e, atrás dela, uma parede com troféus, patentes e livros com o nome *Hawthorne* na lombada — um impressionante lembrete visual de que não havia nada de ordinário nos irmãos Hawthorne. Eles tinham recebido todas as oportunidades e o velho esperava que eles fossem extraordinários. Mas eu não tinha ido até ali admirar troféus.

Em vez disso, me sentei na escrivaninha e abri o compartimento secreto que eu havia descoberto pouco tempo antes. Ele continha uma pasta, e, dentro dela, havia fotos minhas. Incontáveis fotos, cobrindo anos. Depois daquele encontro transformador na lanchonete, Tobias Hawthorne tinha se mantido atualizado a meu respeito. *Tudo por causa do meu nome? Ou ele tinha algum outro motivo?*

Passei pelas fotos e puxei duas. Jameson estava certo, lá nos túneis: eu estava escondendo algo dele. Eu tinha sido fotografada com Toby duas vezes, mas nas duas vezes tudo que o fotógrafo havia conseguido capturar do homem ao meu lado era sua nuca.

Tobias Hawthorne havia reconhecido Toby por trás? "Harry" tinha percebido que estávamos sendo fotografados e virou sua cabeça de propósito?

No que diz respeito a pistas, aquilo não era muita coisa. Tudo que o arquivo provava era que Tobias Hawthorne já estava de olho em mim havia anos quando "Harry" apareceu. Passei pelas fotos até uma cópia da minha certidão de nascimento. A assinatura da minha mãe era nítida, a do meu pai, uma mistura estranha de letra cursiva e de forma. Tobias Hawthorne havia grifado a assinatura do meu pai, assim como minha data de nascimento.

18/10. Eu sabia o significado daquilo. Grayson e Jameson haviam amado uma garota chamada Emily Laughlin. A morte dela — no dia 18 de outubro — os havia separado. Mas por que Tobias Hawthorne teria grifado a assinatura do meu pai? Ricky Grambs não era ninguém. Nem se importava o suficiente para ligar quando minha mãe morreu. Se fosse por ele, eu teria ido para uma família adotiva. Encarando a assinatura de Ricky, desejei que o que quer que Tobias Hawthorne estivesse pensando quando a grifou ficasse claro.

Nada.

No fundo da cabeça, ouvi a voz da minha mãe. *Eu tenho um segredo,* ela me disse, muito antes de Tobias Hawthorne me incluir em seu testamento, *sobre o dia que você nasceu.*

Ao que quer que ela estivesse se referindo, eu nunca ia adivinhar, visto que ela não estava mais aqui. A única coisa que eu sabia com certeza é que eu não era uma Hawthorne. Se o nome do meu pai na certidão de nascimento não fosse prova suficiente, um teste de DNA já tinha confirmado que eu não tinha sangue Hawthorne.

Por que Toby me procurou? Ele me procurou mesmo? Pensei no que Jameson havia dito a respeito do avô matar doze coelhos com uma cajadada. Passando pelo arquivo de novo, tentei encontrar alguma faísca de significado. O que eu não estava vendo? Tinha que ter *alguma coisa...*

Uma batida na porta foi o único aviso que tive antes da maçaneta começar a girar. Com rapidez, recolhi as fotos e enfiei o arquivo de volta no compartimento secreto.

— Aí está você. — Alisa Ortega, advogada, era um modelo de profissionalismo. Ela ergueu as sobrancelhas, fazendo o que eu havia mentalmente apelidado de Cara de Alisa.

— Eu estaria correta em imaginar que você se esqueceu do jogo?

— O jogo — repeti, sem saber de *qual* jogo ela estava falando. Eu sentia que estava jogando desde o momento em que passei pela porta da Casa Hawthorne.

— O jogo de futebol — explicou ela, ainda fazendo Cara de Alisa. — Segunda parte da sua apresentação à sociedade texana. Com a saída de Skye da Casa Hawthorne, as aparências são mais importantes do que nunca. Precisamos controlar a narrativa. Essa é uma história de Cinderela, não um escândalo, e isso significa que *você* precisa fazer a Cinderela. Em público. O mais frequente e convincentemente possível, começando ao fazer uso do seu camarote de proprietária essa noite.

Camarote de proprietária. Lembrei.

— O jogo — repeti de novo, compreensão surgindo. — Tipo, o jogo de futebol americano. Porque eu sou dona de um time de futebol.

Aquilo ainda era tão absolutamente inacreditável que quase conseguia me distrair da outra parte do que Alisa havia dito — a parte sobre Skye. Pelo acordo que eu havia feito com Grayson, eu não podia contar para ninguém do dedo da mãe dele na minha tentativa de assassinato. Em troca, ele havia dado um jeito na situação.

Como ele tinha prometido.

— Há quarenta e oito lugares na suíte do dono — disse Alisa, entrando sem seu modo palestrante. — Um mapa geral dos assentos é criado com meses de antecedência. Só VIPs. Não é só futebol, é uma forma de comprar um lugar em uma dúzia de mesas. Os convites são muito cobiçados por todo tipo de gente: políticos, celebridades, CEOs. Eu pedi a Oren para checar todo mundo na lista de hoje e teremos um fotógrafo profissional à disposição para alguns registros estratégicos. Landon preparou um release para a imprensa que vai sair uma hora antes do jogo. Só é preciso se preocupar com...

Alisa deixou a frase no ar, educadamente.

Eu ri.

— Comigo?

— É uma história de Cinderela — lembrou Alisa. — O que você acha que Cinderela usaria para seu primeiro jogo da NFL?

A pergunta tinha que ser capciosa.

— Algo assim?

Libby apareceu pela porta. Ela estava usando a camisa do time, um cachecol combinando, luvas combinando e botas combinando. Seu cabelo azul estava preso em maria-chiquinhas com um monte de fitas azuis e douradas.

Alisa forçou um sorriso.

— Isso — ela me disse. — Algo assim... menos o batom preto, o esmalte preto e a gargantilha.

Libby era basicamente a gótica mais alegre do mundo, e Alisa não era fã do senso de moda da minha irmã.

— Como eu vinha dizendo — Alisa continuou enfaticamente —, essa noite é importante. Enquanto Avery faz a Cinderela para as câmeras, eu vou circular entre os convidados e ter uma noção melhor do que eles pensam.

— Em relação a quê? — perguntei.

Tinham me dito várias vezes que o testamento de Tobias Hawthorne era inquestionável. Até onde eu sabia, a família Hawthorne havia desistido de tentar questioná-lo.

— Sempre cai bem ter mais alguns poderosos do seu lado — disse Alisa. — E nós queremos nossos aliados tranquilos.

— Espero não estar interrompendo — falou Nash, como se tivesse esbarrado com nós três por acaso, como se não tivesse sido ele quem me avisou que Alisa e Libby estavam me procurando. — Continue, Li-Li — disse para minha advogada. — Você estava falando de tranquilidade?

— Nós precisamos que as pessoas saibam que Avery não está aqui para bagunçar as coisas. — Alisa evitou olhar diretamente para Nash, como uma pessoa que evita olhar para o sol. — Seu avô tinha investimentos, sócios, relações políticas, e essas coisas exigem um equilíbrio cuidadoso.

— O que ela quer dizer com isso — disse Nash, dirigindo-se a mim — é que ela precisa que as pessoas pensem que o McNamara, Ortega e Jones tem a situação totalmente sob controle.

A situação? Ou eu? Eu não gostava da ideia de ser marionete de ninguém. Na teoria, pelo menos, o escritório deveria trabalhar para mim.

Aquilo me deu uma ideia.

— Alisa? Lembra quando eu te pedi para mandar dinheiro para um amigo meu?

— Harry, não foi? — Alisa respondeu, mas eu tive a clara sensação de que a atenção dela estava dividida em três: minha pergunta, seus grandes planos para a noite e a forma como os lábios de Nash se curvaram para cima quando ele viu a roupa de Libby.

A última coisa que eu precisava era minha advogada concentrada na forma como o ex dela olhava para minha irmã.

— Isso. Você conseguiu mandar o dinheiro para ele? — perguntei.

A forma mais simples de conseguir respostas seria encontrar Toby... antes que Jameson o fizesse.

Alisa desviou o olhar de Libby e Nash.

— Infelizmente — ela disse, ríspida —, meu pessoal não conseguiu achar nenhum sinal do seu Harry.

Refleti sobre o que aquilo queria dizer. Toby Hawthorne havia aparecido no parque dias depois da morte da minha mãe; menos de um mês depois de eu ir embora, ele havia desaparecido.

— Agora — continuou Alisa, torcendo as mãos em frente ao corpo —, quanto ao seu guarda-roupa...

CAPÍTULO 3

Eu nunca tinha visto um jogo de futebol americano na minha vida, mas, sendo a nova proprietária do Texas Lone Stars, eu não podia realmente dizer isso para a multidão de repórteres que cercou minha SUV quando encostamos no estádio. Assim como não podia admitir que a camisa de gola larga, que deixava meus ombros de fora, e as botas de cowboy azul-metálico que eu estava usando eram tão autênticas quanto uma fantasia de Halloween.

— Abra a janela — me disse Alisa —, sorria e grite "Vai, Lone Stars!"

Eu não queria abaixar a janela. Eu não queria sorrir. Eu não queria gritar nada, mas fiz tudo isso. Porque essa era uma história de Cinderela, e eu era a estrela.

— Avery!

— Avery, olhe aqui!

— Como você se sente no seu primeiro jogo como nova proprietária do time?

— Você tem algum comentário sobre os relatos de que você agrediu Skye Hawthorne?

Eu não tinha recebido muito treinamento de mídia, mas sabia o suficiente para me lembrar da regra principal quando repórteres gritam perguntas sem parar: não responda. Basicamente, a única coisa que eu podia dizer era que eu estava animada, grata, impressionada e chocada da *melhor maneira possível*.

Então fiz meu melhor para transmitir animação, gratidão e espanto. Quase cem mil pessoas iriam ao jogo daquela noite. Milhões assistiriam ao redor do mundo, torcendo pelo time. *Meu* time.

— Vai, Lone Stars! — gritei.

Assim que meu dedo tocou o botão de fechar a janela, alguém se destacou da multidão. Não era um repórter.

Meu pai.

Ricky Grambs tinha passado a vida me tratando como uma lembrança de última hora, se muito. Eu não o via fazia mais de um ano. Mas agora que eu tinha herdado bilhões?

Lá estava ele.

Dei as costas para ele — e para os *paparazzi* — e fechei a janela.

— Ave?

A voz de Libby hesitou quando nossa SUV blindada desapareceu para dentro da garagem particular sob o estádio. Minha irmã era uma otimista. Ela acreditava no melhor das pessoas — até mesmo de um homem que nunca tinha feito porcaria nenhuma por nós.

— Você sabia que ele estaria aqui? — perguntei em voz baixa.

— Não! — disse Libby. — Eu juro! — Ela mordeu o lábio, borrando o batom preto. — Mas ele só quer conversar.

Aposto que quer.

Oren, meu chefe de segurança, estacionou a SUV e falou calmamente em seu fone:

— Temos uma situação perto da entrada norte. Olhos apenas, mas quero um relatório completo.

O bom de ser uma bilionária com uma equipe de segurança lotada de membros aposentados das Forças Especiais era que as chances de ser emboscada de novo eram quase nulas. Abafei os sentimentos que a presença de Ricky havia trazido e saí do carro para as entranhas de um dos maiores estádios do mundo.

— Vamos lá — falei.

— Só para constar — Alisa me disse ao sair do carro —, o escritório é mais do que capaz de lidar com o seu pai.

E *isso* era o bom de ser a única cliente de um escritório de direito multibilionário.

— Você está bem? — Alisa insistiu.

Ela não era exatamente do tipo sentimental. Era mais provável que estivesse tentando avaliar se eu atrapalharia a noite.

— Estou bem — respondi.

— Por que não estaria?

Aquela voz — baixa e suave — veio do elevador atrás de mim. Pela primeira vez em sete dias, eu me virei e olhei diretamente para Grayson Hawthorne. Ele tinha cabelo claro, olhos cinza-gelo e maçãs do rosto afiadas o suficiente para serem consideradas armas. Duas semanas antes, eu teria dito que ele era o babaca mais metido, moralista e arrogante que eu já tinha conhecido.

Mas eu não sabia o que dizer sobre Grayson Hawthorne agora.

— Por que — repetiu nitidamente, saindo do elevador — Avery estaria algo diferente de bem?

— Meu pai inútil fez uma aparição lá fora — resmunguei. — Está tudo bem.

Grayson me encarou, seu olhar perfurando o meu, e se virou para Oren.

— Ele é uma ameaça?

Eu sempre vou te proteger, ele jurara. *Mas isso... nós... não pode acontecer, Avery.*

— Não preciso que você me proteja — eu disse, ríspida, para Grayson. — Quando se trata de Ricky, sou especialista em me proteger.

Passei por Grayson, entrando no elevador do qual ele havia saído um instante antes.

O truque em ser abandonada era nunca se deixar sentir falta de alguém que partiu.

Um minuto depois, quando as portas do elevador se abriram na suíte do proprietário, saí com Alisa de um lado e Oren do outro e sequer olhei para Grayson. Como ele tinha descido de elevador para me encontrar, obviamente já estivera ali, provavelmente puxando o saco dos convidados. Sem mim.

— Avery. Você veio. — Zara Hawthorne-Calligaris usava um colar delicado de pérolas. Havia algo em seu sorriso afiado que me fazia sentir que ela provavelmente poderia matar um homem com aquelas pérolas, se assim quisesse. — Eu não estava certa de que você apareceria hoje.

E você estava bancando a anfitriã na minha ausência, concluí. Pensei no que Alisa havia dito — a respeito de aliados, de jogadores poderosos e da influência que podia ser comprada com um ingresso para aquele camarote.

Como Jameson diria, *que o jogo comece.*

CAPÍTULO 4

A suíte do proprietário tinha uma vista perfeita da linha de cinquenta jardas, mas, uma hora antes do chute inicial, ninguém estava olhando pro campo. A suíte se estendia para o fundo e se alargava, e quanto mais você se afastasse dos assentos, mais parecia um bar ou boate chiques. Hoje, eu era a atração — uma estranheza, uma curiosidade, uma boneca de papel vestida da maneira certa. Pelo que pareceu uma eternidade, apertei mãos, posei para os fotógrafos e fingi entender piadas de futebol americano. Consegui não ficar boquiaberta quando vi uma cantora pop, um ex-vice-presidente e um gigante da tecnologia que provavelmente ganhava mais dinheiro no tempo que levava para fazer xixi do que a maioria das pessoas ganhava em uma vida inteira.

Meu cérebro simplesmente parou de funcionar quando ouvi a frase "sua Alteza Real" e percebi que havia realeza de verdade presente ali.

Alisa deve ter sentido que eu estava chegando ao meu limite.

— Está quase na hora de começar — ela disse, tocando meu ombro de leve, provavelmente para me impedir de fugir. — Vamos te levar ao seu assento.

Eu aguentei até o intervalo, e então escapei de verdade. Grayson me interceptou. Sem dizer uma palavra, ele apontou com a cabeça para um lado e começou a andar, confiante de que eu o seguiria.

Contra a minha vontade, o segui, e o que encontrei foi um segundo elevador.

— Esse sobe — ele me disse.

Ir a qualquer lugar com Grayson Hawthorne era provavelmente um erro, mas, já que a alternativa era mais conversa fiada, decidi arriscar.

Subimos em silêncio no elevador. A porta se abriu para uma salinha com cinco lugares, todos vazios. A visão do campo era ainda melhor do que embaixo.

— Meu avô só aguentava socializar na suíte por um tempo antes de ficar de saco cheio e subir para cá — Grayson me disse. — Meus irmãos e eu éramos os únicos que podíamos vir com ele.

Eu me sentei e encarei o estádio. Havia tanta gente nas arquibancadas. A energia, o caos, o volume da coisa eram atordoantes. Mas ali estava silencioso.

— Eu achei que você viria ao jogo com Jameson. — Grayson não fez nenhum movimento na direção de se sentar, como se não confiasse em si mesmo ficando tão perto de mim. — Vocês dois têm passado bastante tempo juntos.

Isso me irritou por motivos que eu nem conseguia explicar.

— Seu irmão e eu temos uma aposta rolando.

— Que tipo de aposta?

Eu não tinha nenhuma intenção de responder, mas, quando deixei meu olhar vagar na direção dele, não consegui resistir a dizer a única coisa que com certeza arrancaria uma reação.

— Toby está vivo.

Para outra pessoa, a reação de Grayson talvez não fosse notável, mas vi o choque passando por ele. Seu olhar cinzento estava grudado no meu.

— Como é?

— Seu tio está vivo e se diverte fingindo ser um sem-teto em New Castle, Connecticut.

Eu provavelmente poderia ter sido um pouco mais delicada.

Grayson se aproximou. Ele se dignou a sentar ao meu lado, a tensão em seus braços notável ao apertar as mãos entre os joelhos.

— Do que, precisamente, você está falando, Avery?

Eu não estava acostumada a ouvi-lo me chamar pelo nome. E era tarde demais para voltar atrás.

— Eu vi uma foto de Toby no medalhão da sua avó. — Fechei os olhos, voltando para aquele momento. — Eu o reconheci. Ele me disse que se chamava Harry. Nós jogamos xadrez no parque toda semana por mais de um ano. — Abri os olhos de novo. — Jameson e eu não estamos certos de que história é essa... ainda. Nós apostamos quem vai descobrir primeiro.

— Para quem você contou?

A voz de Grayson estava completamente séria.

— Da aposta?

— De Toby.

— Nan estava lá quando eu descobri. Eu ia contar a Alisa, mas...

— Não — Grayson me cortou. — Nenhuma palavra disso para ninguém. Você entendeu?

Eu o encarei.

— Estou começando a sentir que não.

— Minha mãe não tem fundamento para questionar o testamento. Minha tia não tem fundamento para questionar o testamento. Mas Toby? — Grayson havia crescido como o herdeiro natural. De todos os irmãos Hawthorne, era para ele que ser deserdado havia sido mais difícil. — Se meu tio estiver vivo, ele é a única pessoa nesse planeta que talvez consiga quebrar o testamento do velho.

— Você diz isso como se fosse uma coisa ruim — falei. — Pela minha perspectiva, claro. Mas pela sua...

— Minha mãe não pode descobrir. Zara não pode descobrir. — A expressão de Grayson era intensa, tudo nele focado em mim. — A McNamara, Ortega e Jones não pode descobrir.

Na semana que Jameson e eu passamos discutindo aquela reviravolta, ficamos completamente concentrados no mistério... não no que poderia acontecer se o herdeiro perdido de Tobias Hawthorne subitamente aparecesse vivo.

— Você não está nem um pouco curioso? — perguntei a Grayson. — A respeito do significado disso?

— Eu sei o significado — respondeu ele, ríspido. — Estou te dizendo o significado, Avery.

— Se seu tio estivesse interessado na herança, você não acha que ele já teria se pronunciado, a essa altura? — perguntei. — A menos que exista um motivo para ele estar se escondendo.

— Então deixe ele se esconder. Você tem alguma ideia do quão arriscado...

Grayson não chegou a concluir a pergunta.

— O que é a vida sem algum risco, irmão?

Eu me virei na direção do elevador. Eu não tinha notado que ele descera nem subira de volta, mas ali estava Jameson. Ele passou por Grayson e se sentou na cadeira do meu outro lado.

— Algum progresso com a nossa aposta, Herdeira?

Eu ri.

— Lógico que você quer saber.

Jameson deu um sorriso irônico e abriu a boca para dizer outra coisa, mas suas palavras foram interrompidas por uma explosão. Mais de uma. *Tiros.* O pânico correu pelas minhas veias e, quando notei, eu estava no chão. *Cadê o atirador?* Era igual a Black Wood. Igualzinho a Black Wood.

— Herdeira.

Eu não conseguia me mover. Não conseguia respirar. E então Jameson estava no chão comigo. Ele alinhou seu rosto ao meu e pegou minha cabeça entre as mãos.

— Fogos de artifício — me disse. — São só fogos de artifício, Herdeira, por causa do intervalo.

Meu cérebro registrou as palavras, mas meu corpo ainda estava perdido na lembrança. Jameson estava lá em Black Wood comigo. Ele tinha jogado seu corpo sobre o meu.

— Está tudo bem, Avery. — Grayson se ajoelhou ao lado de Jameson, ao meu lado. — Não vamos deixar nada te ferir.

Por um momento longo e arrastado não houve nenhum som na sala além de nossas respirações. A de Grayson. A de Jameson. E a minha.

— Só fogos de artifício — repeti para Jameson, meu peito apertado.

Grayson se levantou, mas Jameson permaneceu exatamente onde estava. Ele me encarou, seu corpo contra o meu.

Havia algo quase carinhoso em sua expressão. Eu engoli em seco — e então seus lábios se curvaram em um sorriso maldoso.

— Só para constar, Herdeira, *eu* tenho feito um progresso excelente com a nossa aposta.

Ele deixou seu polegar traçar o contorno do meu maxilar.

Estremeci, então o olhei feio e me levantei. Pelo bem da minha sanidade, eu precisava vencer aquela aposta. *Rápido.*

CAPÍTULO 5

Segunda-feira era dia de escola. Escola particular. Uma escola particular com recursos aparentemente infinitos e um "currículo modular", o que me deixava com momentos aleatórios de tempo livre espalhados pelo meu dia. Eu usava o tempo para cavar tudo que pudesse sobre Toby Hawthorne.

Eu já sabia o básico: ele era o mais novo dos três filhos de Tobias Hawthorne e, segundo todos os relatos, o favorito. Quando tinha dezenove anos, ele e alguns amigos fizeram uma viagem para uma ilha particular que a família Hawthorne possuía na costa do Oregon. Lá aconteceu um incêndio fatal e uma tempestade horrível e o corpo dele nunca foi encontrado.

A tragédia chegou aos jornais, e vasculhar as matérias me deu mais alguns detalhes a respeito do que aconteceu. Quatro pessoas haviam ido para a Ilha Hawthorne. Nenhuma tinha voltado viva. Três corpos haviam sido encontrados. Presumiu-se que o de Toby tinha se perdido no oceano revolto.

Descobri o que pude sobre as outras vítimas. Duas delas eram basicamente clones de Toby: meninos de escolas particulares. *Herdeiros.* A terceira era uma garota, Kaylie Rooney. Pelo que entendi, era uma menina local, uma adolescente problemática de uma pequena vila de pescadores no continente. Várias matérias mencionavam que ela tinha ficha criminal — uma ficha juvenil confidencial. Levei mais tempo para achar uma fonte — não necessariamente confiável — dizendo que a ficha criminal de Kaylie Rooney incluía drogas, agressão e incêndio intencional.

Ela começou o incêndio. Foi a história que a imprensa vendeu, sem dizer com todas as letras. *Três jovens promissores, uma jovem mulher atormentada. Uma festa que saiu do controle. Tudo engolido pelas chamas.* Kaylie foi quem a imprensa culpou — algumas vezes nas entrelinhas, algumas vezes explicitamente. Os meninos foram celebrados, homenageados e elevados como ídolos brilhantes em suas comunidades. *Colin Anders Wright. David Golding. Tobias Hawthorne II.* Tanta inteligência, tanto potencial, perdidos cedo demais.

Mas Kaylie Rooney? Ela era problema.

Meu celular vibrou e baixei o olhar para a tela. Uma mensagem — de Jameson: *Tenho uma pista.*

Jameson estava no último ano na Heights Country Day. Ele estava em algum lugar daquele campus magnífico. *Que tipo de pista?*, pensei, mas resisti a dar a ele a satisfação de responder. Finalmente, meu celular me informou que ele estava digitando.

Me diga o que você sabe, pensei.

Então a segunda mensagem finalmente chegou: *Quer aumentar a aposta?*

* * *

O refeitório da Heights Country Day não se parecia em nada com uma cantina de ensino médio. Longas mesas de madeira se estendiam ao comprido pelo local. As paredes eram cobertas de retratos. O pé-direito era alto e arqueado, e as janelas, feitas de vitrais. Quando peguei a comida, olhei ao redor instintivamente, em busca de Jameson — e encontrei outro irmão Hawthorne no lugar dele.

Xander Hawthorne estava sentado a uma mesa, encarando intensamente uma invenção que havia posto na superfície. A engenhoca parecia um pouco um cubo mágico, mas alongado, com blocos que podiam girar e se dobrar em todas as direções. Suspeitei que era um original de Xander Hawthorne. Ele tinha me dito uma vez que era o irmão mais propenso a ser distraído por máquinas complexas — e *scones*.

Isso me fez pensar, enquanto eu o observava cutucar três blocos para a frente e para trás com os dedos. Quando seus irmãos estavam por aí jogando os jogos do avô, Xander com frequência acabava dividindo os *scones* com o velho. *Eles alguma vez falaram de Toby?* Só havia uma forma de descobrir. Cruzei a sala e me sentei ao lado de Xander, mas ele estava perdido demais em pensamentos para me notar. Para a frente e para trás, para a frente e para trás, torcia os blocos.

— Xander?

Ele se virou na minha direção e piscou.

— Avery! Que surpresa agradável e não objetivamente inesperada!

A mão direita dele deslizou para o lado direito do aparelho e para um caderno que estava ali. Ele o fechou.

Eu entendi o gesto como um sinal de que Xander Hawthorne estava aprontando alguma. Mas, bom, eu também estava.

— Posso te perguntar uma coisa?

— Depende — respondeu Xander. — Você planeja dividir esses doces?

Eu baixei o olhar para o croissant e o cookie na minha bandeja e deslizei esse último para ele.

— O que você sabe do seu tio Toby?

— Por que você quer saber? — Xander deu uma mordida no cookie e franziu o cenho. — Tem cranberry desidratado nisso? Que tipo de monstro mistura caramelo e cranberry?

— Só curiosidade — falei.

— Você sabe o que dizem sobre curiosidade — Xander me alertou alegremente, dando outra mordida enorme no cookie. — Curiosidade matou o... Bex!

Xander engoliu a mordida que tinha acabado de dar e seu rosto se acendeu.

Segui o olhar dele até Rebecca Laughlin, em pé atrás de mim, segurando uma bandeja e com a aparência que ela sempre tinha: algum tipo de princesa saída direto de um conto de fadas. Cabelo vermelho como rubis. Olhos impossivelmente grandes.

Com culpa no cartório.

Como se ela conseguisse ouvir meus pensamentos, Rebecca rapidamente desviou os olhos.

— Eu achei que você podia precisar de ajuda — ela disse, hesitante, a Xander — com o...

— A coisa! — Xander se inclinou para a frente, interrompendo-a.

Apertei os olhos e virei a cabeça de volta para o mais jovem dos Hawthorne — e o caderno que ele havia fechado no momento em que tinha me visto.

— Que coisa? — perguntei, desconfiada.

— É melhor eu ir — disse Rebecca atrás de mim.

— Você deveria se sentar e me ouvir reclamar de cranberries — corrigiu Xander.

Depois de um longo momento, Rebecca se sentou, deixando uma cadeira vazia entre nós. Seu olhar verde-claro se dirigiu a mim.

— Avery. — Ela baixou os olhos de novo. — Eu te devo desculpas.

Da última vez que Rebecca e eu nos falamos, ela havia confessado ter encoberto o papel de Skye Hawthorne na minha tentativa de assassinato.

— Eu não estou certa de que quero isso — respondi, hostilidade surgindo na minha voz.

Em um nível intelectual, eu entendia que Rebecca havia passado a vida à sombra da irmã, que a morte de Emily a tinha destruído e que ela sentia algum tipo de responsabilidade doentia para com a irmã morta, o que implicava não dizer nada a respeito da trama de Skye contra mim. Contudo, em um nível mais visceral: *eu poderia ter morrido*.

— Você não está guardando um rancorzinho dessa história toda, né? — perguntou Thea Calligaris, pegando o lugar que Rebecca havia deixado vazio.

— Rancorzinho? — repeti. Da última vez que eu tinha ficado tão perto de Thea, *ela* havia admitido que tinha armado para que eu fosse à minha estreia na sociedade texana vestida como uma menina morta. — Você faz joguinhos mentais. E Rebecca quase me matou!

— O que posso dizer? — Thea deixou que seus dedos roçassem os de Rebecca. — Somos garotas complicadas.

Havia algo deliberado naquelas palavras, naquele toque. Rebecca olhou para Thea, olhou para as mãos dela — e então fechou os dedos contra a palma e levou a mão ao colo.

Thea manteve o olhar em Rebecca por três longos segundos, então se virou para mim.

— Além do mais — disse ela, insolente —, achei que esse seria um almoço *particular*.

Particular. Só Rebecca, Thea e Xander, três pessoas que — da última vez que vi — mal estavam se falando por razões complicadas que envolviam, como Xander gostava de dizer, amor trágico, namoro falso e tragédia.

— O que eu perdi aqui? — perguntei a Xander.

O caderno. A maneira como ele havia evitado minha pergunta sobre Toby. A "coisa" com a qual Rebecca tinha ido ajudá-lo. E *Thea*.

Xander se salvou de ter que responder, enfiando o resto do cookie na boca.

— E aí? — insisti enquanto ele mastigava.

— O aniversário de Emily é na sexta — disse Rebecca de repente.

A voz dela era baixa, mas o que ela havia acabado de dizer sugou todo o oxigênio da sala.

— Estão arrecadando dinheiro para um memorial — acrescentou Thea, me encarando. — Xander, Rebecca e eu marcamos esse almoço *particular* para alinhar alguns planos.

Eu não estava certa se acreditava nela, mas, de qualquer forma, aquela era claramente a deixa para que eu fosse embora.

CAPÍTULO 6

Tentar falar com Xander havia sido um fracasso. Eu já tinha ido o mais longe possível lendo sobre o incêndio. *E agora?*, pensei, descendo por um corredor comprido na direção do meu armário. *Falar com alguém que conhecia Toby?* Skye era impossível, por motivos óbvios. Eu também não confiava em Zara. Quem restava? *Nash, talvez? Ele devia ter uns cinco anos quando Toby desapareceu. Nan. Talvez os Laughlin.* Os avós de Rebecca gerenciavam a propriedade dos Hawthorne havia anos. *Com quem Jameson anda falando? Qual a pista dele?*

Frustrada, peguei o celular e mandei uma mensagem para Max. Eu não esperava uma resposta, já que minha melhor amiga estava em total isolamento tecnológico desde que minha reviravolta — e a atenção da imprensa que a acompanhou — havia estragado a vida dela. Mas, mesmo com a culpa que carregava pelo que minha fama instantânea havia feito com Max, mandar mensagens para ela fazia eu me sentir um pouco menos sozinha. Tentei imaginar o que ela me diria se estivesse ali, mas tudo que consegui foi uma sequência de palavrões falsos — e ordens severas para não acabar morta.

— Você viu as notícias? — Ouvi uma menina no final do corredor perguntar em uma voz sussurrada quando parei em frente ao meu armário. — Sobre o pai dela?

Rangendo os dentes, abafei o som das fofoqueiras. Abri o armário e uma foto de Ricky Grambs me encarou. Ela devia ter sido cortada de alguma matéria, porque havia uma manchete acima da foto: *Eu Só Quero Falar Com a Minha Filha*.

Raiva fervia na boca do meu estômago — raiva por meu pai inútil ter ousado falar com a imprensa, raiva por alguém ter colado aquela matéria na porta do meu armário. Olhei em volta para ver se o culpado se revelaria. Os armários da Heights Country Day eram feitos de madeira e não tinham tranca. Era uma forma sutil de dizer "pessoas como nós não roubam". Que necessidade de segurança poderia haver entre a elite?

Como Max diria, *grandes lerdas*. Qualquer um poderia ter acessado meu armário, mas ninguém no corredor estava observando minha reação. Eu me virei para rasgar a foto e foi quando notei que quem quer que tivesse colado a foto também havia coberto o fundo do meu armário com retalhos de papel vermelho.

Não são retalhos, percebi, pegando um. *Comentários*. Durante as três últimas semanas, eu havia feito um bom trabalho em me manter offline, evitando o que os comentaristas de internet diziam a meu respeito. *Para algumas pessoas você será Cinderela*, Oren havia me dito quando recebi a herança. *Para outras, Maria Antonieta*.

Em caixa alta, o comentário na minha mão dizia ALGUÉM PRECISA ENSINAR UMA LIÇÃO PARA ESSA VACA METIDA. Eu devia ter parado ali, mas não fiz isso. Minha mão tremeu de leve quando peguei o segundo comentário. *Quando essa PUTA vai morrer?* Havia mais dezenas, alguns explícitos.

Um internauta só tinha postado uma foto: meu rosto, com um alvo por cima, como se eu estivesse na mira de uma arma.

— É quase certo que isso foi só algum adolescente entediado testando os limites — me disse Oren quando voltamos à Casa Hawthorne naquela tarde.

— Mas os comentários... — Engoli em seco, algumas das ameaças ainda gravadas no meu cérebro. — Eles são de verdade?

— Nada com que se preocupar — garantiu Oren. — Minha equipe vigia essas coisas. Todas as ameaças são documentadas e examinadas. Dos cento e pouco piores, até agora só dois ou três mereceram que ficássemos de olho.

Tentei não me fixar nos números.

— O que você quer dizer com *ficar de olho?*

— Se não me engano — disse uma voz fria e controlada —, ele está se referindo à Lista.

Ergui os olhos e vi Grayson a alguns passos de distância de mim, vestindo um terno escuro, sua expressão inescrutável, exceto por uma linha de tensão no maxilar.

— Que lista? — perguntei, tentando não prestar muita atenção em seu maxilar.

— Você quer mostrar a ela? — perguntou Grayson calmamente a Oren. — Ou eu mostro?

Tinham me dito que a Casa Hawthorne era mais segura que a Casa Branca. Eu tinha visto os homens de Oren. Eu sabia que ninguém entrava na propriedade sem uma verificação profunda de antecedentes e que havia um extenso sistema de monitoramento. Mas há uma diferença entre saber disso objetivamente e *ver* a operação. A sala de vigilância estava coberta por monitores. A maior parte da filmagem de segurança se concentrava no perímetro e nos portões, mas havia alguns monitores que mostravam os corredores da Casa Hawthorne, um por um.

— Eli — chamou Oren.

Um dos guardas que estava monitorando as transmissões se levantou. Ele parecia ter uns vinte e poucos anos, com corte de cabelo militar, muitas cicatrizes e olhos azuis brilhantes com uma borda cor de âmbar na pupila.

— Avery — disse Oren —, esse é Eli. Ele vai te acompanhar na escola, pelo menos até eu terminar uma análise completa da situação com o armário. Ele é o membro mais jovem da nossa equipe, então vai se misturar melhor do que o resto de nós.

Eli parecia um militar... parecia um guarda-costas. Não parecia que ia conseguir se *misturar* na minha escola.

— Achei que você não estava preocupado com o meu armário — eu disse a Oren.

O chefe de segurança me olhou nos olhos.

— Não estou.

Mas ele também não ia arriscar.

— O que, precisamente — disse Grayson, vindo por trás de mim —, aconteceu no seu armário?

Senti um impulso breve e irritante de contar a ele, de deixá-lo me proteger, como ele havia jurado que faria. Mas nem tudo era da conta de Grayson Hawthorne.

— Cadê a lista? — perguntei, me afastando dele e voltando a conversa para o motivo de eu estar ali.

Oren acenou com a cabeça para Eli e o jovem me deu uma lista, literalmente. Nomes. O primeiro era *RICKY GRAMBS*. Eu franzi o cenho, mas consegui ler o restante por alto. Havia talvez trinta nomes no total.

— Quem são essas pessoas? — perguntei, minha garganta se apertando em volta das palavras.

— Possíveis perseguidores — Oren respondeu. — Pessoas que tentaram invadir a propriedade. Fãs intensos demais. — Ele apertou os olhos. — Skye Hawthorne.

Isso me deu a entender que meu chefe de segurança sabia por que Skye havia deixado a Casa Hawthorne. Eu tinha jurado segredo a Grayson, mas aquela era a Casa Hawthorne. A maior parte dos ocupantes era mais esperta do que devia para o próprio bem — e de todo o resto.

— Você poderia me dar um momento com Avery? — Grayson fez a Oren a gentileza de fingir que aquele era um pedido.

Pouco impressionado, Oren olhou para mim e arqueou uma sobrancelha, perguntando. Fiquei tentada a manter Oren ali só por despeito, mas, em vez disso, fiz que sim para meu chefe de segurança e ele e seus homens lentamente saíram da sala. Eu meio que esperava que Grayson fosse me questionar sobre por que eu tinha contado a Oren sobre Skye, mas, quando nós dois ficamos sozinhos, o questionamento nunca veio.

— Você está bem? — foi o que Grayson me perguntou. — Entendo que isso é muita coisa para absorver.

— Estou bem — insisti, mas dessa vez não consegui juntar forças para dizer a ele que eu não precisava de proteção.

Eu já sabia, objetivamente, que precisaria de segurança pelo resto da minha vida, mas ver as ameaças no papel era diferente.

— Meu avô tinha uma Lista também — Grayson disse, baixo. — Ossos do ofício.

Da fama? Da riqueza?

— Em relação à situação que discutimos noite passada — Grayson continuou, sua voz baixa —, você entende agora por que precisamos deixar pra lá? — Ele não disse o nome de Toby. — A maior parte das pessoas na Lista perderia o interesse em você se você perdesse sua fortuna. A *maior parte* delas.

Mas não todas. Encarei Grayson por um momento, meu olhar se demorando no rosto dele. Se eu perdesse minha fortuna, perderia minha equipe de segurança. Era isso que ele queria que eu entendesse.

— Eu entendo — respondi, desviando meu olhar do de Grayson porque eu também entendia o seguinte: eu era uma sobrevivente. Cuidava de mim mesma. E eu não me permitiria querer ou esperar nada dele.

Eu me virei e encarei os monitores de segurança. Um movimento rápido em uma das transmissões chamou minha atenção. *Jameson.* Tentei não ser óbvia ao observá-lo caminhar determinado por um corredor que eu não sabia onde ficava. *O que você está aprontando, Jameson Hawthorne?*

Ao meu lado, a atenção de Grayson estava em mim, não nos monitores.

— Avery?

Ele parecia quase hesitante. Antes, eu não tinha certeza de que Grayson Davenport Hawthorne, antigo herdeiro aparente, era capaz de hesitar.

— Estou bem — falei de novo, me mantendo meio de olho na tela.

Um momento depois, a transmissão passou para outro corredor e eu vi Xander, caminhando tão determinado quanto Jameson. Ele carregava algo nas mãos.

Uma marreta? Por que ele teria uma...

A pergunta se interrompeu na minha mente, porque reconheci o cenário de Xander e de repente soube exatamente aonde ele estava indo. E eu apostaria meu último centavo que Jameson estava indo para lá também.

CAPÍTULO 7

Em algum momento depois do desaparecimento e suposta morte do seu filho, Tobias Hawthorne tinha fechado a ala de Toby. Eu a havia visto uma vez: tijolos sólidos emparedando o que imaginei ser uma porta.

— Desculpa — eu disse a Grayson —, eu preciso ir.

Eu entendia por que ele queria que eu deixasse essa história do Toby para lá. Ele provavelmente não estava errado. *Ainda assim...*

Nem Oren nem seus homens me seguiram quando eu saí. As ameaças na Lista eram externas. Por isso, eu podia seguir para a ala de Toby sem uma sombra. Cheguei a tempo de ver Xander erguer a marreta por cima do ombro. De rabo de olho, ele me viu.

— Não dê atenção a essa marreta!

— Eu sei o que você está fazendo — eu disse a ele.

— O que marretas foram colocadas nesse mundo de Deus para fazer — respondeu Xander solenemente.

— *Eu sei* — repeti, esperando que ele absorvesse essas palavras.

Xander baixou o lado útil da marreta até o chão. Seus olhos castanhos me estudaram intensamente.

— O que você acha que sabe?

Eu levei meu tempo para responder:

— Eu sei que você não queria responder minha pergunta sobre Toby. Eu sei que você, Rebecca e Thea estavam aprontando algo no almoço hoje. — Eu estava construindo a reviravolta. — Eu sei que seu tio está vivo.

Xander piscou, seu cérebro incrível se movendo ao que eu só podia imaginar que fosse a velocidade máxima.

— O velho disse alguma coisa na sua carta?

— Não — eu disse. Tobias Hawthorne tinha deixado uma carta para cada um de nós no final do último quebra-cabeça. — Ele disse na sua?

Antes que Xander pudesse responder, Jameson veio ao nosso encontro.

— Que festança! — Ele pegou a marreta. — Vamos em frente?

Xander a puxou de volta.

— É meu.

— A marreta — Jameson respondeu, solene — ou o que está atrás da porta?

— Os dois — Xander disse por entre os dentes.

Havia uma nota de intensidade em sua voz que eu nunca tinha ouvido nele antes. Xander era o mais novo dos irmãos Hawthorne. O menos competitivo. O que sabia do último jogo do avô.

— É assim que vai ser? — Jameson estreitou os olhos. — Quer brigar por ela?

Não me pareceu uma pergunta retórica.

— Xander, seu tio e eu nos conhecemos — interrompi, antes que uma luta real começasse. — Conheci Toby logo depois que minha mãe morreu.

Levei um minuto, talvez menos, para contar o resto. Quando terminei, Xander me encarou, ligeiramente impressionado.

— Eu devia ter notado.

— O quê? — perguntei a ele.

— Você não era só uma parte do jogo *deles* — respondeu Xander. — Claro que não. A mente do velho não funcionava assim. Ele não te escolheu só por causa *deles*.

Eles sendo Grayson e Jameson. O jogo *deles* sendo o que já tínhamos resolvido.

— Ele também deixou um jogo pra você — concluí lentamente.

Era a única coisa que fazia sentido. Nash havia me avisado uma vez que o avô deles, muito provavelmente, nunca pretendera que eu fosse uma jogadora.

Eu era a bailarina de vidro ou a faca. Uma parte do quebra-cabeça. Uma *ferramenta*. Apertei os olhos para Xander.

— Conte a nós o que você sabe, ou me dê a marreta.

Não importavam as intenções do velho — eu não estava ali para ser *usada*.

— Não tem muito o que contar! — Xander declarou alegremente. — O velho me deixou uma carta me parabenizando por ter levado meus irmão teimosos e muito menos bonitos até o final do jogo deles. Ele assinou a carta como Tobias Hawthorne, sem a inicial do meio, mas, quando a carta foi posta na água, a assinatura virou "Encontre Tobias Hawthorne Segundo".

Encontre Toby. O velho deixou o mais jovem dos netos com essa tarefa. E havia uma boa chance de a única pista real que ele dera... ser eu. *Doze coelhos, uma cajadada.*

— Eu acho que isso resolve a questão de se o velho sabia que Toby estava vivo — Jameson murmurou.

Tobias Hawthorne sabia. Meu corpo todo vibrou com a revelação.

— Se sabemos a última localização conhecida de Toby — Xander refletiu —, talvez a marretagem seja desnecessária. Meu plano era revirar o quarto dele e ver se alguma pista aparecia, mas...

Sacudi a cabeça.

— Eu não tenho ideia de como encontrar Toby. Pedi a Alisa para mandar dinheiro para ele, logo depois de herdar, antes mesmo de saber quem ele era. Ele já tinha desaparecido.

Jameson inclinou a cabeça para o lado.

— Interessante.

— A ala de Toby é a pista que você mencionou mais cedo? — perguntei a ele.

— Talvez seja — Jameson disse, sorrindo. — Ou talvez não seja.

— Longe de mim interromper essa conversa — Xander se intrometeu —, mas é *minha* pista. E minha marreta! — Ele a ergueu por cima do ombro.

Encarei a parede e me perguntei o que estaria atrás dela.

— Tem certeza disso? — perguntei a Xander.

Ele respirou fundo.

— A maior certeza que alguém segurando uma marreta já teve.

CAPÍTULO 8

A parede cedeu tão fácil que eu me perguntei se ela havia sido feita para ser derrubada. Por quanto tempo Tobias Hawthorne havia esperado que alguém marretasse a barreira que ele erguera? Que alguém fizesse perguntas?

Que alguém encontrasse seu filho.

Quando passei pelo que havia restado dos tijolos, tentei imaginar o que o velho estaria pensando. *Por que ele mesmo não procurou Toby? Por que não o trouxe para casa?*

Encarei o longo corredor. O chão era feito de mármore branco. As paredes eram completamente cobertas por espelhos. Eu me sentia como se tivesse entrado em um parque de diversões. Em alerta, desci lentamente o corredor, examinando. Havia uma biblioteca, uma sala de estar, um escritório e, no final, um quarto tão grande quanto o meu. Ainda havia roupas no armário.

Uma toalha estava pendurada perto de um enorme chuveiro.

— Há quanto tempo esse lugar está lacrado? — perguntei, mas os meninos estavam em outro cômodo, e eu não precisava que eles me dessem a resposta. *Vinte anos*. Aquelas roupas estavam penduradas desde o verão em que Toby "morreu".

Saindo do banheiro, vi as pernas de Xander escapando por baixo de uma cama king size. Jameson estava passando as mãos por cima de um armário. Ele deve ter achado algum fecho ou alavanca, porque, um segundo depois, o topo do armário se ergueu como uma tampa.

— Parece que Tio Toby era fã de contrabando — Jameson comentou.

Eu subi na cômoda para ver melhor e notei um compartimento longo e fino completamente forrado com minigarrafas de bebida.

— Encontrei um painel solto no chão — Xander chamou de debaixo da cama.

Quando ele reapareceu, estava segurando um pequeno saco plástico cheio de comprimidos — e outro cheio de pó.

A ala de Toby estava lotada de compartimentos secretos: livros ocos, gavetas escondidas, um fundo falso no armário. Uma passagem secreta no escritório levava para depois da entrada, revelando que os espelhos que cobriam o corredor eram falsos. De onde eu estava na passagem, via Jameson deitado de bruços no chão, examinando os blocos de mármore um a um.

Eu o observei por mais tempo do que deveria, e depois voltei para a biblioteca. Xander e eu havíamos examinado centenas de livros em busca de compartimentos secretos. Os gostos do Toby de dezenove anos eram ecléticos — havia de tudo, de histórias em quadrinhos a filosofia grega, direito e terror barato. A única prateleira das estantes embutidas que não estava cheia de livros emoldurava um relógio que tinha uns vinte centímetros de altura e estava fixado no fundo da estante. Estudei o relógio por um momento. *Sem movimento no ponteiro maior.* Estendi a mão para testar se o relógio estava preso com firmeza à prateleira.

Ele não se mexeu.

Eu quase o deixei ali, mas algum instinto em mim não permitiu. Em vez disso, girei o relógio e ele rodou, se soltando. A frente do relógio se soltou da parede. Não havia engrenagens dentro, nada eletrônico. Em vez disso, encontrei um objeto chato e circular feito de papelão. Ao inspecioná-lo mais de perto, notei dois círculos de papelão concêntricos, presos com um prego no meio. Os dois tinham letras ao redor.

— Um disco de cifra caseiro. — Xander me cercou para ver melhor. — Viu que o A do disco de fora se alinha com o A do disco menor? Gire qualquer um dos discos e letras diferentes se alinham, o que gera um código de substituição simples.

Claramente, Toby Hawthorne havia sido criado da mesma maneira que seus sobrinhos: jogando os jogos do velho. *Você estava jogando comigo, Harry?*

— Espere um segundo — Xander se endireitou subitamente. — Você ouviu isso?

Tentei escutar. Silêncio.

— Ouvi o quê?

Xander apontou o indicador para mim.

— *Exatamente.*

No segundo seguinte, ele saiu em disparada. Enfiei o disco de cifra no cós da minha saia plissada e o segui. No corredor, Jameson estava lentamente ajeitando um bloco de mármore no lugar.

Ele tinha encontrado alguma coisa — e aparentemente não estava planejando compartilhar com seu irmão ou comigo...

— Aha! — Xander disse, triunfante. — Eu sabia que você estava quieto demais.

Ele andou até onde Jameson estava e se agachou ao lado dele, apertando o bloco que Jameson havia acabado de baixar. Eu ouvi um som de estalo e o bloco se soltou, como se tivesse uma mola.

Olhando feio para Jameson, que me deu uma piscadela, eu me ajoelhei ao lado de Xander. Embaixo do azulejo estava um compartimento de metal. Ele estava vazio, mas eu vi uma inscrição no fundo, gravada no metal.

Um poema.

— *Fiquei com raiva de meu amigo* — li em voz alta. — *A ira dividida enfim concluída.* — Ergui o olhar. Jameson já estava se levantando e indo embora, mas o olhar de Xander estava fixo na inscrição e continuei. — *Fiquei com raiva de meu inimigo: não revelada, a ira fez morada.*

As palavras ficaram no ar por alguns segundos depois de eu tê-las pronunciado. Xander puxou seu celular.

— William Blake — ele disse depois de um momento.

— Quem? — perguntei.

Olhei novamente para Jameson, que havia dado meia-volta e estava andando em nossa direção. Eu achei que ele estava fugindo, mas na verdade ele estava pensando, concentração em movimento.

— William Blake — Jameson ecoou, uma energia quase caótica marcando suas palavras e seus passos. — Poeta do século dezoito e um favorito de Tia Zara.

— E de Toby, aparentemente — Xander acrescentou.

Encarei a inscrição. A palavra *ira* saltou aos meus olhos. Pensei no álcool e nas drogas que havíamos encontrado no quarto de Toby. Pensei no incêndio na Ilha Hawthorne e na forma como a imprensa havia elogiado Toby como um jovem tão excepcional.

— Ele estava com raiva de algo — falei, a cabeça a mil. — Algo que ele não podia dizer?

— Talvez — Jameson respondeu, pensativo. — Talvez não.

Xander me estendeu o celular.

— Aqui está o poema inteiro.

— "Uma árvore de veneno", de William Blake — li.

— Resumindo — Xander disse —, a raiva escondida do autor cresce e se torna uma árvore, essa árvore dá frutos, o fruto está envenenado e o inimigo, que não sabe que eles são inimigos, come a fruta. A coisa toda acaba com um cadáver. Bem atraente.

Um cadáver. Minha mente foi, descontrolada, para os três corpos que haviam sido recuperados no incêndio da Ilha Hawthorne. Quanta raiva Toby tinha naquele verão?

Não chegue a conclusões precipitadas, falei para mim mesma. Eu não tinha ideia do que o poema significava — nenhuma ideia de por que um garoto de dezenove anos teria aquelas palavras inscritas em um compartimento secreto. Nenhuma ideia de *se* era mesmo o trabalho de Toby, e não do pai. Até onde sabíamos, Tobias Hawthorne podia ter feito aquilo depois que o filho desapareceu, logo antes de lacrar a porta.

— Que raios vocês estão fazendo aqui?

A pergunta parecia ter sido arrancada à força da garganta de alguém. Virei a cabeça na direção da porta. O sr. Laughlin estava ali, do outro lado dos tijolos demolidos. Ele parecia cansado, velho e quase *magoado*.

— Só colocando as coisas de volta no lugar delas! — disse Xander alegremente. — Logo depois que...

O zelador não o deixou terminar. Ele passou pela abertura na parede de tijolos e apontou o dedo para nós.

— Fora.

CAPÍTULO 9

Naquela noite, fiquei deitada na cama pensando no poema e encarando o disco de cifra. Eu girei a roda menor e fiquei observando-o gerar código após código. Para que exatamente Toby tinha usado aquilo? As respostas não apareciam, mas finalmente o sono veio. Acordei na manhã seguinte com "Uma árvore de veneno" ainda na cabeça. *Fiquei com raiva de meu amigo/a ira dividida enfim concluída./Fiquei com raiva de meu inimigo:/não revelada,/a ira fez morada.*

Uma batida na minha porta interrompeu esse pensamento. Era Libby. Ela ainda estava de pijama, de caveirinhas e com laços.

— Tudo certo? — perguntei.

— Só vim checar se você tinha acordado e estava se arrumando para a escola.

Olhei feio para minha irmã. Libby nunca tinha, em sua história como minha guardiã legal, me acordado para a escola.

— Jura?

Ela hesitou, o indicador direito cutucando o esmalte escuro da mão esquerda, e então as comportas se abriram.

— Você sabe que o papai não planejou dar aquela entrevista, certo? Ave, ele *não* fazia ideia de que a pessoa com quem ele estava falando era um repórter.

Ricky tinha retomado o contato com Libby mais ou menos quando a notícia da minha herança chegou à imprensa. Se ela queria dar uma segunda chance a ele, era problema dela, mas ele não podia usá-la como intermediária para falar comigo.

— Ele quer dinheiro — eu disse simplesmente. — E não vou dar nenhum a ele.

— Eu não sou idiota, Avery. E não estou defendendo ele.

Ela estava, sim, defendendo ele, mas eu não tinha coragem de dizer isso.

— É melhor eu me arrumar para a escola.

Minha rotina matinal levava cinco vezes mais tempo agora do que levava antes de eu ter uma equipe de stylists, um consultor de mídia e um "visual". Quando terminei de aplicar oito loções diferentes no rosto e pelo menos metade disso no cabelo, tomar café da manhã estava fora de questão. Atrasada, corri para a cozinha — que não deve ser confundida com a cozinha do chefe — para pegar uma banana e fui recebida pelo som da porta do forno se fechando.

A sra. Laughlin se endireitou e limpou as mãos no avental. Ela apertou os olhos castanhos suaves ao me ver.

— Posso te ajudar com alguma coisa?

— Banana? — perguntei. Algo na expressão dela tornou difícil formar uma frase inteira. Eu ainda não estava acostumada a ter funcionários. — Quer dizer, tem banana, por favor?

— Boa demais para café da manhã? — respondeu a sra. Laughlin, rígida.

— Não — eu disse rapidamente. — É só que estou atrasada e...

— Não importa.

A sra. Laughlin conferiu o conteúdo de outro forno. Pelo que haviam me dito, os Laughlin gerenciavam a propriedade havia décadas. Eles não tinham ficado muito felizes quando eu a herdara, mas tudo continuava a funcionar como um relógio.

— Pegue o que quiser. — A sra. Laughlin apontou, ríspida, para uma fruteira. — Seu tipo de gente sempre faz isso mesmo.

Meu tipo de gente? Engoli o impulso de atirar uma resposta. Claramente, eu tinha cometido algum erro. E, mais claramente ainda, não queria estar na lista de inimigos dela.

— Se isso é por causa do que aconteceu com o sr. Laughlin ontem... — eu disse, lembrando da forma como o marido dela havia nos expulsado da ala de Toby.

— Fique longe do sr. Laughlin. — A sra. Laughlin limpou as mãos no avental mais uma vez, com mais força. — Já é ruim o suficiente o que você fez com a pobre Nan.

Nan? Minha resposta veio com minha próxima respiração. A bisavó dos meninos tinha sido quem me mostrara uma foto de Toby. Ela estava lá quando eu percebi que o conhecia.

— Nan te contou — eu disse lentamente. — Sobre Toby.

Pensei no aviso de Grayson, na importância daquele segredo permanecer oculto.

Xander sabia — e a sra. Laughlin. Muito possivelmente o seu marido também.

— Você devia ter vergonha — a sra. Laughlin disse com ferocidade. — Brincando com os sentimentos de uma velha senhora assim. E arrastando os meninos para o que quer que você estivesse fazendo na ala de Toby? É crueldade, é isso que é.

— Crueldade? — repeti, e foi então que percebi: ela achava que eu estava mentindo.

— Toby está morto — a sra. Laughlin disse, sua voz tensa. — Ele se foi e toda a Casa ficou de luto por ele. Eu amava aquele menino como se fosse meu. — Ela fechou os olhos. — E só de pensar em você atormentando Nan, dizendo àquela pobre mulher que ele está *vivo*... emporcalhando as coisas dele... — A sra. Laughlin forçou-se a abrir os olhos. — Essa família já não sofreu o suficiente sem você inventar algo assim?

— Eu não estou mentindo — eu disse, me sentindo enjoada. — Eu não faria isso.

A sra. Laughlin apertou os lábios. Eu podia vê-la engolindo o que quer que quisesse dizer. Em vez disso, ela me entregou uma banana com rispidez.

— Vá para a aula.

CAPÍTULO 10

Como Oren havia dito, Eli ficou ao meu lado na escola. Apesar de meu chefe de segurança ter prometido que ele iria "se misturar", não havia nada de discreto em uma menina de dezessete anos com um segurança ao lado.

Estudos Americanos. Filosofia da Consciência. Cálculo. Criando Sentido. Nas aulas, meus colegas não o encararam. Eles evitaram encarar, de forma tão óbvia que foi pior. Quando cheguei na aula de física, eu já estava pronta para me arriscar sozinha com os comentaristas de internet e vândalos de armário do mundo.

— Você não pode esperar no corredor? — perguntei a Eli.

— Se eu quiser perder meu emprego — ele respondeu, simpático —, claro.

Parte de mim precisava se perguntar se Oren estava mesmo fazendo tudo aquilo por causa do incidente do armário — ou se era porque Ricky estava na cidade causando problemas.

Tentando afastar o pensamento, desabei em uma cadeira. Em um dia normal, o fato de que o laboratório de física da minha escola lembrava a NASA ainda teria me provocado algum encanto, mas eu tinha outras coisas em mente.

Logo antes da aula começar, Thea se sentou à minha bancada no laboratório. Ela passou os olhos por Eli e então se voltou para mim.

— Nada mal — murmurou.

Minha vida era literalmente notícia de tabloide, mas pelo menos Thea Calligaris achava meu novo guarda-costas gato.

— O que você quer? — perguntei em um sussurro.

— Coisas que eu não deveria querer — Thea refletiu. — Coisas que não posso ter. Qualquer coisa que me digam que está fora de alcance.

— O que você quer de mim? — esclareci, mantendo minha voz baixa o suficiente para evitar que qualquer um além de Eli nos ouvisse.

A aula começou antes que Thea se dignasse a responder, e ela não falou de novo até que fossemos liberados para a tarefa de laboratório.

— Rebecca e eu estávamos lá quando Sir Lance-Nerd afundou aquela carta na banheira — Thea disse casualmente. — Sabemos do novo jogo. — A expressão dela mudou e, por um milésimo de segundo, Thea Calligaris pareceu quase vulnerável. — Foi a primeira coisa em uma eternidade que fez Bex acordar.

— Acordar? — repeti.

Eu sabia que Thea e Rebecca tinham histórico. Sabia que elas tinham terminado depois da morte de Emily, que Rebecca havia se afastado de tudo e de todos.

Mas eu não tinha ideia de por que Thea esperava que eu me importasse com qualquer uma delas.

— Você não a conhece — Thea me disse, sua voz baixa. — Você não sabe o que a morte de Emily fez com ela. Se ela quiser ajudar Xander com isso? Eu vou ajudar *ela*. E achei que você poderia querer saber que nós sabemos sobre você- -sabe-quem. — *Sobre Toby.* — Nós estamos dentro. E não vamos contar pra ninguém.

— Isso é uma ameaça? — perguntei, apertando os olhos.

— Literalmente o oposto de uma ameaça.

Thea deu de ombros elegantemente, como se realmente não se importasse se eu confiava nela ou não.

— Certo — eu disse.

Thea era sobrinha de Zara por casamento. Eu não teria confiado o segredo sobre Toby estar vivo a ela, mas Xander tinha, o que não fazia sentido, porque Xander nem *gostava* de Thea.

Decidindo que era inútil insistir, primeiro me concentrei no trabalho no laboratório e depois no que tínhamos encontrado no quarto de Toby na noite anterior. *O disco de cifra. O poema.* Havia mais alguma coisa no quarto que nós deveríamos ter encontrado para decodificar?

Ao meu lado, Thea colocou seu tablet na mesa. Eu olhei de esguelha e notei que ela tinha feito a mesma busca que Xander fizera um dia antes, por "Uma árvore de veneno". Eu entendi disso que Xander havia contado a ela — e portanto a Rebecca — exatamente o que tínhamos encontrado.

Eu vou matá-lo, pensei, mas então meu olhar pescou um dos resultados que a busca de Thea havia revelado: *doutrina do fruto da árvore envenenada.*

CAPÍTULO 11

Voltando da escola para casa, fiz minha própria busca. A doutrina do fruto da árvore envenenada era uma regra legal que dizia que provas obtidas ilegalmente não eram admissíveis em um tribunal.

— Você está pensando. — Jameson estava ao meu lado no carro. Alguns dias, ele e Xander pegavam carona na minha SUV blindada. Em outros dias, não. Xander não estava ali dessa vez.

— Estou sempre pensando — respondi.

— É o que eu amo em você, Herdeira. — Jameson tinha o hábito de sair jogando palavras que deveriam importar, como se não significassem nada. — Quer compartilhar esses pensamentos?

— E revelar meu jogo? — devolvi. — Para você chegar primeiro e me sabotar?

Jameson sorriu. Era seu sorriso lento, perigoso, inebriante, desenhado para arrancar uma reação. Eu não reagi.

Quando chegamos à Casa Hawthorne, me recolhi na minha ala e esperei quinze minutos antes de passar a mão em volta do castiçal da lareira e puxá-lo. Esse movimento soltava uma tranca e o fundo da lareira de pedra saltava para a frente o suficiente para eu passar a mão por baixo e erguê-la. Oren tinha desabilitado a passagem quando teve uma ameaça na propriedade, mas, uma vez que essa ameaça foi resolvida, ela não precisou ficar desabilitada por muito mais tempo.

Entrei na passagem secreta e encontrei Jameson esperando por mim.

— Que bom te encontrar aqui, Herdeira.

— Você — eu disse a ele — é a pessoa mais irritante da face da Terra.

Os lábios dele se curvaram para cima em um dos lados.

— Eu tento. Está voltando para a ala de Toby?

Eu poderia ter mentido, mas ele saberia que eu estava mentindo e eu não queria esperar.

— Só tente não ser pego pelos Laughlin — falei.

— Você não aprendeu ainda, Herdeira? Eu nunca sou pego.

Respirando fundo, passei pelo entulho de tijolos e segui para o escritório de Toby. Passei meus dedos pelas lombadas dos livros, examinando-os prateleira por prateleira.

Nós tínhamos conferido todos os volumes que estavam ali, mas apenas em busca de compartimentos secretos.

— Quer me contar o que está procurando? — Jameson perguntou.

No dia anterior, eu havia notado a variedade de livros que Toby Hawthorne lia. Histórias em quadrinhos e horror barato. Filosofia grega e volumes de direito. Sem dizer uma palavra a Jameson, puxei um dos livros de direito da estante.

Jameson levou menos de um minuto para entender o porquê.

— Fruto da árvore envenenada — murmurou atrás de mim. — Genial.

Eu não tinha certeza se ele estava falando de mim... ou de Toby.

O índice do livro me dirigiu até a página onde estava a doutrina do fruto da árvore envenenada. Quando cheguei à página em questão, meu coração acelerou. Ali estava.

Algumas letras estavam rasuradas em alguns lugares. As anotações seguiam por páginas. De vez em quando, um sinal de pontuação era marcado — uma vírgula, um ponto de interrogação. Eu não tinha papel, nem caneta, então usei meu celular para anotar as letras, digitando-as cuidadosamente, uma por uma.

O resultado era uma sequência de consoantes e vogais que não faziam sentido. *Por enquanto.*

— Você está pensando. — Jameson parou. — Você sabe de alguma coisa.

Eu ia negar, mas não o fiz por um motivo bem simples.

— Eu encontrei um disco de cifra ontem — admiti —, mas estava em neutro. Eu não sei o código.

— Números. — A resposta de Jameson foi imediata e elétrica. — Precisamos de números, Herdeira. Onde você encontrou a cifra?

Fiquei sem ar. Andei até o relógio, o que eu tinha desmontado no dia anterior. Eu o girei e encarei sua face: a hora estava congelada em doze e o ponteiro dos minutos em cinco.

— A quinta letra do alfabeto é E — Jameson disse atrás de mim. — A décima segunda é L.

Sem dirigir mais uma palavra a ele, corri para pegar o disco de cifra no meu quarto.

CAPÍTULO 12

Jameson me seguiu. Lógico que seguiu. Tudo que me importava era chegar lá primeiro.

Quando voltei à suíte, puxei o disco de cifra da gaveta da escrivaninha. Eu combinei a quinta letra do disco de fora com a décima segunda do de dentro. E e L. E então, com Jameson atrás de mim, uma mão de cada lado meu, apoiadas na escrivaninha, nossos corpos perto demais, comecei a decodificar a mensagem.

M-E-N-T-I-

No meio da primeira palavra, o ar escapou dos meus pulmões, porque aquilo ia funcionar. *Mentiras*. Essa era a primeira palavra. *Segredos*.

Ao meu lado, Jameson pegou uma caneta, mas a peguei de volta.

— Meu quarto — eu disse a ele. — Minha caneta. Meu disco de cifra.

— Se você quer entrar em tecnicalidades, Herdeira, é tudo seu. Não apenas o quarto e a caneta.

Eu o ignorei e transcrevi letra após letra, até que toda a mensagem estivesse decodificada. Voltei e acrescentei espaços e quebras de linha, e o que apareceu foi outro poema.

Que eu só podia deduzir ser um original de Toby Hawthorne.

Mentiras, segredos
Têm meu desprezo.
Veneno é a árvore,
Percebeu?
Envenenou S e Z e eu.
O tesouro conseguido
Está no buraco mais escondido.
A luz revelará tudo
Eu escrevi no...

Ergui os olhos. Jameson ainda estava se inclinando sobre mim, o rosto tão perto do meu que eu conseguia sentir sua respiração. Empurrando minha cadeira contra ele, me levantei.

— É isso — eu disse a ele. — Acaba aqui.

Jameson leu o poema em voz alta.

— *Mentiras, segredos têm meu desprezo. Veneno é a árvore, percebeu? Envenenou S e Z e eu.* — Ele parou. — S de Skye, Z de Zara.

— *O tesouro escondido* — continuei, então parei. — Que tesouro?

— *Está no buraco mais escondido* — Jameson continuou. — *A luz revelará tudo, eu escrevi no...*

Ele ficou quieto, e no fundo da minha mente algo se encaixou.

— Está faltando uma palavra — eu disse.

— Que rima com *tudo*.

Um instante depois, Jameson estava em movimento — e eu também. Voltamos correndo, um corredor após o outro, até a ala abandonada de Toby. Paramos bem em frente à porta. Jameson olhou para mim enquanto passava por ela.

A luz revelará tudo, eu escrevi no...

— Muro — Jameson sussurrou, como se tivesse pegado a palavra direto dos meus pensamentos.

Ele estava ofegante, o suficiente para me fazer pensar que o coração dele estava batendo ainda mais rápido do que o meu.

— Qual muro? — perguntei, alcançando-o.

Lentamente, Jameson girou trezentos e sessenta graus. Ele não respondeu a pergunta, então soltei outra:

— Tinta invisível?

— Agora você está pensando como uma Hawthorne.

Jameson fechou os olhos. Eu quase conseguia senti-lo vibrando de energia.

Todo meu corpo estava fazendo o mesmo.

— *A luz revelará tudo.*

As pálpebras de Jameson se abriram e ele se virou de novo, até estarmos nos encarando.

— Herdeira, vamos precisar de luz negra.

CAPÍTULO 13

Acontece que nós precisávamos de mais do que uma luz negra — e o membro da família Hawthorne que por acaso possuía sete era Xander. Nós três cobrimos a suíte de Toby com elas. Desligamos as luzes do teto e o que eu vi quase me deixou de joelhos.

Toby não tinha escrito *uma* mensagem na parede do seu quarto. Ele tinha escrito dezenas de milhares de palavras em todas as paredes da suíte. Toby Hawthorne havia mantido um diário. Toda sua vida estava documentada nas paredes da sua ala na Casa Hawthorne. Ele não podia ter mais do que sete ou oito anos quando começou a escrever.

Jameson e Xander ficaram em silêncio ao meu lado enquanto líamos. O tom da escrita de Toby começava completamente oposto a tudo mais que tínhamos encontrado — as drogas, a mensagem que tínhamos decodificado, "Uma árvore de veneno". Aquele Toby estava fervilhando de raiva. Mas o Jovem Toby? Ele soava mais como Xander. Havia uma energia indomada em tudo que ele escrevia. Ele falava de fazer experimentos, alguns deles envolvendo explosões. Ele adorava suas irmãs mais velhas. Ele passava dias inteiros desaparecendo pelas paredes da Casa. Ele idolatrava o pai.

O que mudou? Essa era a pergunta que eu me fazia enquanto lia cada vez mais rápido, acelerando pelo décimo segundo ano de Toby, seu décimo terceiro, décimo quarto, décimo quinto. Um pouco depois do seu décimo sexto aniversário, cheguei ao exato momento em que tudo mudou.

Tudo que o registro dizia era: *Eles mentiram.*

Levou meses — talvez anos — antes que Toby colocasse em palavras qual havia sido a mentira. O que ele tinha descoberto, por que ele estava com raiva. Quando eu consegui a confissão, meu corpo inteiro ficou mole.

— Avery? — Xander parou o que estava fazendo e se virou para me olhar. Jameson ainda estava lendo em velocidade máxima. Ele já devia ter lido o segredo que me petrificou, mas seu foco havia seguido inalterado. Ele estava em modo caçada, e meu corpo parecia estar desligando.

— Você está bem, campeã? — Xander me perguntou, levando uma mão ao meu ombro.

Eu mal senti.

Não consegui dar mais nenhum passo. Não consegui ler mais nenhuma palavra. Porque a mentira que Toby Hawthorne havia mencionado, os segredos que ele citava em seu poema?

Eles tinham a ver com quem ele era.

— Toby era adotado. — Eu me virei para Xander. — Ninguém sabia. Nem Toby. Nem as irmãs dele. *Ninguém.* Sua avó fingiu uma gravidez. Quando Toby tinha dezesseis anos, ele encontrou alguma coisa. Uma prova. Eu não sei o quê. — Eu não conseguia parar de falar, não conseguia desacelerar.

— Eles o adotaram em segredo. Ele nem tinha certeza se era legal.

— Por que alguém manteria uma adoção em segredo?

Xander parecia realmente estupefato.

Era uma boa pergunta, mas eu mal conseguia processá-la, porque tudo que eu conseguia pensar, sem parar, era que, se Toby Hawthorne não era biologicamente ligado à família Hawthorne, então ele não compartilhava um grama do DNA deles.

E os filhos dele também não.

— A letra dele... — engasguei com as palavras.

Estava nas paredes, a toda minha volta — e, prestando atenção, reconheci algo que eu deveria ter notado no momento em que a caligrafia havia deixado de ser um rabisco infantil.

A partir dos doze ou treze anos, Toby Hawthorne havia começado a escrever de maneira estranha — uma mistura muito peculiar de letra cursiva e de forma. Eu já tinha visto aquela caligrafia antes.

Eu tenho um segredo, eu conseguia ouvir minha mãe me dizendo, menos de uma semana antes de morrer. *Sobre o dia em que você nasceu.*

CAPÍTULO 14

Tarde da noite, eu estava sentada na enorme cadeira de couro atrás da escrivaninha de Tobias Hawthorne, encarando minha certidão de nascimento, a assinatura que o bilionário havia grifado. O nome era do meu pai, mas a letra era igual aos escritos nas paredes da ala de Toby.

Uma mistura peculiar de letra cursiva e de forma.

Toby Hawthorne assinou minha certidão de nascimento. Eu não conseguia dizer as palavras em voz alta. Tudo que conseguia fazer era pensar em Ricky Grambs. Quando eu tinha sete anos, já havia cansado de deixá-lo me magoar — mas, aos seis, eu o idolatrava. Ele surgia na cidade, me pegava no colo, me girava no ar. Ele me chamava de sua menina e me dizia que tinha me trazido um presente. Eu fuçava seus bolsos e o que quer que encontrasse ali — uma caneta, trocados, uma bala de restaurante — eu guardava.

Levei anos para perceber que todos os tesouros que ele havia me dado eram lixo.

Minha visão nublou e pisquei para segurar as lágrimas, encarando a assinatura: o nome de Ricky, mas a letra de Toby.

Eu tenho um segredo sobre o dia em que você nasceu. Eu conseguia ouvir minha mãe com tanta clareza como se ela estivesse no quarto comigo. *Eu tenho um segredo.* Era um jogo que tínhamos jogado minha vida inteira. Ela era ótima em adivinhar meus segredos. Eu nunca adivinhava os dela.

Agora estava bem na minha frente. Grifado.

— Toby Hawthorne assinou minha certidão de nascimento.

Doía falar. Doía me lembrar de cada jogo de xadrez que eu havia jogado com Harry.

Ricky Grambs não tinha atendido o telefone quando minha mãe morreu. Mas Toby? Apareceu em dias. E se Toby era adotado, se ele não era biologicamente um Hawthorne, então o exame de DNA que Zara e o marido haviam feito não significava *nada*. Já não eliminava a solução mais simples para a pergunta de por que Tobias Hawthorne havia deixado sua fortuna para uma desconhecida.

Eu não era uma desconhecida.

Por que "Harry" havia me procurado logo depois que minha mãe morreu? Por que um bilionário do Texas visitou uma lanchonete da Nova Inglaterra onde minha mãe trabalhava quando eu tinha seis anos? Por que Tobias Hawthorne havia me deixado sua fortuna?

Porque o filho dele é meu pai. Todo o resto — meu aniversário, meu nome, todo o enigma que eu e os irmãos Hawthorne achamos que havíamos resolvido — era exatamente o que Jameson havia dito nos túneis: um disfarce.

Eu me levantei, incapaz de continuar parada mais um momento. Eu não precisava de um pai havia muito tempo.

Tinha aprendido a não esperar nada. Tinha parado de deixar que doesse. Mas, ali, tudo em que eu conseguia pensar era que, sim, Harry fechava a cara quando eu ganhava dele no xadrez, mas seus olhos brilhavam. Ele me chamava de *princesa* e *menina terrível* e eu o chamava de *ancião*.

Engasguei, ofegante. Avancei na direção das portas duplas que separavam o escritório da varanda. Passei correndo por elas, que ricochetearam de volta.

— Toby Hawthorne assinou minha certidão de nascimento.

Minha voz arranhava minha garganta, mas eu precisava dizer as palavras em voz alta. Eu precisava ouvi-las para acreditar nelas. Engoli ar e tentei levar o que eu havia acabado de dizer até sua conclusão lógica, mas não conseguia.

Eu fisicamente não conseguia dizer aquelas palavras, nem mesmo pensar nelas.

Lá embaixo, vi um movimento na piscina. *Grayson*. Seus braços cortavam a água em um nado de peito brutal e torturante. Mesmo de longe, eu conseguia ver a forma como seus músculos pressionavam a pele. Não importava por quanto tempo eu o observasse, seu ritmo nunca mudava.

Eu me perguntei se ele estava nadando para escapar de algo. Para silenciar os pensamentos na cabeça. Eu me perguntei como era possível que observá-lo tornasse respirar mais fácil e mais difícil ao mesmo tempo.

Finalmente, ele saiu da piscina. Como se guiado por algum tipo de sexto sentido, sua cabeça virou para cima. *Para mim*.

Eu o encarei — através da noite, através do espaço entre nós. Ele desviou o olhar primeiro.

Eu estava acostumada às pessoas irem embora. E era boa em não esperar nada de ninguém.

Mas, quando entrei de volta no escritório, eu me peguei encarando minha certidão de nascimento de novo.

Eu não conseguia fazer aquilo não importar. Não conseguia fazer Toby — Harry — não importar. Embora ele tivesse mentido para mim. Embora ele tivesse me deixado morar no meu carro e comprar café da manhã para *ele* quando ele vinha de uma das famílias mais ricas do mundo.

Ele é meu pai. As palavras vieram. Finalmente. Brutalmente. Eu não podia voltar atrás. Todos os sinais apontavam para a mesma conclusão. Eu me forcei a dizer em voz alta:

— Toby Hawthorne é meu pai.

Por que ele não me contou? Onde ele está agora?

Eu queria respostas. Não era um mero mistério que precisava ser resolvido, nem mais uma camada de um quebra-cabeças. Não era um *jogo* — não para mim.

Não mais.

CAPÍTULO 15

— **Precisamos conversar.**

Jameson me encontrou escondida no arquivo (biblioteca, em linguagem de escola particular) no dia seguinte. Até então, ele tinha mantido distância quando estávamos dentro dos limites da Heights Country Day.

Não que tivesse mais alguém além de Eli por ali.

— Eu preciso terminar minha tarefa de cálculo.

Evitei olhar diretamente para ele. Eu precisava de espaço. Precisava pensar.

— Hoje é dia E. — Jameson puxou uma cadeira ao lado da minha. — Você tem bastante tempo livre.

O esquema de grade modular da Heights Country Day era complicado o suficiente para que àquela altura eu ainda não tivesse decorado meu próprio horário. Mas Jameson aparentemente tinha.

— Estou ocupada — insisti, irritada pela maneira como eu sempre me sentia em sua presença. Pela maneira como *ele queria* que eu me sentisse.

Jameson se inclinou para trás na cadeira, equilibrando-a em duas pernas, então deixou que as duas pernas dianteiras pendessem e se inclinou para sussurrar bem no meu ouvido:
— Toby Hawthorne é seu pai.

Segui Jameson. Eli, que não poderia ter ouvido o sussurro de Jameson, me seguiu — saindo do prédio principal, cruzando o pátio e descendo um caminho de pedra até o Centro de Artes. Lá dentro, Jameson passou na frente dos estúdios até acabarmos no que uma placa informava ser o Teatro Caixa Preta: uma sala enorme e quadrada com paredes pretas, chão preto e refletores embutidos em um teto preto. Jameson ligou uma série de interruptores e as luzes acima acenderam. Eli assumiu posição perto da porta e segui Jameson até o outro lado da sala.

— O que eu disse no arquivo — Jameson murmurou — era só uma teoria. — O lugar era construído para ter uma boa acústica, para que as vozes se amplificassem. — Me diga que estou errado.

Lancei um olhar para Eli e escolhi cuidadosamente minhas palavras de resposta.

— Eu encontrei um compartimento escondido na escrivaninha do seu avô. Ali estava uma cópia da minha certidão de nascimento.

Eu não disse o nome de Toby. Não iria dizer, não na frente de outras pessoas.

— E? — Jameson incentivou.

— O nome era do meu pai. — Baixei tanto minha voz que Jameson precisou se aproximar para ouvir. — A assinatura não era.

— Eu sabia. — Jameson começou a andar de um lado pro outro, mas, antes de se afastar demais, virou-se na minha direção. — Você entende o que isso significa, Herdeira? — perguntou, seus olhos verdes acesos.

Eu entendia. Já tinha dito em voz alta uma vez. Fazia sentido, mais sentido do que qualquer coisa que tinha feito desde que eu chegara para a leitura do testamento.

— Podem ter outras explicações — soltei em uma voz rouca, embora não acreditasse nisso.

Eu tenho um segredo. Minha mãe não tinha inventado o jogo do nada. Durante toda a minha vida, ela havia me dito que havia algo que eu não sabia.

Algo grande.

Algo a meu respeito.

— Faz todo sentido... *de um jeito Hawthorne.* — Jameson não conseguia se conter. Se eu tivesse deixado, ele provavelmente teria me levantado e girado no ar. — Doze coelhos, uma cajadada, Herdeira. O que quer que tenha acontecido vinte anos atrás, o velho queria te usar para puxar o filho pródigo de volta para o tabuleiro agora.

— Não parece ter funcionado — eu disse, as palavras amargas na minha boca.

Eu era a maior notícia do mundo. Eu não tinha ideia de onde Toby estava, mas o contrário não era verdade.

Se ele é meu pai, então onde ele está? Por que ele não está aqui?

Como se o pensamento o tivesse atraído na minha direção, Jameson se aproximou.

— Vamos desistir da aposta — ele disse suavemente.

Eu ergui a cabeça para olhá-lo. Procurei por algum sinal no rosto dele, algo que me mostrasse qual era a jogada dele.

— Isso é grande, Herdeira. — Se ele fosse qualquer outra pessoa, sua voz teria soado gentil, mas o Jameson Hawthorne que eu conhecia não era gentil. — Grande o suficiente para nenhum de nós precisar de motivação extra. Nenhum de nós vai resolver isso sozinho.

Havia algo inegável na forma como ele tinha dito a palavra *nós*, mas resisti à atração.

— Eu estou no meio disso. — Teria sido tão fácil me deixar ser sugada de volta. Me deixar sentir que éramos mesmo um time. — Você precisa de mim.

Era o que explicava. A voz gentil. O *nós*.

— E você não precisa de ninguém?

Jameson deu um passo à frente. Apesar de todos os avisos gritando no fundo da minha cabeça, quando ele estendeu a mão para me tocar, eu não me afastei.

As doze horas anteriores haviam virado meu mundo de ponta-cabeça. Eu precisava de... *algo*. Não precisava significar nada. Não precisava envolver sentimentos.

— Certo — eu disse, minha voz áspera. — Vamos cancelar a aposta.

Eu esperava que ele me beijasse naquele momento — que ele aproveitasse meu momento de fraqueza para me empurrar contra a parede e esperar que minha cabeça se inclinasse em sua direção, esperasse por um *sim*. Ele parecia querer. *Eu* queria.

Em vez disso, Jameson deu um passo para trás e inclinou a cabeça para o lado.

— O que você acha de tomar um ar?

Dois minutos depois, Jameson Hawthorne e eu estávamos *em cima* do Centro de Artes. Dessa vez, Eli não teve chance de se posicionar na porta antes que Jameson o trancasse para fora.

Meu guarda-costas bateu na porta do telhado, então a socou.

— Eu estou bem — gritei de volta, observando Jameson caminhar até chegar bem na beirada do telhado. A ponta de seus sapatos sociais estava para fora. O vento aumentou. — Tome cuidado — alertei, embora ele nem soubesse o que era cuidado.

— Sabe o que é engraçado, Herdeira? Meu avô sempre dizia que os homens Hawthorne têm sete vidas. — Jameson se virou de volta para mim. — *Os homens Hawthorne* — repetiu — *têm sete vidas*. Ele estava falando de Toby. O velho sabia que o filho tinha sobrevivido. Ele sabia que Toby estava por aí. Mas ele nunca fez mais do que deixar umas pistas, até aquela mensagem para Xander.

— Encontre Tobias Hawthorne Segundo — murmurei.

Depois de me olhar nos olhos por mais um momento, Jameson desapareceu atrás de uma coluna e voltou com o que parecia ser um rolo de grama sintética e um balde de bolas de golfe. Ele baixou o balde, então desenrolou a grama. Jameson desapareceu uma segunda vez, voltou com um taco de golfe e pegou uma bola do balde. Colocou a bola na grama e alinhou sua tacada.

— Eu venho aqui em cima — ele disse, observando o bonito bosque no fundo do campus — para escapar. — Com os pés alinhados na largura dos ombros, ele agitou o taco para trás e deu a tacada. A bola de golfe saiu voando do telhado do Centro de Artes em direção ao bosque. — Não estou dizendo que acho que você está sobrecarregada, Herdeira. Não estou dizendo que acho que está magoada. Eu só estou dizendo

— ele estendeu o taco de golfe para mim — que às vezes é bom atingir algo com força.

Eu o encarei, incrédula, então sorri.

— Isso tem que ser contra as regras.

— Que regras? — Jameson desdenhou. Quando eu não fiz menção de pegar o taco, ele pegou outra bola e preparou outra tacada. — Me permita te contar um segredo dos Hawthorne, Herdeira: nenhuma regra importa mais do que ganhar. — Ele parou, só por um momento. — Eu não sei quem é meu pai. Skye nunca foi o que pode se chamar de *materna*. O velho nos criou. Ele nos fez a sua própria imagem. — Jameson deu a tacada e a bola saiu voando. — Xan ficou com a mente dele. Grayson tem a seriedade. Nash tem um complexo de salvador. E eu... — Outra bola. Outra tacada. — Eu não sei quando é a hora de desistir.

Jameson se virou para mim e estendeu o taco mais uma vez. Eu me lembrei de Skye me dizendo que a palavra que descreveria Jameson era *faminto*.

Peguei o taco das mãos dele. Meus dedos roçaram os seus.

— Eu sou o que nunca desiste — Jameson reiterou. — Mas foi Xander que ele incumbiu de encontrar Toby.

Do outro lado da porta, Eli ainda estava batendo. *Eu deveria acabar com o sofrimento dele*. Olhei para Jameson. *Eu deveria ir embora*. Mas não o fiz. Aquilo era o mais perto que Jameson já tinha chegado de contar para mim como tinha sido a criação Hawthorne.

Andei até o balde de bolas e joguei uma na grama. Eu nunca tinha segurado um taco de golfe antes. Eu não tinha ideia do que estava fazendo, mas pareceu satisfatório. Às vezes, era mesmo bom acertar alguma coisa.

Da primeira vez que tentei, errei a bola.

— Baixe a cabeça — Jameson me instruiu.

Ele foi para trás de mim e ajustou minha pegada, os braços envolvendo os meus, guiando-os dos ombros até a ponta dos dedos. Mesmo através do blazer do uniforme, eu conseguia sentir o calor do corpo dele.

— Tente de novo — ele murmurou.

Dessa vez, quando fui para trás, Jameson foi também. Nossos corpos se moviam em sincronia. Senti meus ombros girando, o senti atrás de mim, senti cada centímetro do contato entre nós. O taco se conectou com a bola e eu a vi voar.

Uma onda de emoção surgiu em mim e, dessa vez, não a abafei. Jameson tinha me levado ali para extravasar.

— Se Toby é meu pai — eu disse, mais alto do que gostaria —, onde ele esteve minha vida inteira?

Eu me virei para encarar Jameson, bem ciente de que estávamos próximos demais um do outro.

— Você sabe como a cabeça do seu avô operava — eu disse a ele com ferocidade. — Você conhece os truques dele. O que nós deixamos passar?

Nós. Eu tinha dito nós.

— Toby "morreu" anos antes de você nascer. — Jameson sempre me olhava como se eu tivesse a resposta. Como se eu *fosse* a resposta. — Faz vinte anos desde o incêndio na Ilha Hawthorne.

Senti meus pensamentos entrarem em sincronia com os dele. Fazia vinte anos do incêndio. Vinte anos desde que Tobias Hawthorne havia revisado o testamento para deserdar toda a família. E, simples assim, tive uma ideia.

— No último jogo que jogamos — recomecei, minha cabeça latejando —, havia pistas escondidas no testamento do velho. — Meu pulso acelerou e não tinha nada, quase nada, a ver com a maneira como ele *ainda* estava olhando para mim. — Mas aquele não era o único testamento do velho.

Jameson sabia exatamente o que eu estava dizendo. Ele via o que eu via.

— O velho mudou o nome do meio para Tattersall logo após a suposta morte de Toby. E, logo depois disso, ele escreveu um testamento deserdando a família.

Engoli em seco.

— Você sempre diz que ele tinha truques favoritos. Quais você acha que são as chances de o testamento antigo ser parte *desse* quebra-cabeça?

CAPÍTULO 16

Com o vento soprando meu cabelo, liguei para Alisa do telhado para perguntar sobre o testamento.

— Eu não sei de nenhuma cópia especial do testamento anterior do sr. Hawthorne, mas a McNamara, Ortega e Jones certamente tem um original arquivado que você pode consultar.

Eu sabia exatamente o que Alisa queria dizer quando falou "especial", mas, só porque não havia um equivalente do Testamento Vermelho, não significava que era um beco sem saída. Ainda não.

— Quando posso vê-lo? — perguntei, meu olhar ainda em Jameson.

— Antes, preciso que você faça duas coisas para mim.

Fechei a cara.

Quando eu pedira para ver o Testamento Vermelho, Alisa tinha aproveitado meu pedido para me levar para um quarto com uma equipe de stylists.

— Outra transformação, não — grunhi. — Porque isso é o mais transformada que eu fico.

— Você anda perfeitamente apresentável atualmente — Alisa me garantiu. — Mas eu vou precisar abrir um espaço na sua agenda para uma reunião com Landon depois da escola.

Landon era consultora de mídia. Ela cuidava das relações públicas e de me preparar para falar com a imprensa.

— Por que eu preciso me encontrar com Landon depois da aula? — perguntei, desconfiada.

— Eu gostaria que você estivesse pronta para entrevistas no próximo mês. Precisamos ter certeza de que somos nós que estamos no controle da narrativa, Avery. — Alisa fez uma pausa. — Não seu pai.

Eu não podia dizer o que eu queria dizer: que Ricky Grambs *não era* meu pai. Não era a assinatura *dele* na minha certidão de nascimento.

— Certo — eu disse, seca. — O que mais?

Alisa tinha dito que eram duas coisas.

— Eu preciso que você recupere o bom senso e deixe seu pobre guarda-costas sair para esse telhado.

Depois da escola, eu me encontrei com Landon no salão oval.

— Da última vez que nos encontramos, eu te ensinei a não responder perguntas. A arte de respondê-las é um pouco mais complicada. Com um grupo de repórteres, você pode ignorar perguntas que não quer responder. Em uma entrevista pessoal, isso deixa de ser uma opção.

Eu tentei pelo menos parecer que estava prestando atenção no que a consultora de mídia estava dizendo.

— Em vez de ignorar perguntas — Landon continuou, seu sotaque britânico chique bem pronunciado —, você precisa redirecioná-las, e precisa fazer isso de uma maneira que garanta que as pessoas estejam interessadas no que você está dizendo, o suficiente para não notarem quando você fizer um desvio bem na direção de um dos seus argumentos planejados.

— Meus argumentos — ecoei, mas meus pensamentos estavam no testamento de Tobias Hawthorne.

Os olhos castanho-escuros de Landon não deixavam passar nada. Ela arqueou uma sobrancelha para mim e eu me forcei a me concentrar.

— Ótimo — ela declarou. — A primeira coisa que você precisa decidir é o que quer que as pessoas tirem de alguma entrevista. Para fazer isso, você vai precisar formular um tema pessoal, exatamente seis argumentos, e não menos do que duas dúzias de anedotas pessoais que vão te humanizar *e* redirecionar qualquer categoria de questionamento que você possa receber na direção de um de seus argumentos.

— É só isso? — perguntei, seca.

Landon ignorou meu tom.

— Não exatamente. Você também precisa aprender a identificar as perguntas "não".

Eu podia fazer isso. Podia ser uma boa herdeirinha-celebridade. E podia me controlar e não revirar os olhos.

— O que são perguntas "não"?

— São perguntas que você pode responder com uma só palavra, normalmente "não". Se você não puder desviar uma pergunta para um ponto planejado, ou se falar muito for te fazer parecer culpada, você precisa conseguir olhar o entrevistador nos olhos e, sem parecer nada na defensiva, lhe dar essa resposta de uma palavra. *Não. Sim. Às vezes.*

A forma como ela disse aquelas palavras pareceu *tão* sincera — e ninguém nem tinha feito uma pergunta.

— Eu não tenho motivo nenhum para sentir culpa — apontei. — Não fiz nada de errado.

— Isso — ela disse simplesmente — é exatamente o tipo de coisa que vai te fazer soar na defensiva.

Landon me deu lição de casa e saí da nossa sessão determinada a garantir que Alisa cumprisse sua parte da barganha. Uma hora depois, Oren, Alisa, Jameson e eu estávamos a caminho do escritório de McNamara, Ortega e Jones.

Para minha surpresa, Xander estava sentado em frente à porta quando chegamos.

— Você falou para ele que estávamos vindo? — perguntei a Jameson quando saímos da SUV.

— Não precisei — Jameson murmurou de volta, seus olhos se apertando. — Ele é um Hawthorne. — Ele ergueu a voz a um volume que Xander pudesse ouvir. — E é melhor não ter me grampeado.

O fato de haver sequer a possibilidade de tecnologias de segurança estarem envolvidas ali dizia muito sobre a infância deles.

— É um lindo dia para olhar uns documentos — Xander respondeu alegremente, ignorando o comentário sobre ter grampeado Jameson.

Nem Alisa, nem Oren disseram uma palavra quando nós cinco entramos no prédio e subimos de elevador. Quando as portas se abriram, minha advogada me levou até um escritório no canto com um documento em cima da mesa. *Déjà-vu.*

Alisa fez para nós três uma Cara de Alisa.

— Eu vou deixar a porta aberta — ela anunciou, tomando posição ao lado de Oren, do lado de fora da porta.

— Você fecharia a porta se eu prometesse muito sinceramente não violentar sua cliente? — Jameson perguntou para ela, achando graça.

— Jameson! — sibilei.

Alisa revirou os olhos.

— Eu literalmente te conheço desde que você usava fraldas — ela disse a Jameson. — E você *sempre* causa problemas.

A porta ficou aberta.

Jameson olhou para mim e deu de ombros de leve.

— Culpado.

Antes que eu pudesse responder, Xander passou por nós para chegar primeiro ao testamento. Jameson e eu nos apertamos ao lado dele. Nós três lemos.

Eu, Tobias Tattersall Hawthorne, estando são de corpo e mente, decreto que minhas posses mundanas, incluindo todos os bens monetários e físicos, sejam dispostos da seguinte maneira:

No caso de eu falecer antes da minha esposa, Alice O'Day Hawthorne, todos os meus bens e posses mundanas devem ser passados para ela. No evento de Alice O'Day Hawthorne falecer antes de mim, os termos do meu testamento deverão ser os seguintes:

Para Andrew e Lottie Laughlin, por anos de serviço leal, eu deixo uma soma de cem mil dólares para cada, com residência vitalícia e livre de aluguel no Chalé Wayback, localizado no limite oeste da primeira propriedade no Texas.

Xander bateu o dedo em cima dessa frase.

— Soa familiar.

A parte a respeito dos Laughlin havia aparecido no testamento mais recente de Tobias Hawthorne também. Por instinto, dei uma olhada no testamento na nossa frente em busca de outras similaridades. Oren não era mencionado, mas Nan era, exatamente nos mesmos termos que no testamento posterior de Tobias Hawthorne. Então eu cheguei na parte a respeito das filhas Hawthorne.

Para minha filha Skye Hawthorne, eu deixo minha bússola, para que ela sempre encontre o verdadeiro norte. Para minha filha Zara, deixo minha aliança de casamento, para que ela ame tão completa e consistentemente quanto eu amei a mãe dela.

A formulação dessa parte também era familiar, mas, em seu testamento final, Tobias Hawthorne também havia deixado para as filhas dinheiro para cobrir todas as dívidas acumuladas até a data de sua morte e uma herança única de cinquenta mil dólares. Nessa versão, ele *realmente* as tinha deixado sem nada além de bugigangas. Nash, o único neto Hawthorne que já tinha nascido quando esse testamento foi escrito, sequer era mencionado. Não havia nem uma provisão que permitisse à família Hawthorne continuar vivendo na Casa Hawthorne. Em vez disso, o resto do testamento era simples.

O resto do meu patrimônio, incluindo todas as propriedades, bens monetários e todas as posses mundanas não citadas, deve ser liquefeito e os lucros divididos igualmente entre as seguintes instituições de caridade...

A lista que se seguia era longa — dezenas, no total.

Grudado na parte de trás do testamento de Tobias Hawthorne estava uma cópia do testamento de sua mulher, contendo termos quase idênticos. Se ela morresse primeiro, tudo ia para o marido. Se ele falecesse antes dela, seus bens iam para a caridade — com as mesmas doações para os Laughlin e Nan e nada deixado para Zara e Skye.

— Sua avó sabia — eu disse aos meninos.

— Ela morreu logo antes de Grayson nascer — Jameson disse. — Todo mundo disse que o luto por Toby a matou.

Será que o velho disse à esposa que seu filho ainda estava vivo? Ele sabia — ou sequer suspeitava — da verdade quando esse testamento foi escrito?

Eu voltei minha atenção para o documento e li de novo desde o início.

— Só existem duas grandes diferenças entre este testamento e o último — concluí.

— Você não está neste — Xander notou a primeira. — O que, exceto em caso de viagem no tempo, faz sentido, dado que você só nasceu três anos depois disso ser escrito.

— E as instituições de caridade. — Jameson estava em seu modo concentrado. Ele sequer gastou um olhar com o irmão, ou comigo. — Se há uma pista aqui, está nessa lista.

Xander sorriu.

— E você sabe o que isso significa, Jamie.

Jameson fez uma cara que sugeria que ele sabia, de fato, o que significava.

— O quê? — perguntei.

Jameson deu um suspiro teatral.

— Não liguem para mim. Essa é minha aparência quando estou me preparando para acabar dolorosamente entediado e previsivelmente irritado. Se queremos os detalhes das instituições de caridade nessa lista, tem um jeito eficiente de conseguir. Se prepare para uma palestra, Herdeira.

Foi naquele exato momento que entendi o que ele estava dizendo — e quem tinha a informação de que precisávamos. O membro da família Hawthorne que conhecia intimamente seu trabalho de caridade. Alguém para quem eu já tinha contado de Toby.

— Grayson.

CAPÍTULO 17

A Fundação Hawthorne estava exatamente igual à última vez que eu tinha estado lá. As paredes ainda eram de um cinza-prateado claro — a cor dos olhos de Grayson. Enormes fotografias em preto e branco ainda estavam penduradas pela sala. O trabalho de Grayson.

O lugar *era* Grayson — mas dessa vez Jameson e Xander estavam lá como uma proteção entre nós dois.

— Se ele disser a frase *altruísmo eficiente* — Xander me avisou com solenidade exagerada —, fuja.

Engoli minha risada. Uma porta se abriu e fechou ali perto e Grayson entrou na sala. Seu olhar pousou em mim por um segundo ou dois antes de passar para seus irmãos.

— A que devo essa honra, Jamie? Xan?

Xander abriu a boca, mas Jameson falou antes:

— Eu invoco o antigo ritual de *Onã Lefa*.

Xander pareceu assustado e então maravilhado.

— O quê? — disse.

Grayson estreitou os olhos para o irmão, então respondeu minha pergunta:

— É um anagrama.

Eu levei menos de três segundos.

— Não fale.

— Exatamente — Jameson disse. — Uma vez que eu comece a contar a ele o que tenho a dizer, meu adorado e querido irmão mais velho não pode dizer uma única palavra até eu terminar.

— E nesse ponto, se assim quiser, eu posso invocar o sagrado ritual de *Rarusa*. — Grayson espanou uma poeira imaginária do punho de seu terno. — Eu acredito que essas regras expiraram quando eu tinha dez anos.

— Eu não me lembro de terem expirado! — Xander falou.

Eu fiz um pequeno rearranjo mental da palavra que Grayson havia dito e então sacudi a cabeça.

— A surra? Vocês têm que estar brincando.

— É uma surra amigável — Xander me garantiu. — Uma surra *fraternal*. — Ele fez uma pausa. — Mais ou menos.

— Então? — perguntou Jameson, lançando um olhar a Grayson.

Em resposta, Grayson tirou o paletó e o deixou em uma mesa próxima, provavelmente se preparando para a segunda parte do pequeno ritual.

— O que quer que você tenha a me dizer, Jamie, sou todo ouvidos.

— Nós fomos ver o testamento que o velho escreveu logo depois que Toby "morreu"— Jameson estava levando seu tempo com o que tinha a dizer, porque ele podia. — Sim, eu sei que você acha que pedir para ver o testamento foi uma ideia ruim. Não, eu não tenho nenhuma objeção particular a ideias ruins. Resumindo, nós encontramos uma lista de instituições de caridade. Nós precisamos que você as examine e veja o que você nota, se é que nota alguma coisa.

Grayson arqueou uma sobrancelha.

— Ele não pode falar até que eu levante *Onã Lefa* — Jameson me disse. — Vamos só apreciar o silêncio por mais um momento.

Uma veia pulsou na testa de Grayson.

— Vamos lá — eu disse a Jameson.

Ele expirou longamente.

— Se erga, *Onã Lefa*.

Grayson começou a dobrar as mangas da camisa social.

— Vocês dois não vão brigar, vão? — perguntei, preocupada. Eu me virei para Xander. — Eles não vão brigar, vão?

— Quem sabe? — Xander respondeu alegremente. — Mas talvez você e eu devêssemos esperar lá fora caso fique feio.

— Eu não vou a lugar nenhum — insisti. — Jameson, isso é ridículo.

— Não sou eu que decido, Herdeira.

— Grayson! — chamei.

Ele se virou para me olhar.

— Eu preferiria mesmo que vocês esperassem lá fora.

CAPÍTULO 18

— **Seus irmãos são** uns idiotas — eu disse a Xander, andando de um lado a outro em frente ao prédio.

Oren, que estava a alguns passos de distância, parecia estar se divertindo.

— Está tudo bem — Xander afirmou. — É só o que irmãos fazem.

Eu duvidava muito.

O prédio estava silencioso.

— Pela tradição, o primeiro golpe é de Gray — Xander ofereceu, solícito. — Ele normalmente escolhe uma rasteira. Clássico! Mas vai cercar Jameson primeiro. Eles vão cercar um ao outro, na verdade, e Gray vai entrar em seu modo avisos-e-ordens, o que faz Jamie zoar com a cara dele e assim por diante, até o primeiro golpe ser dado.

Veio um baque de dentro.

— E depois disso? — perguntei, estreitando os olhos.

Xander sorriu.

— Nós temos uma média de três faixas pretas cada um, mas normalmente acaba em luta livre. Um deles vai imobilizar o outro. Discute, discute, briga, briga e voilà.

Dado que Grayson tinha deixado bem claro que ele achava que seguir o fio do desaparecimento de Toby era uma ideia ruim, eu tinha um ou dois palpites a respeito de como seria aquela discussão.

— Eu vou voltar pra dentro — resmunguei, mas, antes que eu pudesse fazer isso, a porta do prédio se abriu.

Jameson estava ali, parecendo só um pouco desarranjado. Ele não parecia machucado. Um pouco suado, talvez, mas não estava sangrando, nem tinha hematomas.

— Imagino que não houve nenhuma surra? — eu disse.

Jameson sorriu.

— O que te faria pensar isso? — Ele olhou para Oren. — Se você esperar aqui fora, tem minha palavra de que ela estará perfeitamente a salvo do lado de dentro. É seguro.

— Eu sei. — Oren encarou Jameson. — Eu mesmo projetei a segurança do prédio.

— Você pode nos dar um minuto, Oren? — pedi.

Meu chefe de segurança lançou um olhar feio na direção de Jameson, então de Xander e então assentiu. Xander e eu seguimos Jameson para dentro.

— Não se preocupe — Jameson murmurou quando Grayson apareceu. — Eu peguei leve com ele.

Como Jameson, Grayson parecia ileso. Eu observei-o vestir de volta o paletó.

— Vocês são dois idiotas — resmunguei.

— Que seja — Grayson respondeu. — Vocês querem minha ajuda.

Ele não estava errado.

— Queremos, sim.
— Eu te disse que isso era uma ideia ruim, Avery.
O foco de Grayson estava em mim e apenas em mim. Era intenso. Eu não estava acostumada às pessoas me protegerem. Mas, naquele momento, *proteção* não era o que eu queria, ou precisava, dele.

— Enquanto você e Jameson estavam brincando de MMA que nem moleques de oito anos — disparei —, ele chegou a te contar que Toby era adotado? — Engoli em seco e baixei o olhar, porque a próxima parte era difícil de dizer. — Ele te contou sobre a minha certidão de nascimento?

— Sua o quê? — Xander disse imediatamente.

Grayson me encarou. Ele era tão capaz quanto qualquer Hawthorne de ler nas entrelinhas. Toby era adotado. Eu havia mencionado minha certidão de nascimento. Todo mundo na sala sabia por que aquela busca era importante para mim.

— Aqui está uma foto que eu tirei. — Estendi meu celular para Grayson. — Essas são as instituições de caridade listadas no testamento que seu avô escreveu logo depois que Toby desapareceu.

Grayson conseguiu pegar o celular de mim sem nossos dedos sequer roçarem. Ao meu lado, eu sentia o olhar de Jameson, tão palpável quanto o do irmão.

— Há poucas surpresas nessa lista. — Grayson ergueu os olhos do celular bem a tempo de me pegar observando-o. — A maioria das organizações recebeu apoio regular, ou, pelo menos, uma doação única bem considerável, da Fundação Hawthorne.

Eu me forcei a prestar atenção no que Grayson estava dizendo, não na forma como seus olhos prateados encontravam os meus quando ele falava.

— Você disse poucas surpresas — apontei. — Não nenhuma.

— De cabeça, eu vejo quatro organizações que não reconheço. Isso não quer dizer que não tenhamos doado para elas antes...

— Mas é um começo. — A voz de Jameson vibrava com uma energia familiar, familiar para mim, e com certeza para seus irmãos também.

— O Instituto Allport — Grayson listou. — Casa Camden. Caminho de Colin. E a Sociedade do Observatório de Rockaway Watch. São as únicas quatro organizações nessa lista que eu nunca vi nos registros da fundação.

Imediatamente meu cérebro começou a catalogar o que Grayson tinha dito, brincando com as palavras e as letras, procurando um padrão.

— Instituto, casa, caminho, observatório — tentei em voz alta.

— Observatório, casa, instituto, caminho — Jameson bagunçou a ordem.

— Quatro palavras — Xander ofereceu. — E quatro nomes. Allport, Camden, Colin, Rockaway.

Grayson se colocou entre nós, passando por Jameson, e seguiu andando.

— Eu vou deixar vocês três com isso — ele disse. Perto da porta, fez uma pausa. — Mas Jamie? Você está errado.

Então Grayson disse algo em um idioma que eu suspeitava seriamente ser latim.

Os olhos de Jameson brilharam e ele respondeu na mesma língua.

Eu olhei para Xander. As sobrancelhas do mais jovem dos Hawthorne — bem, sobrancelha, na verdade, já que ele tinha queimado a outra — levantaram. Ele claramente tinha entendido o que tinha sido dito, mas não ofereceu uma tradução.

Em vez disso, ele me puxou para a porta — e para a suv estacionada lá fora.

— Vamos.

CAPÍTULO 19

No caminho de volta para a Casa Hawthorne, Jameson, Xander e eu nos enterramos em nossos celulares. Eu supus que a missão deles era a mesma que a minha: pesquisar as quatro instituições de caridade que Grayson havia identificado.

Minha intuição é que elas poderiam não *ser* instituições de caridade, que Tobias Hawthorne podia tê-las inventado como parte do quebra-cabeça, mas uma série de buscas rapidamente desmontou essa teoria. O Instituto Allport, a Casa Camden, o Caminho de Colin e a Sociedade do Observatório de Rockaway Watch eram todas organizações sem fins lucrativos registradas. Descobrir os detalhes de cada uma levou mais tempo.

O Instituto Allport era uma unidade de pesquisa na Suíça dedicada a estudar a neurociência da memória e da demência. Desci pela página da equipe e li a biografia de cada um dos cientistas. Então cliquei em algumas matérias a respeito dos últimos testes clínicos do instituto. *Perda de memória recente. Demência. Alzheimer. Amnésia.*

Eu pensei no assunto por um momento. *Isso é uma pista? Do quê?* Olhei pela janela e notei o reflexo de Jameson no vidro. O cabelo dele nunca conseguia decidir para que lado ia e, mesmo perdido em pensamentos, o rosto dele estava sempre em movimento.

Quando finalmente consegui voltar minha atenção para o celular, minha próxima busca não foi uma das instituições de caridade. Foi a melhor aproximação que consegui das palavras que Grayson havia dito para Jameson na fundação.

Est unus ex nobis. Nos defendat eius. Como eu suspeitava, era latim. Um tradutor on-line me disse que significava *É um de nós. Nós o protegemos.* A resposta de Jameson, *Scio*, significava *eu sei*. Eu só precisei de mais uma busca para perceber que a mesma tradução se mantinha se *ele* fosse trocado por *ela. Ela é uma de nós. Nós a protegemos.*

Talvez eu devesse ter me irritado com aquilo. Três semanas atrás, provavelmente eu teria, mas três semanas atrás eu nunca teria sonhado que eles poderiam me ver como um deles.

Que eu *podia* ser um deles, não só uma desconhecida observando de fora.

Tentando não deixar a ideia me consumir, eu me forcei a passar para a próxima instituição de caridade na minha lista. A Casa Camden era um centro de reabilitação com internação para abuso de substâncias e vício que se focava na "pessoa inteira". O site era lotado de depoimentos. A equipe era cheia de médicos, terapeutas e outros profissionais. O lugar era lindo.

Mas o site não me deu nenhuma resposta.

Um instituto para pesquisa de memória na Suíça. Uma instituição para tratamento de vício no Maine. Pensei nos comprimidos e no pó que havíamos encontrado no quarto de Toby. E se Tobias Hawthorne tivesse usado seu testamento — e essas quatro instituições de caridade — para contar uma história? *Talvez Toby fosse um viciado. Talvez ele tivesse sido um paciente na Casa Camden. Quanto ao Instituto Allport...*

Não tive chance de concluir o pensamento antes de passarmos pelos portões da propriedade. Enquanto serpenteávamos pela longa entrada, espiei os garotos. Xander ainda estava concentrado no celular, mas Jameson estava olhando bem em frente. No momento em que o carro parou, ele saiu em disparada.

E lá se vai trabalhar nisso *juntos*.

— Ah, olhe — Xander disse, me cutucando na lateral. — Lá está Nan. Olá, Nan!

A bisavó dos meninos olhou feio para Xander da varanda.

— E o que vocês andam aprontando? — ela perguntou, seca.

— Bagunça e malcriação — ele respondeu, solene. — Como sempre.

Ela fechou a cara e ele saltou para a varanda e beijou o topo de sua cabeça. Ela o afastou.

— Acha que pode me amolecer, é?

— Que pensamento horrível — Xander respondeu. — Eu não *preciso* te amolecer. Eu sou seu favorito!

— Não é — Nan resmungou. Ela o cutucou com sua bengala. — Se adianta. Quero falar com a menina.

Nan não perguntou se eu queria falar com ela. Só esperou que eu me aproximasse, então pegou meu braço para se equilibrar.

— Caminhe comigo — ela ordenou. — Pelo jardim.

Ela não disse nada por pelo menos cinco minutos, enquanto caminhávamos, a passos de lesma, por um jardim topiário. Arbustos densos haviam sido moldados em forma de esculturas. A maioria era abstrata, mas eu vi um elefante e não consegui impedir que uma expressão incrédula tomasse conta do meu rosto.

— Ridículo — Nan desdenhou. — Isso tudo. — Depois de um longo momento, ela se virou para mim. — Bem?

— Bem o quê?

— O que você tem feito para encontrar o meu menino?

A expressão dura de Nan tremeu de leve e ela segurou meu braço com mais força.

— Estou tentando — eu disse baixo. — Mas não acho que Toby queira ser encontrado.

Se Toby Hawthorne quisesse ser encontrado, ele poderia ter voltado para a Casa Hawthorne a qualquer momento dos últimos vinte anos. *A menos que ele não se lembre.* Aquela ideia me veio do nada.

O Instituto Allport focava em pesquisa sobre memória — Alzheimer, demência e *perda de memória*. E se *essa* fosse a história que Tobias Hawthorne estava contando no testamento? E se seu filho tivesse perdido a memória?

E se Harry não *soubesse* que ele era Toby Hawthorne?

A ideia de que talvez ele não tivesse mentido para mim quase me derrubou. Eu me forcei a ir mais devagar. Estava chegando a conclusões muito precipitadas. Eu nem sabia com certeza se as quatro instituições haviam sido escolhidas para contar uma história.

— Você já ouviu falar em Casa Camden? — perguntei a Nan. — É um centro de tratamento para...

— Eu sei o que é — Nan me cortou, sua voz áspera.

Não havia uma forma fácil de fazer a próxima pergunta.

— Sua filha e genro mandaram Toby para lá?

— Ele não era um viciado — Nan cuspiu. — Eu conheço viciados. O menino só estava... confuso.

Eu não ia discutir com ela a respeito da escolha de palavras.

— Mas eles o mandaram para a Casa Camden, por causa da *confusão*?

— Ele estava com raiva quando partiu e com raiva quando voltou. — Nan sacudiu a cabeça. — Naquele verão... — Seu lábio tremeu. Ela não terminou o que estava dizendo.

— Foi o verão do incêndio? — perguntei com suavidade.

Antes que Nan pudesse responder, uma sombra caiu sobre nós. O sr. Laughlin entrou no caminho do jardim. Ele estava segurando uma tesoura de poda.

— Tudo certo por aqui?

Ele fechou a cara e eu me lembrei da sra. Laughlin me chamando de cruel.

— Tudo certo — respondi com a voz tensa.

O sr. Laughlin olhou na direção de Nan.

— Nós falamos sobre isso, Pearl — ele disse com gentileza. — Não é saudável.

Obviamente, ele sabia o que eu tinha contado a Nan a respeito de Toby. E obviamente não acreditava mais em mim do que sua mulher.

Depois de um longo silêncio, o sr. Laughlin se virou de volta para mim.

— Eu fiz alguns reparos na Casa. — Um músculo no maxilar dele se tensionou. — Em uma das alas mais antigas. Quando as coisas saem do lugar por aqui... — Ele me olhou. — As pessoas se machucam.

Entendi então que *uma das alas mais antigas* era um código para *a de Toby*. Eu não estava certa do que o caseiro queria dizer com reparos até eu entrar na Casa Hawthorne e conferir.

A ala de Toby tinha sido selada de novo.

CAPÍTULO 20

No caminho entre a ala de Toby e a minha, eu me peguei olhando por cima do ombro a cada metro. Quando entrei no meu corredor, ouvi a voz de Libby.

— Você sabia disso?

— Você vai ter que ser um pouco mais específica, querida.

Era Nash, óbvio. Eu via a silhueta dele na entrada do quarto da minha irmã.

— Sua namorada advogada. Esses papéis. Você sabia?

Eu não conseguia ver Libby, então não tinha ideia de com que cara ela estava olhando para Nash, ou que papéis estava segurando.

— Linda, se eu fosse você, não deixaria Alisa te ouvir se referindo a ela como qualquer coisa minha.

— Não me chame de linda.

Não parecia da minha conta, então fui pé ante pé até a porta do meu quarto, abri e deslizei para dentro. Ao fechar a porta atrás de mim, acendi a luz. Uma brisa bateu no meu cabelo.

Eu me virei e vi que uma das enormes janelas na parede do fundo estava aberta. *Eu não deixei aquela janela aberta.* Minha respiração falhou e senti a batida do coração em cada centímetro do meu corpo. Eu já tinha tido pesadelos assim antes. Primeiro você nota uma coisa errada, e então...

Sangue. Os músculos da minha garganta se apertaram como um torniquete. *Tem sangue aqui.* O pânico inundou meu corpo como uma injeção de adrenalina bem no coração. *Fuja. Fuja fuja fuja...*

Mas eu não conseguia me mexer. Tudo que conseguia fazer era encarar horrorizada o lençol branco esticado embaixo da minha janela aberta, encharcado de sangue. *Se mexa. Você precisa se mexer, Avery.* Em cima do lençol branco estava um coração.

Humano?

E atravessada no coração... *uma faca.* Meus pulmões pareciam trancados. Meu corpo não escutava, não importava quantas vezes eu dissesse a ele para correr. *Tem uma faca. E um coração. E...*

Soltei um som gutural. Eu ainda não conseguia correr, mas consegui tropeçar para trás.

Tentei gritar, mas nenhum som saiu. Eu me sentia como daquela vez na floresta Black Wood, sob o olhar de alguém que queria me ver morta. *Preciso sair daqui. Preciso...*

— Respire, menina. — Nash tinha aparecido de repente. Ele apoiou as mãos nos meus ombros e se abaixou, alinhando o rosto com o meu. — Inspire e expire. Muito bem, menina.

— Meu quarto — sibilei. — Tem um coração no meu quarto. Uma faca...

Uma expressão perigosa passou pelo rosto de Nash.

— Chame Oren — ele disse a Libby, que tinha aparecido ao nosso lado. Quando Nash se virou novamente para mim, sua expressão era gentil. — Inspire e expire — ele repetiu.

Eu inspirei freneticamente e tentei olhar para o meu quarto, mas o mais velho dos irmãos Hawthorne deu um passo para o lado e me impediu de ver qualquer coisa que não fosse o rosto dele. Ele estava bronzeado e tinha a barba por fazer. Estava usando seu característico chapéu de caubói. Seu olhar era firme.

Eu respirei.

— Eu já vi o que precisava ver. — Oren dirigiu essas palavras a Nash. — É um coração de vaca, não humano. A faca é uma faca de carne, da mesma marca que usamos nas cozinhas daqui.

Minha mente foi para a Lista. Perseguidores em potencial. *Ameaças.*

— O lençol é um lençol Hawthorne — Oren continuou.

— Trabalho interno? — Nash perguntou, seu maxilar tensionando. — Alguém da equipe?

— Provável — Oren confirmou. Ele se virou para mim. — Irritou alguém ultimamente?

Consegui me controlar.

— Eu posso ter irritado os Laughlin.

Eu pensei na sra. Laughlin me chamando de cruel. No marido dela, me avisando que pessoas podiam se machucar.

— Você acha que os Laughlin fizeram isso? — Libby perguntou com olhos arregalados.

— Sem chance. — A resposta de Nash foi firme. Ele olhou para Oren. — É mais provável que alguém na equipe tenha ficado sabendo que o sr. e a sra. L estão fulos da vida por alguma coisa e entendido que estava tudo liberado.

Oren digeriu isso.

— Você pode chamar alguém aqui para limpar isso? — perguntou a Nash.

Nash respondeu com uma ligação.

— Mel? Preciso de um favor.

Eu reconheci a faxineira que surgiu alguns minutos depois. Mellie tinha o hábito de olhar para Nash como se ele fosse o sol.

— Você pode cuidar disso para mim, querida? — Nash pediu, apontando para a sujeira.

Mellie fez que sim, seu olhar castanho-escuro fixado no dele. Alisa tinha me dito uma vez que Mellie era "uma das de Nash". Eu não tinha ideia de quanta gente na equipe da casa o mais velho dos irmãos Hawthorne havia salvado — ou quantas das "minhas" pessoas me viam como uma vilã que tinha roubado a herança de Nash.

— Eu preciso que você fale com as pessoas por mim — Nash disse a Mellie. — Deixe claro: não é temporada de caça. Não me importa quem está fingindo que não viu, nem por quê. Chega. Entendeu?

Mellie colocou uma mão no braço de Nash e fez que sim.

— Claro.

CAPÍTULO 21

— **Acontecerão algumas mudanças** no protocolo de segurança da propriedade até resolvermos a situação — Oren me disse depois que todo mundo havia saído. — Mas, antes de falarmos disso, precisamos falar sobre os Laughlin. Mais especificamente, precisamos falar sobre *como* você os irritou.

Procurei por uma maneira de responder sem revelar muita coisa.

— Jameson, Xander e eu estávamos mexendo na ala de Toby.

Oren cruzou os braços.

— Eu sei. Eu também sei *por quê*.

Oren tinha acesso aos sistemas de segurança — e um de seus homens tinha estado na Caixa Preta naquela tarde. *O que exatamente Eli ouviu?*

Meu chefe de segurança esclareceu as coisas para mim.

— Tobias Hawthorne Segundo. Vocês acham que ele está vivo.

— Eu *sei* que ele está.

Oren ficou em silêncio por um longo momento.

— Eu já te contei como comecei a trabalhar para o sr. Hawthorne?

Eu não tinha ideia de onde aquela pergunta havia saído.

— Não.

— Eu era um militar de carreira, dos dezoito aos trinta e dois anos. Eu teria ficado até fazer vinte anos de trabalho, mas houve um incidente. — A forma como Oren disse a palavra *incidente* gelou minha espinha. — Todo mundo na minha unidade foi morto, exceto eu. Um ano depois, quando o sr. Hawthorne me encontrou, eu estava mal.

Eu não conseguia imaginar Oren fora de controle.

— Por que você está me contando isso?

— Porque — Oren disse — preciso que você entenda que eu devo minha vida ao sr. Hawthorne. Ele me deu um propósito. Ele me arrastou de volta para a luz. E a última coisa que me pediu foi para ficar e liderar *sua* equipe de segurança. — Oren deixou que eu absorvesse isso. — O que quer que eu precise fazer para te manter segura — ele continuou, em voz baixa. — Eu vou fazer.

— Você acha que existe uma ameaça? — perguntei a ele. — Real? Você está preocupado com quem deixou aquele coração?

— Estou preocupado — Oren respondeu — com o que você e os meninos estão fazendo. Com os fantasmas que vocês estão desenterrando.

— Toby está vivo — disparei com ferocidade. — Eu o conheci. Eu acho que ele é...

— Pare — Oren ordenou.

Meu pai, terminei em silêncio.

— Grayson me mataria por te contar isso — falei. — Ele acha que, se vazar que Toby está vivo...

Oren terminou minha frase por mim.

— A repercussão pode ser fatal.

— O quê?

Aquilo não era o que eu iria dizer. De forma alguma.

— Avery — Oren disse em voz baixa —, nesse momento a família acredita que não existe nenhuma maneira eficaz de questionar o testamento, nenhuma forma de conseguir a fortuna que o sr. Hawthorne deixou para você. Zara e Constantine prefeririam lidar com você herdando e o escritório de advocacia tomando as rédeas do que com a fortuna passando para os *seus* herdeiros, isso considerando que sua morte não contasse como quebrar os termos do testamento, o que reverteria toda a fortuna para a caridade. O sr. Hawthorne sempre pensou dez passos à frente. Ele atou a fortuna deles a sua. Ele te deixou o mais segura que podia. Mas e se o testamento não for tão rígido? E se houver outro herdeiro...

Alguém pode decidir que me matar vale a pena? Eu não perguntei em voz alta.

— Você precisa ficar quieta — Oren me disse. — O que quer que você e os meninos estejam fazendo, pare.

Eu não conseguia parar. Naquela noite, com um segurança a postos bem na frente da minha porta, voltei à busca que tinha começado a conduzir à tarde.

O Instituto Allport era um centro para pesquisa de memória. A Casa Camden era uma unidade para tratamento de vício — e, com base na minha conversa com Nan à tarde, Toby tinha sido um paciente lá. Uma nova busca a respeito da Sociedade do Observatório de Rockaway Watch me disse que Rockaway Watch era uma pequena cidade costeira bem em frente à Ilha Hawthorne. *Kaylie Rooney era de Rockaway Watch*. Eu levei uns bons quinze minutos para juntar as coisas, mas, assim que consegui, os neurônios no meu cérebro começaram a se agitar dolorosamente rápido.

Havia uma história aí — uma que começava com Toby com raiva e viciado, uma que envolvia o incêndio e os jovens que morreram lá. *E o Instituto Allport?* Toby havia perdido a memória depois do incêndio? Foi por isso que ele nunca voltou para casa?

Com um foco que poderia competir com o de Jameson, fiz uma busca na última das instituições da lista de Grayson: o Caminho de Colin. Eu já tinha verificado mais cedo que ela existia, mas não tinha cavado mais fundo. Dessa vez, examinei o site. A primeira coisa que vi na página inicial foi uma foto de um monte de alunos do primário jogando basquete. Cliquei na aba que dizia *Nossa História* e li.

> *O Caminho de Colin oferece um ambiente seguro para o horário depois da escola de crianças entre cinco e doze anos de idade. Fundado em memória de Colin Anders Wright (foto à direita), nós acreditamos em Brincar, Doar e Crescer — para que todas as crianças possam ter um futuro.*

Levei um segundo para reconhecer o nome. Como Kaylie Rooney, Colin Anders Wright havia morrido na Ilha Hawthorne vinte anos atrás. *Quanto tempo a família de Colin levou para criar uma instituição em sua memória?*, me perguntei. Deve ter sido quase imediatamente, para que o Caminho de Colin tenha sido incluído no testamento antigo de

Tobias Hawthorne. Busquei por notícias até um mês depois do incêndio com o termo *Caminho de Colin* e encontrei meia dúzia de artigos.

Logo depois do incêndio, então. Voltei para o site do Caminho de Colin e fucei a seção de mídia — passei por anos, então décadas, até chegar ao primeiro clipping disponível, uma espécie de coletiva.

Dei play no vídeo. Havia uma família na tela: uma mulher com dois filhos pequenos, em pé atrás de um homem. De início, achei que eram marido e mulher, mas logo ficou claro que eram irmãos.

— Essa foi uma tragédia horrível, da qual nossa família nunca vai se recuperar. Meu sobrinho era um jovem incrível. Era inteligente e determinado, competitivo, mas bondoso. Não há como saber que bem ele teria feito nesse mundo se as ações de outros não lhe tivessem roubado essa oportunidade. Eu sei que, se Colin estivesse aqui, ele me diria para abandonar essa raiva. Ele me diria para me concentrar no que importa. E então, junto com a mãe dele, seus irmãos e minha esposa, que não pode estar aqui hoje, tenho orgulho de anunciar a criação da Caminho de Colin, uma instituição de caridade que vai se inspirar no espírito competitivo e generoso do meu sobrinho para trazer o prazer do esporte, do trabalho em equipe e da família para crianças carentes em nossas comunidades.

Havia algo na voz do homem que me chamou a atenção, algo perturbador. Algo familiar. Quando a câmera se aproximou, notei seus olhos.

Azul gelo, quase cinza. Quando ele terminou seu discurso, repórteres chamaram sua atenção:

— Sr. Grayson!

— Sr. Grayson, aqui!

Uma legenda surgiu na parte de baixo da tela. Me sentindo confusa e quase tonta, eu li o nome do tio de Colin Anders Wright: *Sheffield Grayson*.

CAPÍTULO 22

Na manhã seguinte, Jameson me chamou do outro lado da lareira e eu puxei o candelabro em cima dela para soltar a porta.

— Você encontrou o mesmo que eu? — ele me perguntou. — Duas das quatro instituições têm conexões com vítimas do incêndio. Ainda estou juntando o resto, mas tenho uma teoria.

— Sua teoria envolve Toby ter sido um paciente na Casa Camden e potencialmente ter perdido a memória depois do incêndio? — perguntei.

Jameson se inclinou na minha direção.

— Somos geniais.

Pensei no restante da minha descoberta. Ele não tinha mencionado Sheffield Grayson.

— Herdeira? — Jameson se afastou e me examinou. — O que foi?

Era óbvio para mim que ele não tinha procurado nada sobre o Caminho de Colin além de onde tinha vindo seu nome.

Era óbvio que ele não tinha visto o vídeo que eu vi. Sem dizer uma palavra, eu o abri para ele no celular, estendendo-o na sua direção. Enquanto Jameson assistia, finalmente encontrei minha voz.

— Os olhos dele — apontei. — E seu sobrenome é Grayson. Eu sei que Skye nunca contou nada a respeito do pai de vocês, mas vocês todos têm sobrenomes como primeiros nomes. Você acha...

Jameson me devolveu o celular.

— Só tem um jeito de descobrir. — Ele veio para trás de mim. — Nós podemos sair pela sua porta como pessoas normais, mas um dos homens de Oren está estacionado ali fora e eu duvido que qualquer pessoa da sua equipe de segurança vá te autorizar a visitar minha mãe.

Ir visitar uma mulher que tinha tentado me matar era uma má ideia. Eu sabia disso. Mas Grayson tinha dezenove anos, o que significava que ele havia sido concebido vinte anos atrás — não muito depois do incêndio na Ilha Hawthorne. Quais eram as chances de isso ser uma coincidência? Coincidências não existiam na Casa Hawthorne. E, naquele momento, a única pessoa que podia responder nossas perguntas era Skye.

— Oren não vai ficar feliz com isso — eu disse a Jameson.

Ele sorriu.

— Nós vamos voltar antes que notem que saímos.

Jameson conhecia as passagens secretas como a palma de sua mão. Ele nos levou para dentro da enorme garagem sem ninguém ver, puxou uma motocicleta da parede e resolveu o quebra-cabeça da caixa onde as chaves ficavam. No momento seguinte, estava vestindo um capacete e estendendo outro para mim.

— Você confia em mim, Herdeira?

Jameson tinha vestido uma jaqueta de couro. Ele cheirava a problemas. O tipo bom de problema.

— Nem um pouco — respondi, mas peguei o capacete da mão dele e, quando ele subiu na moto, subi na garupa.

CAPÍTULO 23

Skye Hawthorne estava hospedada em um hotel de luxo — um hotel que era *meu*. Era o tipo de lugar que tinha caviar no cardápio e oferecia serviços de spa nos quartos. Eu não tinha ideia de como Skye estava pagando por um quarto, nem mesmo se estava pagando. A ideia de que *aquela* era a punição dela por um atentado contra minha vida me enfurecia.

— Calma — Jameson murmurou ao meu lado quando bateu à porta. — Nós precisamos que ela fale.

Fale primeiro, pensei. *Mande a segurança retirá-la do local depois.*

Skye abriu a porta vestindo um robe de seda vermelho que tocava a ponta dos seus dedos e esvoaçava ao seu redor quando ela se movia.

— Jamie. — Ela sorriu para Jameson. — Que vergonha você não ter vindo visitar sua pobre mãe até agora.

Jameson me deu um brevíssimo olhar de aviso, um claro *deixe que eu cuido disso*.

— Eu sou um filho terrível — Jameson concordou, aumentando seu charme ao nível de Skye. — Horrendo, mesmo, tão preocupado com a pessoa que você tentou matar que mal pensei em como ter sido pega deve ter sido difícil para você.

Eu não tinha dito uma palavra para Jameson a respeito do que a mãe dele tinha feito, mas ele sabia que Skye havia se mudado. Provavelmente não tinha levado muito tempo para entender que Grayson a tinha *forçado* a se mudar — e por quê.

— O que seu irmão tem dito para você? — Skye exigiu, sem especificar de qual irmão ela estava falando. — E você acredita nele? Acredita *nela*...

— Acredito — Jameson disse, suave — que eu tenha encontrado o pai de Grayson.

Isso fez Skye arquear uma sobrancelha.

— Ele estava perdido?

O papel de vítima derreteu como neve no sol.

— Sheffield Grayson — soltei o nome, forçando o olhar de Skye a vir na minha direção. — O sobrinho dele morreu no incêndio da Ilha Hawthorne, junto com seu irmão, Toby.

— Não sei do que você está falando.

— E eu não sei por que você acha que mentir para mim é uma boa ideia, quando eu poderia te expulsar desse hotel — devolvi.

Eu pretendia deixar Jameson cuidar daquilo. Mesmo. Só que não foi bem assim que aconteceu.

— Você? — Skye desdenhou. — Esse hotel está na minha família há décadas. Você está iludida se acha...

— Que a gerência vai se importar mais em agradar a nova dona em vez de você?

— Você não é adorável? — Skye voltou para dentro do quarto. — Não fiquem parados aí — chamou. — Estão deixando entrar uma corrente de ar.

Com um olhar para Jameson, cruzei a porta — e me vi quase imediatamente acompanhada por Oren e Eli. Aparentemente, eu estava sob mais vigilância do que tinha notado.

Skye parecia estar maravilhada com o surgimento da minha equipe de segurança.

— Parece que temos uma festa. — Ela se sentou em uma *chaise longue* e esticou as pernas. — Vamos aos negócios, que tal? Eu tenho algo que você quer e gostaria de algumas garantias, começando com ser muito bem-vinda a ficar nesta cobertura indefinidamente.

Nem ferrando, pensei.

— Contraproposta — Jameson interrompeu antes que eu pudesse responder. — Se você responder nossas perguntas, não vou contar a Xander o que você fez. — Ele se deixou cair em um sofá ao lado da *chaise* de Skye. — Tenho certeza de que Nash somos dois mais dois. Eu descobri bem rápido. Mas Xan? Até onde ele sabe, esse é só mais um passeiozinho seu. Eu detestaria ter que contar a ele sobre seus impulsos assassinos...

— Jameson Winchester Hawthorne, eu sou sua mãe. Eu te coloquei no mundo.

Skye pegou uma taça de champanhe que estava perto dela e notei que havia uma segunda taça logo ali.

Ela não estava sozinha.

— No entanto — ela continuou, com um longo suspiro —, porque estou me sentindo generosa, acho que posso responder uma ou duas perguntas.

— Sheffield Grayson é o pai de Gray? — Jameson não perdeu tempo.

Skye deu um gole.

— Não no que importa.

— Biologicamente — Jameson insistiu.

— Se você quer mesmo saber — Skye disse, encarando-o por cima da taça —, então, sim, tecnicamente Sheff é o pai de Grayson. Mas o que um pouco de biologia importa? Fui eu que criei todos vocês.

Jameson riu.

— Segundo alguma definição.

— Sheffield Grayson sabe que tem um filho? — perguntei, pensando só em Grayson, me perguntando o que isso ia significar para ele.

Skye deu de ombros graciosamente.

— Eu não tenho a menor ideia.

— Você nunca contou a ele? — Jameson perguntou.

— Por que eu faria isso?

Eu a encarei.

— Você engravidou de propósito.

Nash tinha me contado aquela parte.

— Você estava sofrendo — Jameson disse suavemente. — Ele também.

O tom pareceu afetar Skye de uma forma que nada mais tinha conseguido.

— Toby e eu éramos muitos próximos. Sheff praticamente criou Colin. Nós entendíamos um ao outro, por um tempo.

— Por um tempo — Jameson repetiu. — Ou por uma noite?

— Honestamente, Jamie, que diferença faz? — Skye estava ficando impaciente. — Nunca faltou nada a vocês. Meu pai deu o mundo a vocês. Os funcionários mimaram todos vocês. Vocês tinham um ao outro e tinham a mim. Por que isso não foi suficiente?

— Porque — Jameson disse, sua voz rouca — nós não tínhamos você de verdade.

Skye baixou a taça.

— Não ouse reescrever a história. Como você acha que foi para mim? Filho após filho... e todos vocês preferiam meu pai.

— Eles eram crianças — eu disse.

— Os Hawthorne nunca são crianças, querida — Skye me disse, arrogante. — Mas não vamos brigar. Nós somos uma família, Jamie, e família é tão importante... Você não concorda, Avery?

Algo na pergunta e na forma como ela a havia feito era profundamente perturbador.

— Na verdade — Skye continuou —, estou considerando ter mais um filho. Ainda sou jovem o suficiente. Saudável. Meus filhos me viraram as costas, mereço algo meu, não mereço?

Algo, pensei, meu coração se apertando por Jameson. *Não alguém.*

— Você nunca contou a Sheffield Grayson que ele tinha um filho — voltei ao assunto.

Quanto mais rápido eu pudesse tirar Jameson dali, melhor.

— Sheff sabia quem eu era — Skye disse. — Se ele quisesse ir atrás, podia ter ido. Foi uma espécie de teste. Se eu não era importante suficiente para que viessem atrás... então de que eles me serviam?

Eles. Eu notei a escolha de palavras. Ela não estava falando só do pai de *Grayson*.

Skye se encostou na *chaise longue*.

— Francamente, suspeito que Sheff saiba exatamente o resultado de nosso tempo juntos. — Ela olhou nos olhos de

Jameson. — Essa família é tão famosa que qualquer homem com quem dormi só não sabe que tem um filho se estiver morando em uma caverna.

Ela estava dizendo a ele que o pai *dele* — quem quer que fosse — sabia.

— Já chega — eu disse, me levantando. — Vamos embora, Jameson.

Ele não se mexeu. Eu levei a mão ao ombro dele. Depois de um momento, ele ergueu uma das mãos para tocar meus dedos. Eu deixei. Jameson Hawthorne não gostava de estar vulnerável. Ele não gostava de precisar dos outros, não mais do que eu gostava.

— Vamos — repeti.

Nós tínhamos conseguido o que queríamos: confirmação.

— Você não quer ficar um pouco mais? — Skye perguntou. — Eu adoraria te apresentar ao meu novo amigo.

— Seu amigo — Jameson repetiu, seus olhos indo para a segunda taça de champanhe.

— Sua pequena herdeira o conhece — Skye disse, dando um gole de champanhe. Ela esperou o comentário fazer efeito, esperou a confusão realmente surgir antes de sorrir e atacar na jugular. — Seu pai é um homem *adorável,* Avery.

CAPÍTULO 24

Skye Hawthorne. E Ricky. Skye Hawthorne estava tendo um caso com Ricky.

Ele não é meu pai. Eu me agarrei a isso enquanto Oren e Eli nos tiravam da suíte de Skye. *Ricky Grambs não é meu pai.* Ele também não era "adorável". Skye Hawthorne era caviar e champanhe e Ricky era cerveja barata em banheiro de motel. Ele não tinha onde cair morto. Mas ele tinha uma relação — por mais tênue que fosse — comigo.

Eu sentia que ia vomitar. *Na verdade,* eu conseguia ouvir Skye falando com um brilho de um bilhão de dólares nos olhos, *estou considerando ter outro filho.* Era esse o plano dela? Ficar grávida do meu meio-irmão? *Não meu.* Pensar nisso não era tão reconfortante quanto deveria ser, porque qualquer filho de Ricky ainda seria o meio-irmão de *Libby* — e eu faria qualquer coisa por Libby.

— Onde você estava com a cabeça? — Oren estourou quando estávamos em segurança no elevador. — Uma mulher que tentou te matar está tendo um caso com um homem que pode herdar uma fortuna se você morrer e você abandonou sua equipe de segurança para *entrar em um quarto com ela?*

Eu nunca tinha pensado em Ricky como um dos meus herdeiros, mas eu era jovem demais para um testamento. O nome dele estava na minha certidão de nascimento.

— Por que você não sabia? — rebati a Oren antes de conseguir controlar a tempestade de emoções nas minhas entranhas. — Os dois estão na sua lista, não estão? Como você podia não saber que eles... — Deixei a frase pela metade, dando uma inspiração que depois não consegui soltar.

— Você sabia — Jameson concluiu. Oren não negou. A porta do elevador se abriu, e Jameson me puxou para fora. — Vamos embora daqui, Herdeira.

Eli o bloqueou. Oren soltou meu braço da mão de Jameson. Consegui sentir o exato momento em que as outras pessoas no lobby notaram a nossa presença. O momento em que elas me reconheceram.

— Ela não vai para lugar nenhum além da escola — Oren disse em tom de voz baixo para Jameson.

A expressão dele era perfeitamente agradável. Meu chefe de segurança sabia evitar escândalo.

Jameson inclinou a cabeça para me olhar. Ele era *excelente* em escândalos. Havia um convite em seus olhos verdes — e uma promessa. Se eu fosse com ele, ele daria um jeito de fazer nós dois esquecermos do que havia acontecido.

Eu queria aquilo. Mas garotas como eu nem sempre têm o que querem. Baixei os olhos.

— Jameson.

Minha voz era baixa. As pessoas estavam olhando. Com o canto do olho eu vi alguém erguer um celular e tirar uma foto.

— Pensando melhor — Jameson disse, generosamente —, Oren está certo. Melhor garantir, Herdeira. — Senti o olhar que ele me deu em cada centímetro do meu corpo. — Por enquanto.

CAPÍTULO 25

Eli ficou do meu lado o dia todo. Toda hora que eu tentava ter algum espaço, olhos azuis contornados de âmbar me encaravam. Em certo ponto, ele me informou que Oren havia intensificado meus protocolos de segurança — não só em Country Day, mas na propriedade também. Eu não iria para *lugar nenhum* sem um acompanhante.

Quando Oren foi nos buscar naquela tarde, Alisa estava no banco de trás da SUV. A primeira coisa que ela fez depois que eu coloquei o cinto de segurança foi me passar um tablet. Eu olhei para a tela e vi uma foto, que tinha sido tirada no hotel. Os olhos de Jameson estavam escuros e brilhantes e eu estava olhando para ele como milhares de outras garotas provavelmente já haviam olhado para Jameson Hawthorne.

Como se ele fosse importante.

A manchete dizia *Tensões aumentam entre Herdeira e a Família Hawthorne.*

— Essa não é a mensagem que queremos passar — Alisa me disse. — Eu já arranjei o controle de danos. Vai haver um evento para levantar fundos em memória de alguém na Country Day amanhã. Você e os irmãos Hawthorne irão.

Alguns adolescentes ficam de castigo, eu sou sentenciada a eventos black-tie.

— Certo — concordei.

— Eu também preciso da sua assinatura nisso.

Alisa me entregou um formulário de três páginas. Eu me lembrei da conversa que tinha escutado entre Libby e Nash e li as palavras em negrito no formulário: **Petição Para Emancipação de Menor.**

— Emancipação? — eu disse.

— Você tem dezessete anos. Você tem residência permanente e uma renda substancial. Sua guardiã legal está disposta a consentir, e você tem o mais poderoso escritório de advocacia do estado atrás de você. Não imaginamos ter qualquer dificuldade nisso.

— Libby consentiu? — perguntei. Ela não me parecera feliz com os papéis.

— Eu posso ser bem persuasiva — Alisa disse. — E, com Ricky na história, é a atitude certa. Quando você for emancipada, ele não vai ter base para tentar nada no tribunal.

— E — Oren acrescentou do banco da frente — você poderá assinar um testamento.

Quando eu fosse emancipada, Ricky não teria nada a ganhar com a minha morte.

Alisa me deu uma caneta. Enquanto eu lia o formulário, pensei em Libby. Então pensei em Ricky e em Skye — e assinei.

— Excelente — Alisa declarou. — Agora só temos um último assunto que precisa da sua atenção.

Ela me estendeu um pedacinho de papel com um número anotado.

— O que é isso? — perguntei.
— O celular novo da sua amiga Max.
Eu a encarei.
— Como assim?
Alisa apoiou a mão de leve no meu ombro.
— Eu arranjei um celular para ela.
— Mas a mãe dela...
— Nunca vai ficar sabendo — Alisa disse, seca. — Isso provavelmente me torna uma péssima influência, mas você precisa de alguém. Eu entendo, Avery. E você não quer que esse alguém seja um Hawthorne. O que quer que esteja acontecendo entre você e Jameson...
— Não tem nada acontecendo entre nós.
Isso me rendeu uma Cara de Alisa e um pouco mais.
— Primeiro o telhado, depois o hotel. — Ela fez uma pausa. — Ligue para sua amiga Max. Deixe que ela seja sua pessoa. Não um deles.

CAPÍTULO 26

— **Sua pata maravilhosa.**
Uma hora depois, Max atendeu o novo celular parecendo realmente animada.
— Você recebeu o celular.
— É a coisa mais linda que já vi nessa mendita vida. Espere um segundo. Preciso ligar o chuveiro.
Um segundo depois, conseguia ouvir água caindo.
— Você não está mesmo no chuveiro, está?
— Meus pais não precisam me escutar falando com você no meu novo celular clandestino — Max respondeu. — Eu sou o próprio 007, Ave. Eu sou o baralho do James Bond, seus patos! E, sim, eu estou no chuveiro. Disfarce, seu nome é Max.
Eu ri.
— Senti saudades. — Parei então, pensando nas nossas últimas conversas. Max me acusou de tornar nossa amizade só sobre mim. Ela não estava errada. — Eu sei que não...
— Não — Max me cortou. — Tá?

— Tá. — Hesitei por um ou dois segundos. — Nós estamos... bem?

— Depende — Max respondeu. — Alguém tentou te matar ultimamente?

Depois que atiraram em mim, Max queria que eu fosse embora, mas sair da Casa Hawthorne significava abrir mão da herança. Para ganhar o dinheiro, eu precisava ficar por um ano. Alisa tinha deixado aquilo bem claro.

— Seu silêncio quanto à questão das pessoas tentando te matar é profundamente perturbador.

— Eu estou bem — eu disse a Max. — É só...

— Só?

Tentei decidir por onde começar.

— Alguém deixou um coração de vaca ensanguentado no meu quarto. Com uma faca.

— Avery! — Max suspirou. — Me conte tudo.

— Então, resumindo — Max disse —, o tio morto? Não está morto, pode ser seu pai. Meninos gatos também são trágicos, todo mundo quer um pedacinho de você e a mulher que tentou te matar está trecando com seu pai?

Eu fiz uma careta.

— É mais ou menos isso.

— Você sabe o que eu queria de aniversário? — Max perguntou calmamente.

O aniversário de Max. É amanhã.

— Um pouco menos de drama?

— Reproduções funcionais e em tamanho real dos três droids mais amáveis do universo *Star Wars* — Max corrigiu.

— E um pouco menos de drama.

— Como você está? — perguntei.

Era a pergunta que eu tinha deixado de fazer muitas vezes antes.

— Maravilhosa — Max respondeu.

— Max.

— As coisas aqui estão... bem.

— Isso soa como uma mentira — eu disse.

O ex de Max havia mandado fotos comprometedoras para os pais dela quando ela terminou com ele por ter tentado vender informações sobre mim para a imprensa.

A vida dela definitivamente não estava *bem*.

— Eu estou pensando em participar de uma viagem missionária — Max me disse. — Talvez bem longa.

Os pais de Max eram religiosos. Max também era. Não era só algo que ela fazia por eles — mas eu nunca tinha ouvido ela falar de viagens missionárias antes.

Quão ruins estão as coisas na casa dela? Na escola?

— Tem algo que eu possa fazer? — perguntei.

— Sim — Max respondeu, séria. — Você pode mandar aquele projeto triste de pai que você tem tomar no mu e comer lerda. E um baralho. Baralho e lerda, nessa ordem.

Havia um motivo para Max ser minha melhor amiga.

— Mais alguma coisa?

— Você pode me contar como é o abdômen de Jameson Hawthorne — Max sugeriu inocentemente. — Porque eu vi aquela foto de vocês dois e meu sexto sentido me diz que você entrou em comunhão com ele.

— Não! — eu disse. — Não houve comunhão nenhuma.

— E por quê? — Max insistiu.

— Tem muita coisa acontecendo.

— Tem sempre muita coisa acontecendo — Max respondeu. — E você não gosta de querer as coisas. — Ela parecia estranhamente séria. — Você é muito boa em se proteger, Avery.

Ela não estava me dizendo nada que eu não soubesse.

— E daí?

— Agora você é uma bilionária. Você tem uma equipe inteira de pessoas para te proteger. A forra do mundo é seu. Você pode querer coisas. — Max desligou o chuveiro. — Você pode ir atrás do que você quer.

— E quem disse que eu quero alguma coisa? — perguntei.

— Meu sexto sentido — Max respondeu. — E aquela foto.

CAPÍTULO 27

Eu não fiquei surpresa ao encontrar Eli posicionado em frente a minha porta. Depois do incidente com o coração, eu provavelmente podia esperar um segurança particular — mesmo dentro da propriedade — pelo futuro próximo. No entanto, fiquei surpresa ao ver Grayson ao lado de Eli. Ele estava usando um terno preto com uma camisa social branca imaculada e sem gravata. Imediatamente pensei na cena dele arregaçando suas mangas, se preparando para brigar.

O que quer que Eli e Grayson estivessem conversando aos sussurros, eles pararam quando cheguei no corredor.

— Você não me disse que alguém deixou um coração ensanguentado no seu quarto. — Grayson Não Estava Feliz, e ninguém expressava Não Feliz como Grayson Hawthorne.

— Por quê?

Estava claro pelo seu tom que Grayson esperava uma resposta. Como regra geral, quando Grayson Hawthorne exigia algo, o mundo obedecia.

— Quando eu teria te contado? — perguntei. — Eu não te vejo desde que isso aconteceu. Com algumas exceções, você tem feito um excelente trabalho de me evitar desde o início da semana.

— Eu não estou te evitando — Grayson disse, mas ele nem conseguia dizer essas palavras sem desviar os olhos.

No fundo da mente, eu ouvi Max me dizer que eu não gostava de querer coisas. Era irritante quando ela estava certa.

— Você foi ver minha mãe. — Grayson não colocou isso como uma pergunta.

Eu olhei feio para Eli, que aparentemente tinha uma boca bem grande.

— Ei — Eli disse, erguendo as mãos. — Eu não contei.

— Oren? — perguntei a Grayson com uma cara feia. — Ou Alisa?

— Nenhum deles — Grayson repetiu e trouxe seu olhar de volta para o meu. — Eu vi uma foto sua no hotel. Sou mais do que capaz de chegar a conclusões sozinho.

Tentei não interpretar demais aquela última frase, mas não consegui deixar de pensar na *conclusão* a que Max tinha chegado com aquela foto de Jameson e eu. Era por isso que Grayson estava agindo assim?

Foi você quem se afastou, pensei. *Isso é o que você queria.*

— Se você precisava de algo de Skye — Grayson disse, sua voz tensa —, era só pedir.

Eu me lembrei então *do que* eu precisava de Skye. O que ela havia confirmado. De repente, nada mais importava.

— Você viu Jameson hoje? — perguntei a Grayson, sentindo meu estômago apertar. — Ele não foi à escola. Ele... foi te encontrar?

— Não. — O maxilar de Grayson ficou tenso. — Por quê?

Jameson não tinha contado a Grayson sobre o pai dele, mas não parecia certo que eu fizesse isso.

— Nós descobrimos uma coisa. — Eu baixei os olhos. — A respeito das instituições de caridade no testamento.

— Você não para. — Grayson sacudiu a cabeça. Seus braços permaneceram estáticos nas laterais do corpo, mas vi o polegar da sua mão direita esfregando a parte de trás do indicador, uma pequena perda de controle que me fez pensar que ele poderia estar à beira de uma maior. — E nem — continuou — Jameson. — Então ele se virou, tensão visível em seu pescoço e maxilar, embora sua voz se mantivesse mortalmente calma. — Se você me der licença, preciso de uma palavrinha com meu irmão.

CAPÍTULO 28

Eu segui Grayson. Eli me seguiu. Em defesa de Grayson, ele desistiu de tentar me despistar bem rápido. Ele me deixou segui-lo por todo o caminho até o terceiro andar, por uma série de corredores sinuosos, subindo uma pequena escada de ferro fundido, até uma alcova. Havia uma antiga máquina de costura no canto. As paredes estavam cobertas de colchas. Grayson ergueu uma delas e revelou um túnel baixo.

— Se eu te dissesse para voltar ao seu quarto, você iria? — perguntou.

— De jeito nenhum — respondi.

Grayson suspirou.

— Daqui a uns dez passos você vai encontrar uma escada.

Ele ergueu a colcha e esperou, seu queixo apontando para baixo, seu olhar no meu. O mundo podia se dobrar à vontade de Grayson Hawthorne, mas eu, não.

Deixando Eli para trás, segui pelo túnel, engatinhando. Eu sentia e ouvia Grayson atrás de mim, mas ele não disse uma palavra até eu começar a subir a escada.

— Tem um alçapão no final. Tome cuidado. Ele emperra.

Engoli o impulso de me virar e olhá-lo e consegui abrir a porta e passar por ela, piscando quando a luz do sol bateu nos meus olhos. Eu estava esperando um sótão — não o telhado.

Olhando em volta, saí para uma área pequena e plana, de mais um menos um metro e meio por um metro e meio, aninhada entre os ângulos do telhado da Casa Hawthorne. Jameson estava apoiado contra o telhado, seu rosto voltado para o céu, como se estivesse tomando sol.

Nas mãos, ele tinha uma faca.

— Você guardou isso? — Grayson saiu para o telhado atrás de mim.

Jameson, ainda de olhos fechados, girava a faca nas mãos. O cabo se abriu em dois, revelando um compartimento interno.

— Vazio. — Jameson abriu os olhos e fechou o compartimento. — Dessa vez.

A boca de Grayson se firmou em uma linha tensa.

— Eu invoco...

— Ah, não — falei com ferocidade. — Isso de novo, não. Ninguém vai invocar nada!

Jameson encontrou meu olhar. Seus olhos verdes estavam líquidos e sombreados.

— Você contou? — ele me perguntou.

— Contou o quê? — Grayson disse, áspero.

— Bem, isso responde. — Jameson se levantou. — Herdeira, antes de começarmos a compartilhar segredos, vou precisar que você me prometa um avião.

— Um avião? — Olhei incrédula para ele.

— Você tem vários. — Jameson sorriu. — Eu quero um emprestado.

— Por que você precisa de um avião? — Grayson perguntou, desconfiado.

Jameson dispensou a pergunta com um aceno de mão.

— Tudo bem — concordei. — Você pode pegar um dos meus aviões. — Mais uma frase que nunca achei que diria.

— Por que — Grayson repetiu por entre os dentes — você precisa de um avião?

Jameson olhou de volta para o céu.

— Caminho de Colin foi fundada em memória de Colin Anders Wright.

Eu me perguntei se Grayson conseguia ouvir o tom por baixo da voz de Jameson. Não era bem tristeza, não era bem arrependimento, mas era *alguma coisa*.

— Colin foi uma das vítimas do incêndio na Ilha Hawthorne — continuou ele. — A instituição foi fundada pelo seu tio.

— E? — Grayson estava ficando impaciente.

Jameson de repente olhou para mim. *Ele não consegue dizer. Ele não consegue ser a pessoa que vai contar isso.*

Pressionei os lábios e inspirei.

— O nome do tio é Sheffield *Grayson*.

Um silêncio absoluto respondeu a afirmação. Grayson Hawthorne não era uma pessoa que demonstrava muitas emoções, mas naquele momento senti cada mudança sutil de sua expressão no fundo do meu estômago.

— É por isso que vocês foram ver Skye — Grayson disse, a voz estava tensa.

— Ela confirmou, Gray. — Jameson arrancou o band-aid. — Ele é seu pai.

Grayson ficou quieto de novo e Jameson se moveu de repente, jogando a faca para ele. A mão de Grayson rapidamente pegou-a pelo cabo.

— Com certeza o velho sabia — Grayson disse, implacável. — Durante vinte anos, Caminho de Colin esteve em seu testamento. — Um músculo na garganta de Grayson se apertou. — Ele estava tentando dizer algo a Skye?

— Ou ele estava deixando uma pista? — Jameson questionou. — Pense nisso, Gray. Ele deixou uma pista para nós no testamento novo. Talvez esse fosse um truque antigo, um que ele já tinha usado antes.

— Isso não é só uma *pista* — Grayson disse, sua voz baixa e dura. — Isso é meu... — Ele não conseguia dizer a palavra *pai*.

— Eu sei. — Jameson foi ficar em frente ao irmão, baixando sua testa até que ela tocasse a de Grayson. — Eu sei, Gray, e se você deixar isso ser um jogo, não precisa doer.

Eu estava tomada pela sensação de que não deveria estar ali, que não deveria ver os dois assim.

— Nada precisa importar — Grayson respondeu em uma voz estrangulada —, a menos que você permita.

Eu me virei para ir embora, mas Grayson notou meu movimento com o canto do olho. Ele se afastou de Jameson e se virou para mim.

— Esse Sheffield Grayson pode saber algo sobre o incêndio, Avery. Sobre Toby.

Ele tinha acabado de ter o mundo revirado por uma revelação sobre seu pai e estava pensando em mim. Em Toby. Na assinatura na minha certidão de nascimento.

Ele sabia que eu não ia parar.

— Você não precisa fazer isso — eu disse a ele.

Grayson segurou o cabo da faca com mais força.

— Nenhum de vocês dois vai deixar isso pra lá. Se eu não posso impedi-los, posso pelo menos garantir que alguém com um mínimo de bom senso supervisione o processo.

Em um segundo, Grayson jogou a faca de volta para Jameson, que a pegou.

— Eu vou arranjar o avião — Jameson sorriu para o irmão. — Nós saímos ao amanhecer.

CAPÍTULO 29

O *nós* não me incluía. Para herdar, eu precisava viver na Casa Hawthorne por um ano. Eu não tinha certeza se eu *podia* viajar, e, mesmo que desse um jeito, eu não podia me meter naquilo. Grayson tinha direito de conhecer seu pai sem me carregar junto. Ele tinha Jameson, e eu não conseguia afastar a sensação de que eles precisavam fazer aquilo juntos.

Sem mim.

Então fui para a escola no dia seguinte, me mantive discreta e esperei. Entre as aulas, eu checava meu celular, esperando uma atualização. Que eles tinham chegado em Phoenix. Que tinham feito contato, ou que não tinham. *Alguma coisa.*

— Eu poderia te perguntar onde meus irmãos estão. — Xander me alcançou no corredor. — E o que estão aprontando. Ou… — Ele me deu um sorriso ridículo. — Poderia te trazer para o lado sombrio da força com o poder atordoante do meu carisma.

— O lado sombrio? — repeti, rindo.

— Ajudaria se eu fosse atormentado? — Xander perguntou quando chegamos na porta da minha próxima aula. — Eu posso ser atormentado! — Ele fechou exageradamente a cara e então sorriu. — Fala sério, Avery. É *meu* jogo. Eles são *meus* irmãos idiotas e notavelmente menos carismáticos. Você precisa me por pra dentro.

— Sr. Hawthorne. — A professora Meghani lançou um olhar divertido para ele. — A menos que eu esteja enganada, você não está nessa aula.

— Estou livre até o almoço — Xander respondeu a ela. — E *preciso* construir significado.

Em qualquer outra escola, aquilo não ia colar. Se ele não fosse um Hawthorne, talvez não colasse ali também, mas a professora Meghani permitiu.

— Na última aula — ela falou da frente da sala —, nós conversamos a respeito do espaço branco nas artes visuais. Hoje, eu quero que vocês trabalhem em pequenos grupos para conceitualizar o equivalente em outras formas artísticas. O que cumpre a função do espaço branco na literatura? No teatro? Na dança? Como o significado pode ser construído, ou enfatizado, com espaços e vazios propositais? Quando o *nada* se torna *algo*?

Eu pensei no meu celular. Na falta de comunicação vinda de Jameson e Grayson.

— Quero duas mil palavras sobre esse assunto e um plano de exploração artística até o fim da semana que vem. — A professora Meghani bateu palmas. — Ao trabalho.

— Você ouviu a mulher — Xander disse ao meu lado. — Vamos trabalhar.

Dei outra olhadela no meu celular.

— Estou esperando notícias dos seus irmãos — admiti, mantendo a voz baixa e tentando parecer que estava refletindo profundamente a respeito do verdadeiro significado da arte.

— Sobre o quê? — Xander incentivou.

A professora Meghani passou pela nossa mesa e eu esperei até que ela não conseguisse mais ouvir antes de continuar.

— O nome Sheffield Grayson te diz alguma coisa? — perguntei a Xander.

— Diz, sim! — ele respondeu, animado. — Eu criei um banco de dados dos maiores doadores para todas as instituições de caridade da nossa lista. O nome Sheffield Grayson aparece na lista exatamente duas vezes.

— Por causa da Caminho de Colin — eu disse imediatamente. — E...

— Casa Camden.

Guardei a informação para referência futura.

— Você já viu uma foto de Sheffield Grayson? — perguntei baixo para Xander.

Você sabe quem ele é para o seu irmão?

Em resposta, Xander fez uma busca por imagem e soltou um suspiro.

— Ah.

Xander de alguma forma convenceu a professora Meghani que eu pretendia abordar o tema no ensaio por meio de uma comparação entre o espaço branco na natureza e o espaço branco nas artes e ela nos autorizou a passar o resto da aula lá fora. Quando chegamos ao perímetro do bosque ao sul da quadra de beisebol, Xander parou. Eu também — e, a quatro passos de distância, Eli também.

— O que estamos esperando? — perguntei.

Xander apontou e vi Rebecca vindo na nossa direção a mais ou menos uns cem metros de distância.

— Estou começando a entender por que você chama o seu lado de lado sombrio da força — resmunguei.

— O velho tinha um fraco pela Rebecca — Xander me disse. — Bex o conhecia bem, e não acho que ele esperava que eu fizesse isso sozinho.

Apontei para mim mesma.

— Você não está sozinho.

— E você está no meu time? Não no de Jamie? — Xander me lançou um olhar. — Ou de Gray?

— Por que precisa haver times? — perguntei.

— É o jeitinho deles. Os Hawthorne, quero dizer. — Rebecca parou na minha frente. Quando me virei para encará-la, ela desviou o olhar. — Você disse que tinha novidades? — ela perguntou a Xander.

— Vamos esperar por Thea — Xander sugeriu.

— Thea? — grunhi.

— Ela é deliciosamente maquiavélica e detesta perder. — Xander sequer se abalou. — Eu gosto do impacto disso nas minhas chances.

— Ela também é sobrinha de Zara — não pude deixar de apontar. — E odeia você e seus irmãos.

— *Odeia* é uma palavra forte — Xander desviou. — Thea só nos ama de uma forma um tanto negativa e ocasionalmente violenta.

— Thea não vem — Rebecca disse, interrompendo minha discussão com Xander.

— Ela não vem? — Xander ergueu sua única sobrancelha.

— Eu só... — Rebecca respirou e o vento bateu em seu cabelo ruivo escuro. — Eu não posso, Xan. Não hoje.

O que tem hoje?
— Qual a nova pista? — Rebecca perguntou, sua expressão implorando a Xander para não insistir mais. — O que sabemos?

Xander deu um pequeno aceno de cabeça e foi direto ao ponto.

— Um pessoa do nosso interesse é o pai de Grayson. Jamie e Gray estão, imagino, fazendo contato. Até descobrirmos o que eles descobriram, nossa única opção é seguir minha outra pista.

— Qual outra pista? — perguntei.

— A Casa Camden — Xander disse, decidido. — Cruzar seus principais doadores com as vítimas da Ilha Hawthorne deu dois resultados. A família de David Golding é apoiadora nível platina. O tio de Colin Anders Wright doou uma única vez, mas uma quantia muito generosa. Embora não tenha identificado nenhuma direção direta do meu avô, tenho uma teoria.

— Toby foi um paciente lá — interrompi. — Nan me contou.

— Eu tenho quase certeza de que os três garotos passaram um tempo na Casa Camden — Xander disse. — Acho que foi onde eles se conheceram.

Pensei na cobertura do incêndio. A sugestão de que teria havido uma festa intensa que saiu do controle. A forma como a tragédia havia sido atribuída, repetidas vezes, a Kaylie Rooney, quando os três exemplares jovens tinham saído da reabilitação direto para a festa.

— Se os garotos se conheceram na Casa Camden — Rebecca disse lentamente —, então...

— Exatamente! Então... *o quê?* — Xander alternava seu peso de um pé para o outro.

— Isso nos diz algo sobre o estado mental deles naquele verão — eu disse. — Antes do incêndio.

— Do incêndio — Rebecca repetiu — e das mortes deles. — Ela fechou os olhos com força e, quando os abriu, sacudiu a cabeça e começou a recuar. — Me desculpe, Xan. Eu quero jogar esse jogo. Quero te ajudar. Quero poder fazer isso com você e vou, ok? Mas não hoje.

CAPÍTULO 30

Eu levei mais tempo do que deveria para perceber que, quando Rebecca disse no início da semana que o aniversário de Emily era sexta — hoje —, ela não estava mentindo. Nem Thea, quando disse que haveria um memorial.

O *mesmo* memorial ao qual Alisa planejava que eu fosse.

— Marquei uma sessão para você com Landon nessa tarde. Ela tinha pouca disponibilidade, então talvez tenha que ser junto com cabelo e maquiagem.

Coloquei o cinto de segurança e apertei os olhos para Alisa enquanto Eli se acomodava no banco da frente.

— Você esqueceu de mencionar que o memorial de hoje era para Emily Laughlin.

— Esqueci? — Alisa não soou nem um pouco culpada. — Country Day vai construir uma nova capela em honra a ela.

Ouvi uma tosse do banco do motorista e percebi que não era Oren quem estava dirigindo. O homem tinha cabelo mais claro e mais comprido. Eu já estava quase acostumada a Eli me seguindo na escola, mas aquela era a primeira vez desde a leitura do testamento que Oren me perdia de vista em um deslocamento.

— Cadê o Oren? — perguntei.

— Ocupado com outra coisa — o motorista respondeu. — Houve um incidente.

— Que tipo de incidente? — insisti.

Nenhuma resposta. Eu olhei para Alisa, mas ela deu de ombros e redirecionou a conversa.

— Você não saberia por que Jameson e Grayson pegaram um de seus jatinhos, saberia?

De volta à Casa Hawthorne, encontramos Oren esperando na porta, junto do *incidente* com o qual ele estava lidando.

— Max?

Fiquei chocada ao vê-la. A gente não se encontrava pessoalmente havia mais de um ano, mas lá estava Max, o cabelo preto preso em dois coques bagunçados.

Ela sorriu para mim, então deu o olhar mais irritado do mundo para Oren.

— Finalmente! Avery, você pode avisar ao Monsieur Guarda-Costas aqui que eu não sou um risco de segurança?

Meu choque começou a passar.

— Max!

Eu dei um passo na direção dela e foi tudo de que Max precisava para se atirar em mim. Ela me abraçou. Forte.

— O que você está fazendo aqui? — perguntei.

Ela deu de ombros.

— Eu te disse que estava considerando uma viagem missionária. Estou aqui para trazer o amor de Deus para esses pobres e perdidos bilionários. É um trabalho difícil, mas alguém tem que fazê-lo.

— Ela está brincando — eu disse a Oren. — Provavelmente.

Analisei Max mais de perto. Por mais feliz que estivesse em vê-la, eu também sabia que seus pais não teriam aprovado a viagem. Ela já estava na corda bamba com eles.

Foi então que percebi:

— Hoje é seu aniversário também.

— Também? — Por um segundo, vi uma emoção crua por trás dos olhos de Max, mas ela ignorou. — Eu tenho dezoito anos. — Max era legalmente uma adulta. Os pais a tinham expulsado ou ela tinha ido embora sozinha? — Tem um quarto sobrando? — ela me perguntou, cheia de coragem.

Eu apertei a mão dela.

— Devo ter uns quarenta.

Ela me deu o sorriso mais ousado e invencível que Maxine Liu tinha.

— Então, o que uma garota precisa fazer por uma visita guiada desse lugar?

Dez minutos depois, meu celular tocou. Eu olhei para a tela.

— Jameson — relatei.

Max me olhou.

— Não seja por isso. — Ela sorriu. — Finja que nem estou aqui.

Eu atendi a ligação.

— O que está acontecendo? Está tudo bem?

— Além do fato de que a mula do meu irmão se recusa a jogar Bebida ou Desafio enquanto esperamos? — Jameson tinha um jeito de fazer tudo parecer uma piada, de humor ácido ainda por cima. — As coisas estão ótimas.

— Bebida ou Desafio? — perguntei. — Não... não responda. O que exatamente vocês estão esperando?

Houve um momento de silêncio do outro lado da linha.

— Sheffield Grayson tem uma equipe de segurança que compete com a nossa. Não tem como chegar perto do homem a menos que ele queira.

Senti um aperto no peito.

— E ele não quer Grayson perto dele. — Pensar nisso doía. — Ele está bem?

Jameson não respondeu a pergunta.

— Grayson tem cartões de visita... e, sim, eu ri da cara dele sem parar por causa disso. Ele escreveu o contato do nosso hotel no verso de um deles e deixou com o guarda na porta da propriedade Grayson.

Quanto menos sério Jameson soava, mais eu sentia dor por ele.

— Então vocês estão esperando — concluí.

Houve um breve silêncio do outro lado da linha.

— Então estamos esperando.

Havia um peso no tom de Jameson. Ele ter me deixado ouvi-lo era chocante.

— Não se preocupe, Herdeira — Jameson voltou para a brincadeira. — Eu *vou* vencer a batalha do Bebida ou Desafio se tivermos que esperar muito mais.

Quando encerrei a chamada, Max praticamente saltou em cima de mim.

— O que ele disse?

* * *

— Então os garotos com quem você quer trecar pegaram um jatinho seu emprestado para ir ao Arizona esperando que o pai misterioso de um dos tais garotos saiba algo a respeito de um incêndio trágico e fatal sei lá quantos anos atrás.

— É por aí — confirmei. — Só que eu não quero trecar com ninguém.

— Só na cabeça e só com os olhos — Max disse, solene.

— Max! — repreendi e então virei o jogo. — Você quer me contar o que está fazendo aqui? Nós duas sabemos que você não está bem.

Max ergueu os olhos para o teto seis metros acima de nós.

— Talvez eu não esteja. Mas eu *estou* no meio de uma pista de boliche que fica *dentro da sua casa*. Esse lugar é inacreditável!

Se ela queria distração, tinha vindo ao lugar certo.

— Agora, tem mais alguma coisa na Vida Doida da Avery Bilionária que você deixou passar?

Eu sabia que era melhor não pressioná-la se ela não queria falar.

— Tem mais uma coisa — eu disse. — Lembra da Emily?

— Morreu e deixou destroços para trás? — Max disse imediatamente. — O luto reverbera em todos os atores de sua tragédia até hoje? Sim, me lembro da Emily.

— Hoje eu vou a um evento beneficente em nome dela.

CAPÍTULO 31

— **Em que ponto** estamos no desenvolvimento dos seus argumentos e seu tema? — Landon me perguntou. Aparentemente, ela não tinha problemas com me questionar enquanto meu rosto estava sendo contornado e meu cabelo agressivamente penteado.

— Você tem um tema? — Max se meteu do meu lado. — É *derrote o patriarcado*? Eu espero que seja derrote o patriarcado.

— Gostei — eu disse a Max. — Por que você não cria alguns argumentos?

— Fique quieta. — Mãos firmes agarraram meu queixo. Landon pigarreou.

— Eu não acho que isso seria prudente — ela me disse, olhando delicadamente para Max.

— Destruir o patriarcado é *sempre* prudente — Max garantiu a ela.

— Olhe para cima — o maquiador instruiu. — Vou começar seus olhos.

Parecia muito mais macabro do que deveria soar. Fazendo esforço para não piscar, rangi os dentes.

— Por que você não poupa tempo e esforço de todas nós e me diz o que você quer que eu diga? — perguntei a Landon.

— Nós precisamos comunicar que você é alguém com quem as pessoas se identificam, que está grata pela tremenda oportunidade que recebeu e que tem boas relações com a família Hawthorne, e também que é pouquíssimo provável que você cause caos a indústrias de bilhões de dólares. — Ela deixou que um segundo se passasse, então continuou. — Mas *como* você comunica essas coisas é uma escolha sua. Se eu escrever o roteiro, vai soar como um roteiro, então você precisa se esforçar, Avery. O que você pode dizer sinceramente sobre toda essa experiência?

Eu pensei na Casa Hawthorne, nos meninos que moravam nela, nos segredos embutidos nas próprias paredes.

— É incrível.

— Bom — Landon disse. — E?

Minha garganta apertou.

— Eu queria que minha mãe estivesse aqui.

Queria que ela pudesse me ver. Queria ter tido dinheiro, qualquer dinheiro, quando ela ficou doente. Queria poder perguntar a ela sobre Toby Hawthorne.

— Você está no caminho certo — Landon me disse. — Mesmo. Mas, por enquanto, é melhor evitar mencionar sua mãe.

Se pudesse, eu a teria encarado, mas, em vez disso, meu queixo estava puxado com força para trás e eu me encontrava encarando o teto.

Por que ela não quer que eu fale da minha mãe?

* * *

Duas horas depois, eu estava enfiada em um vestido na altura do joelho feito de seda lavanda, com um xale de renda preta impossivelmente delicada. Em vez de sapatos de salto, eu estava usando botas pretas de cano alto, de camurça e nem um pouco confortáveis. *Patricinha com algo a mais,* meu visual.

Eu estava pensando em Landon — e na minha mãe.

— Pesquisei um pouco. — Max esperou que nós duas estivéssemos sozinhas antes de compartilhar. — Parece que tem um tabloide escrevendo histórias sobre sua mãe.

— E dizendo o quê? — perguntei.

Meu pulso acelerou. O vestido que me mandaram usar era justo o suficiente para eu ter quase certeza de que dava para *ver* meu coração batendo. *A imprensa suspeita que ela tenha mentido a respeito de quem é meu pai?* Abafei o pensamento.

— O tabloide diz que sua mãe estava vivendo com um nome falso. — Max me estendeu o celular dela. — Até agora ninguém mais foi atrás da história, então provavelmente é só um monte de lerda, mas...

— Mas Landon não quer que eu fale da minha mãe — completei. Eu fechei meus olhos maquiados, só por um segundo. — Ela não tinha família — eu disse a Max quando os abri. — Éramos só nós duas.

Pensei em todos os palpites ridículos que tinha dado no jogo do Eu Tenho Um Segredo. Eu já me enfiara no buraco da agente-secreta-vivendo-com-uma-identidade-falsa mais de uma vez.

— Talvez faça sentido — Max disse. — Toby também não estava vivendo com um nome falso?

Aquilo trouxe todo um mar de questões que eu vinha evitando. Como, exatamente, minha mãe tinha acabado envolvida com o filho de Tobias Hawthorne? Ela sabia quem ele realmente era?

Uma batida dura na porta invadiu meus pensamentos.

— Está pronta? — Alisa chamou.

— Você tem certeza de que não podemos pular isso? — devolvi.

— Você tem cinco minutos.

Eu me voltei para Max.

— Nós vestimos o mesmo tamanho — observei.

— E isso é interessante por quê? — Max perguntou, seus olhos castanhos dançando.

Eu a levei para o meu armário e, quando abri as portas, ela literalmente ficou sem ar com o que viu.

— Se vista, aniversariante. De jeito nenhum eu vou nesse troço sozinha.

CAPÍTULO 32

O maior espaço interno na Heights Country Day se chamava Sala Comum. Era parte sala de estar, parte ponto de encontro e, naquela noite, tinha sido transformada. Cortinas douradas cercavam a sala. A mobília tinha sido substituída por dezenas de mesas redondas cobertas com toalhas de seda de um roxo profundo. *A cor preferida de Emily.* Próximo à frente da sala, dois quadros enormes tinham sido expostos em cavaletes dourados. Um era uma planta baixa da nova capela. O outro era uma foto de Emily Laughlin. Eu tentei não encará-la — e não consegui.

O cabelo de Emily era loiro acobreado, com ondas naturais que a faziam parecer um pouco imprevisível. A pele dela era insuportavelmente lisa, e seus olhos pareciam saber de tudo. Ela não era tão linda quanto Rebecca, mas tinha algo no sorriso...

Não consegui deixar de pensar que talvez fosse bom que Jameson e Grayson não estivessem ali. Eles tinham sido apaixonados por ela, os dois. *Talvez ainda sejam.*

Ao meu lado, Xander bateu o ombro no meu. Alisa tinha lhe dado ordens rígidas para ficar perto de mim, assim como ela relutantemente havia designado Nash como acompanhante de Libby para aquela noite. Parte do controle de danos que deveríamos fazer era comunicar que eu tinha boas relações com a família Hawthorne — o que era mais difícil na prática, já que Xander e Nash não eram os únicos Hawthorne ali.

Do outro lado da sala, notei Zara e Constantine socializando.

— Nós precisamos circular — Alisa murmurou diretamente na minha nuca.

Ela começou a conduzir Xander e eu na direção do quarteto de cordas, e foi naquele exato momento que vi Skye Hawthorne. Ela estava rindo com extravagância, cercada por admiradores — alguns homens, algumas mulheres.

— O casal da esquerda é Christine Terry e o marido, Michael — Alisa sussurrou. — Dinheiro de petróleo, terceira geração. Não é gente que você quer como inimigos.

Traduzi isso como: *gente que nós não queremos rindo com Skye.*

— Eu vou te apresentar — Alisa me disse.

— Me ajude — pedi a Max sem fazer som.

— Eu ajudaria — ela sussurrou —, mas um garçom acabou de passar e ele tinha camarão!

Dez segundos depois, eu estava apertando a mão de Christine Terry.

— Skye estava nos contando que você não é muito fã de futebol americano — o marido dela declarou, jovial e alto. — Alguma chance de você decidir abrir mão dos Lone Stars?

— Você precisa desculpar meu marido — Christine me disse. — Eu sempre digo a ele que há hora e lugar certos para negócios.

— E hora e lugar certos para futebol! — Michael trovejou.

— Avery não está pensando em abrir mão de nenhum bem no momento — Alisa disse, calmamente. — Eu não sei o que poderia ter dado essa ideia a alguém.

Por *alguém* ela queria dizer Skye, mas a mãe assassina dos meninos era uma Hawthorne até os ossos, e não se abalou.

— A querida Avery é libriana — Skye miou. — Ambivalente, gosta de agradar e é intelectual. Todos nós podemos ler nas entrelinhas. — Ela fez uma pausa e então estendeu a mão para a direita. — Não é mesmo, Richard?

A entrada dele não teria sido melhor se ela tivesse planejado. *Richard* — que não era de forma alguma o nome de verdade de Ricky — passou um braço pela cintura de Skye. Ela tinha vestido o inútil em um terno caro, feito sob medida. Olhando para ele, tentei me lembrar de que ele não era nada para mim.

Mas, quando ele sorriu, eu me senti com sete anos de idade e uns dez centímetros de altura.

Agarrei Xander com mais força, mas ele se afastou subitamente de mim. A uns dez metros de distância, vi os Laughlin. O sr. e a sra. Laughlin pareciam claramente desconfortáveis em roupa de gala. Rebecca estava ao lado deles e ao lado dela estava uma mulher de uns quarenta ou cinquenta anos que parecia assustadoramente com como Emily seria se tivesse ficado mais velha.

Eu vi a mulher — que eu só podia presumir ser a mãe das meninas — virar uma taça cheia de vinho de um só gole. O olhar de Rebecca encontrou o de Xander e um segundo depois ele tinha sumido, me deixando com as graças da sua mãe.

— Eu já apresentei vocês ao pai de Avery? — Skye perguntou ao grupo, seu olhar pousando em Christine Terry. — Eu sei por uma boa fonte que ele vai pedir a guarda da nossa pequena herdeira logo mais.

Quarenta minutos mais tarde, quando vi Ricky indo na direção do bar, encarreguei Max de distrair Alisa para que eu pudesse encurralá-lo sozinho.

— Por que a cara feia, Grilinho?

Ricky Grambs sorriu quando me aproximei dele. Ele era o tipo de bêbado que tinha elogios efusivos para todo mundo. Eu devia ter esperado o ataque de charme. O fato de que ele tinha me chamado por um apelido não devia ter importado.

— Não me chame de Grilinho, meu nome é Avery.

— Deveria ter sido Natasha — ele declarou grandiosamente. — Você sabia disso?

Minha garganta apertou. Ele era um inútil. Sempre tinha sido um inútil. Baseado no que eu havia descoberto, provavelmente nem era meu pai. Então por que falar com ele doía?

— Sua mãe tinha escolhido um nome do meio, então eu ia escolher o primeiro. Sempre gostei do som de Natasha. — O bartender se aproximou e Ricky Grambs não hesitou. — Mais uma para mim — ele disse, e então deu uma piscadela. — E uma para minha filha.

— Eu sou menor de idade — disparei, com frieza.

Os olhos dele brilharam.

— Você tem minha permissão, Grilinho.

Algo dentro de mim se partiu.

— Você pode enfiar sua *permissão* no...

— Sorria — ele murmurou, se inclinando na minha direção. — Para a imprensa.

Eu olhei para trás e vi um fotógrafo. Alisa tinha me arrastado para aquela festa para contar uma história, não fazer um escândalo.

— Você realmente devia sorrir mais, é uma menina tão bonita.

— Eu não sou tão bonita — eu disse baixo. — E você não é meu pai.

Ricky Grambs aceitou uma garrafa de cerveja do barman. Ele a levou aos lábios, mas eu vi seu charme à prova de balas balançar.

Será que ele sabe que não sou filha dele? É por isso que ele nunca se importou? Por isso que eu nunca importei?

Ricky se recuperou.

— Eu posso não ter sido tão presente quanto nós dois queríamos, Joaninha, mas nunca estive a mais do que um telefonema de distância, e agora estou aqui para acertar as coisas.

— Você está aqui pelo dinheiro. — Precisei de toda força que tinha para não gritar. Em vez disso, baixei tanto minha voz que ele precisou se inclinar para ouvir. — Você não vai levar um centavo. Meus advogados vão te enterrar. Você se recusou a aceitar a guarda quando a mamãe morreu. Você acha que um juiz não vai estranhar seu súbito interesse agora?

Ele espichou o queixo para a frente.

— Você não ficou sozinha depois da sua mãe. Minha Libby cuidou bem de você.

Ele claramente esperava crédito por aquilo, apesar de também nunca ter feito nada por Libby.

— Você nunca nem assinou minha certidão de nascimento — sibilei.

Eu tinha certa esperança de que ele negasse. Em vez disso, ele virou o resto da cerveja e deixou a garrafa vazia no bar. Eu o encarei por um segundo ou dois, então peguei a garrafa, me virei e andei na direção de Alisa, que *ainda* estava tentando fugir de Max.

Dei a garrafa à minha advogada.

— Eu quero um teste de DNA — sussurrei.

Alisa me encarou por um segundo, então controlou o rosto em uma expressão perfeitamente agradável.

— E eu quero que você encontre meia dúzia de itens para dar lances no leilão silencioso.

Aceitei os termos do acordo.

— Feito.

CAPÍTULO 33

Eu não fazia ideia de como um leilão silencioso funcionava, mas Max, bêbada de camarão e de sua vitória distraindo Alisa, rapidamente me atualizou sobre o que ela tinha conseguido pescar.

— Tem uma folha embaixo de cada item. Quem for dar um lance anota o nome e o valor. Se você quiser cobrir o lance de alguém, escreve seu nome embaixo do da pessoa.

Max andou até o que parecia ser um ursinho de pelúcia e aumentou o lance em duzentos e cinquenta dólares.

— Você acabou de dar oitocentos dólares em um ursinho? — perguntei, chocada.

— Um ursinho de pelúcia de pele de *vison* — Max me disse. — A Brincos de Pérolas ali está acompanhando de perto esse leilão. — Minha melhor amiga apontou com a cabeça para uma senhora que parecia ter seus setenta anos. — Ela quer esse urso e não liga se for preciso quebrar o pescoço de algum filho da pata para conseguir.

Realmente, alguns minutos depois a mulher passou pelo ursinho e anotou outro lance.

— Eu sou uma filantropa — Max declarou. — Até agora já custei dez mil dólares às pessoas dessa sala!

Considerando todos os fatores, realmente devia ser ela a herdeira. Sacudindo a cabeça, circulei pela sala procurando itens disponíveis. Arte. Joias. Uma vaga de estacionamento exclusiva. Quanto mais eu andava, mais caros ficavam os itens. Bolsas de marca. Uma escultura Tiffany. Um jantar para dez pessoas com um cozinheiro gourmet particular. Uma festa para cinquenta pessoas em um iate.

— Os itens realmente grandes vão para o leilão ao vivo — Max me disse. — Pelo que entendi, você doou a maioria deles.

Aquilo era irreal. Minha vida nunca ia deixar de ser irreal.

— Pessoalmente — Max disse, adotando um sotaque esnobe —, acho que você deveria dar um lance nos ingressos para o Masters em Augusta. *Com acomodação.*

Eu a olhei bem nos olhos.

— Eu não faço ideia do que isso significa.

Ela sorriu.

— Nem eu!

Alisa tinha me mandado dar lances, então circulei a sala de novo. Havia uma cesta de maquiagem cara. Garrafas de vinho e uísque com lances que quase fizeram meus olhos saltarem do rosto. Ingressos para bastidores de shows. Pérolas antigas.

Nada daquilo era minha cara.

Eventualmente, vi um relógio antigo. A descrição dizia que tinha sido entalhado por um técnico de futebol aposentado da Country Day. Era simples, mas perfeito. Do outro lado da sala, Alisa me fez um aceno, confirmando. Eu engoli em seco e aumentei o lance atual pelo que a página me disse ser o mínimo.

Eu me sentia enjoada.

— É por uma boa causa — Max me garantiu. — Mais ou menos.

A escola não precisava de uma nova capela mais do que *eu* precisava de uma escultura de bronze de um caubói montado em um touro selvagem saltando, mas eu dei um lance naquele também. Dei um lance em uma aula com um confeiteiro local por Libby e dobrei o lance do ursinho de *vison* por Max. E então eu vi a foto.

Eu sabia, antes mesmo de baixar os olhos, que era de Grayson.

— Ele tem um ótimo olho.

Eu me virei e vi Zara ao meu lado.

— Você vai dar um lance? — perguntei.

Zara Hawthorne-Calligaris arqueou uma sobrancelha para mim. Então, sem dizer uma palavra, ela aumentou o lance que eu havia dado no relógio antigo.

— Bem, *costa* — Max sussurrou ao meu lado. — Eu tenho certeza de que ela acabou de te desafiar para um duelo de gente rica.

— Calma lá, campeã — Xander apareceu ao meu lado.

— Onde você estava? — perguntei, irritada.

— Ajudando Rebecca com a mãe dela. — A voz de Xander estava estranhamente baixa. — Ela não se dá bem com vinho.

Não tive a oportunidade de aprofundar mais aquela afirmação antes que Alisa viesse nos levar até a nossa mesa.

— Jantar *à la carte* — ela me disse. — Seguido do leilão ao vivo.

Consegui me sentar, comer minha salada com o garfo certo e não derrubar nada na toalha de seda. Então as coisas pioraram um pouco. Um estrondo alto quebrou o murmúrio de conversas educadas. Todo mundo na sala se virou e viu Rebecca, linda e pálida, tentando ajudar a mãe a se levantar. Os cavaletes com a foto de Emily e a planta haviam sido derrubados. A mãe de Rebecca soltou o braço da mão da filha e tropeçou de novo.

De repente, Thea estava lá, ajoelhada entre Rebecca e a mãe. Thea disse algo para a mulher atormentada e mesmo do outro lado da sala pude ver a expressão no rosto de Rebecca, como se ela tivesse acabado de se lembrar de mil coisas que vinha tentando desesperadamente esquecer.

Como se aquele momento e a forma com que Thea pegou sua mão pudesse destruí-la da melhor e da pior maneira possível.

Um momento depois, Libby estava lá, tentando ajudar a mãe de Rebecca a se levantar, e a mulher, sofrendo, explodiu.

— Você.

Ela apontou um dedo para Libby. Minha irmã estava usando um vestido preto social. Seu cabelo azul estava alisado e sedoso. Em vez de um colar, ela usava uma fita preta amarrada no pescoço. Ela estava o mais discreta que Libby poderia estar, mas a mãe de Rebecca a olhava como se ela fosse monstruosa.

— Eu te vi com ele. Aquele menino Hawthorne.

Ela conseguiu se levantar.

— Nunca confie em um Hawthorne — ela disse com a voz arrastada. — Eles levam *tudo* embora.

— Mãe — sussurrou Rebecca, ecoando na sala.

A mãe dela se dissolveu em soluços. Libby percebeu quantas pessoas a estavam encarando e fugiu. Eu corri atrás dela e ignorei Alisa quando ela tentou me chamar de volta. Quando passei por Rebecca, Thea e a mãe de Rebecca, ouvi a mulher bêbada choramingar as mesmas palavras, de novo e de novo:

— Por que todos os meus bebês morrem?

CAPÍTULO 34

Alcancei Libby lá fora e vi que Nash tinha chegado antes.
— Ei, querida — ele murmurou. — Volte para dentro. Você não fez nada de errado.
Libby ergueu a cabeça e olhou para mim por cima do ombro dele.
— Desculpe, Ave. Quando eu a vi cair, entrei em piloto automático. — Antes das nossas vidas virarem de ponta-cabeça, Libby era assistente de enfermagem em um lar de idosos. Ela sorriu. — Foi exatamente o que Alisa queria dizer quando ela me mandou não fazer escândalo hoje.
— O que foi que ela te disse? — Nash perguntou, a voz baixa e perigosa.
Libby deu de ombros.
— Você não tinha como saber que a mãe de Rebecca ia explodir assim — eu disse a Libby e então lancei um olhar para Nash, que deu um suspiro.
— Ela é filha dos Laughlin. Cresceu na propriedade. Foi antes de mim, ela é uns quinze anos mais velha que Skye. Do

que eu peguei, o relacionamento entre o sr. e a sra. L e a filha sempre foi um pouco tenso. Depois que eles perderam Emily...

— Nash sacudiu a cabeça. — Ela culpou minha família.

Jameson e Grayson tinham estado lá na noite que Emily morreu.

— Ela disse que todos os seus bebês morriam — murmurei.

Com atraso, processei o fato de que ela estava olhando na cara de Rebecca, sua filha viva, quando disse aquilo.

— Abortos espontâneos — Nash disse, baixo. — Ela e o marido eram mais velhos quando começaram a tentar ter filhos. A sra. Laughlin mencionou uma vez que eles perderam vários bebês antes de Emily nascer.

Se eu pensasse em qualquer uma daquelas coisas por mais tempo, ia começar a ter ainda mais pena de Rebecca Laughlin.

— Você está bem? — perguntei para Libby.

Ela fez que sim e olhou para Nash.

— Você pode nos dar um minuto?

Com uma última olhada na minha irmã, Nash saiu e Libby se voltou para mim.

— Avery, o que você disse para o papai mais cedo?

Eu não ia ter aquela conversa com ela.

— Nada.

— Eu entendo — Libby me disse. — Você odeia ele e você tem todo o direito. E, sim, a coisa com Skye é meio estranha, mas...

— Estranha — repeti. — Libby, ela tentou me matar!

Levei três segundos inteiros para notar o que eu havia feito.

Libby me encarou.

— Como assim? Quando?

Libby sabia que Skye havia se mudado, mas não sabia por quê, pensei.

— Você contou para a polícia? — ela exigiu.

— É complicado — disse, tentando desviar do assunto.

Eu estava tentando pensar em como explicar a promessa que tinha feito a Grayson, mas Libby não me deu mais do que um segundo.

— E eu não sou — ela disse baixo, seu queixo projetado para a frente.

De início não entendi o que ela estava dizendo.

— Como assim?

— Eu não sou complicada — Libby esclareceu. — É isso que você acha. É o que você sempre achou. Eu sou otimista demais, confio demais nos outros. Nunca fiz faculdade. Não penso do mesmo jeito que você. Dou chances demais às pessoas. Sou ingênua...

— Pra que tudo isso? — perguntei.

Uma mecha de cabelo azul caiu no rosto de Libby quando ela baixou o olhar.

— Esquece — ela disse. — Eu assinei os papéis da emancipação. Logo mais, você oficialmente não vai ter que me ouvir. Nem ao papai. Nem a ninguém. — A voz dela falhou. — É isso que você quer, certo?

Eu não tinha *pedido* para ser emancipada. Foi tudo ideia de Alisa, mas eu reconhecia que era provavelmente a coisa certa a fazer.

— Lib, não é assim.

Antes que eu pudesse dizer mais alguma coisa, meu celular tocou.

Era Jameson.

Eu ergui o olhar da tela de volta para Libby.
— Eu preciso atender — eu disse a ela. — Mas...
Libby só sacudiu a cabeça.
— Faça o que tem que fazer, Ave... E vou tentar não fazer mais escândalo.

CAPÍTULO 35

— Alô?

Por um momento houve silêncio no telefone.

— Avery?

Reconheci aquela voz baixa e profunda em um segundo. *Não é Jameson.*

— Grayson? — Ele nunca tinha me ligado antes. — Aconteceu alguma coisa? Você está...

— Jameson me desafiou a ligar.

Nada, literalmente nada naquela frase fazia sentido.

— Jameson o quê?

— Jameson quando, Jameson onde, Jameson *quem?* — Era Jameson ao fundo, sua voz assumindo um tom musical, sua entonação quase filosófica.

— Eu estou no viva-voz? — perguntei. — E Jameson está *bêbado?*

— Ele não deveria estar — Grayson disse, parecendo realmente perturbado. — Ele nunca recusa desafios.

Grayson não estava arrastando as palavras. Sua fala não estava lenta. Sua voz me cobriu, me cercou, mas subitamente me ocorreu que Grayson talvez estivesse bêbado.

— Deixa eu adivinhar — eu disse. — Vocês estão jogando Bebida ou Desafio.

— Você é muito boa em adivinhar as coisas — Grayson, bêbado, me disse. — Você acha que o velho sabia de você? — O tom dele era apressado, quase confessional. — Você acha que ele sabia que você era... você?

Ouvi um baque ao fundo. Houve uma longa pausa e então um deles — eu apostava em Jameson — começou a gargalhar.

— Precisamos ir — Grayson disse com muita dignidade, mas, quando foi desligar o telefone, deve ter apertado o botão errado, porque eu ainda conseguia ouvi-los.

— Acho que nós dois concordamos — Jameson disse — que é hora de Bebida ou Desafio dar lugar a Bebida ou Verdade.

Uma pessoa melhor provavelmente teria desligado naquele momento, mas eu aumentei o volume do meu celular ao máximo.

— O que você disse para Avery — ouvi Jameson perguntar — na noite em que resolvemos o quebra-cabeça do velho?

Grayson não tinha dito nada para mim naquela noite. Mas no dia seguinte, depois de mandar Skye embora, ele tivera muito a dizer. *Eu sempre vou te proteger. Mas isso... nós... não pode acontecer, Avery.*

— Porque, logo depois disso — Jameson continuou —, ela foi comigo para os túneis.

Grayson começou a dizer alguma coisa que eu não consegui ouvir, mas então ele parou.

— A porta — Grayson disse, claro como o dia.
Ele parecia atordoado.
Alguém está batendo à porta, percebi. Ouvi alguns sons abafados. E então escutei o pai de Grayson.

De início, não consegui distinguir totalmente as palavras sendo trocadas, mas em algum ponto a conversa se aproximou do celular, ou o celular foi para mais perto da conversa, porque de repente eu podia ouvir cada palavra.

— Você obviamente não está surpreso em me ver.

Era Grayson. Ela tinha ficado sóbrio bem rápido.

— Eu construí três empresas diferentes do zero. Você não conquista o que eu conquistei sem ficar de olho em incidentes em potencial. Riscos em potencial. Francamente, meu jovem, eu esperava que Skye tivesse te contado a meu respeito anos atrás.

Um nó no meu estômago se apertou. Pobre Grayson. Seu pai o via como um *risco*.

— Você era casado quando eu fui concebido. — O tom de Grayson era neutro, quase perigoso. — Ainda é. Você tem filhos. Eu não posso imaginar que você esteja feliz com minha interrupção da sua vida, então vamos ser breve, não é melhor?

— Por que você não vai direto ao ponto e me diz por que vocês realmente estão aqui? — Era uma exigência. Uma ordem. — Você recentemente foi cortado da fortuna da família. Em termos financeiros, você pode ter descoberto que tem certas… necessidades.

— Você acha que estamos aqui por dinheiro? — Era Jameson.

— Eu aprendi que a explicação mais simples é com frequência a certa. Se você está aqui para ser pago…

— Não estou.

Todo meu corpo ficou tenso. Eu conseguia imaginar Grayson, cada músculo de seu corpo rígido, mas a expressão fria e controlada. *Suborno. Ameaça. Propina.* Grayson tinha sido criado para ser formidável. Havia um motivo para ele já ter mencionado a esposa do homem.

— Por motivos que não compartilharei com você — eu o ouvi dizer —, estou investigando o que aconteceu vinte anos atrás na Ilha Hawthorne.

A pausa que respondeu às palavras me disse que Sheffield Grayson não estava esperando aquilo.

— Ah, é?

— Minhas fontes me levam a crer que a cobertura que a imprensa fez da tragédia é, vamos dizer… incompleta.

— Que fontes?

Eu quase conseguia *ouvir* o sorriso de Grayson.

— Vou fazer um acordo com você. Você me conta o que as notícias deixaram de fora e eu te conto o que minhas fontes disseram sobre Colin.

Ao ouvir o nome do sobrinho, a voz de Sheffield Grayson ficou baixa demais para que eu escutasse. O que quer que ele tenha dito, Grayson reagiu na defensiva.

— Meu avô era o homem mais honrado que conheço.

— Diga isso para Kaylie Rooney — a voz de Sheffield ficou audível novamente, retumbante. — Quem você acha que deu essa história de bandeja para a imprensa? Quem você acha que esmagou qualquer coisa vagamente prejudicial à família dele?

A resposta de Grayson ficou abafada. Ele havia virado de costas?

— Toby Hawthorne era um moleque mimado. — Era Sheffield de novo. — Não tinha respeito pela lei, por seus próprios limites, por ninguém além de si mesmo.

— E Colin não era assim? — Jameson estava cutucando o homem. Funcionou.

— Colin estava passando por um período difícil, mas teria saído dessa. Eu o teria *arrastado* para fora dessa. Ele tinha a vida inteira pela frente.

De novo, a resposta saiu abafada:

—Aquela menina Rooney nunca deveria ter estado lá! — Sheffield explodiu. — Ela era uma criminosa. Os pais dela? Criminosos. Primos, avós, tias e tios? *Criminosos.*

— Mas o incêndio não foi culpa dela. — A voz de Grayson estava mais alta, mais clara. — Você deu a entender isso.

— Você sabe quanto eu paguei a detetives particulares para conseguir respostas reais? — Sheffield estourou. — Provavelmente só uma fração do que o seu avô pagou à polícia para enterrar o relatório. O incêndio na Ilha Hawthorne não foi um acidente. Foi criminoso, e a pessoa que comprou o combustível foi seu tio Toby.

CAPÍTULO 36

Quando a linha ficou em silêncio, chamei o nome de Grayson, então o de Jameson. De novo. E de novo. Ninguém me ouviu. Eu desliguei e liguei de volta, mas ninguém atendeu.

Não importou quantas vezes eu ligasse, ninguém atendia.

Eu estava preocupada — com Grayson, com a raiva quase descontrolada que ouvi na voz do pai dele. Por baixo daquela preocupação, minhas entranhas estavam se revirando por outro motivo. *O que você fez, Harry?*

Se o fato de que Toby Hawthorne sobreviveu ao incêndio fosse de conhecimento público, o pai dele teria conseguido abafar o escândalo? A polícia teria sido comprada tão facilmente — aceitando que eles *tinham* sido comprados — se não fosse uma tragédia sem sobreviventes?

Se ele começou o incêndio... Eu não consegui ir muito além disso, então pensei em Tobias Hawthorne. Por que o bilionário tinha deserdado toda a família depois do incêndio na Ilha Hawthorne? Por que usar seu testamento para apontar o que tinha acontecido lá, quando ele aparentemente pagou um bom dinheiro para encobrir?

— Avery. — Os saltos de Alisa batiam na calçada com um rápido *clic, clic, clic* enquanto ela se aproximava. — Você precisa voltar. O leilão ao vivo vai começar.

Eu sobrevivi ao resto da noite. Como Max havia prometido, a maioria dos itens no leilão ao vivo tinha sido doada por... mim. Uma semana em uma casa de quatro quartos em Ábaco, nas Bahamas. Duas semanas em Santorini, Grécia, avião particular incluído. Um castelo na Escócia para ser usado como local de casamento.

— Quantas casas de férias você *tem*? — Max me perguntou no caminho para casa.

Sacudi a cabeça.

— Não sei.

— Você poderia olhar o fichário que eu te dei — Alisa sugeriu do banco da frente.

Eu mal a escutei, mas naquela noite, depois de mais seis ligações inúteis e horas revirando a conversa com o pai de Grayson na minha cabeça, saí da cama e andei até a escrivaninha. O fichário em questão estava bem ali. Alisa tinha me dado semanas antes, como introdução à minha herança.

Eu folheei até me ver encarando uma villa na Toscana. Um chalé em Bora Bora. Um castelo de verdade nas Highlands escocesas. Era *surreal*. Páginas e mais páginas. Eu devorei as fotos. Patagônia. Santorini. Kauai. Malta. Seychelles. Um apartamento em Londres. Apartamentos em Tóquio, Toronto e Nova York. Costa Rica. San Miguel de Allende...

Eu me sentia tendo uma experiência extracorpórea, como se fosse impossível sentir o que eu estava sentindo e ainda continuar de carne e osso. Minha mãe e eu havíamos sonhado em viajar. No fundo do meu armário gigante estava uma mala surrada que eu trouxera de casa, com uma pilha de cartões-postais em branco. Minha mãe e eu tínhamos imaginado viajar àqueles lugares. Eu queria ver o mundo.

E o mais perto que eu tinha chegado eram cartões-postais.

Uma bola de emoção subiu pela minha garganta. Virei mais uma página e parei de respirar. A cabana na fotografia parecia ter sido construída na lateral de uma montanha. O teto nevado era triangular e dezenas de luzes iluminavam a pedra marrom como lanternas. *Que lindo.*

Mas não foi isso que tirou o ar dos meus pulmões. Cada músculo do meu peito apertou quando levei os dedos até o texto no topo da página, onde estavam descritos os detalhes da casa. Ficava nas Montanhas Rochosas, podia-se chegar e sair de esqui, oito quartos — e a casa tinha um nome.

Verdadeiro Norte.

CAPÍTULO 37

— *Para minha filha* Skye Hawthorne, eu deixo minha bússola, para que ela sempre encontre o verdadeiro norte — recitei na manhã seguinte, andando de um lado para o outro em frente a Max, incapaz de me conter. — A parte da bússola e do verdadeiro norte estava nos dois testamentos de Tobias Hawthorne — continuei. — O mais velho foi escrito vinte anos atrás. As pistas naquele testamento não podiam ter sido pensadas para os netos Hawthorne, não originalmente. — Se havia uma conexão entre aquela parte do testamento e a casa que eu tinha herdado no Colorado, a mensagem era explicitamente para Skye. — Esse jogo era para as filhas de Tobias Hawthorne.

— Filhas, plural? — Max perguntou.

— O velho deixou um item para Zara também. — Minha mente, a mil, tentou relembrar as palavras exatas. — *Para minha filha Zara, eu deixo minha aliança de casamento, para que ela ame tão completa e consistentemente quanto eu amei a mãe dela.*

E se também fosse uma pista?

— Uma das peças do quebra-cabeça está em Verdadeiro Norte — eu disse. — E se há mais uma, deve ter a ver com aquela aliança.

— Então — Max disse animada —, primeiro vamos ao Colorado e depois roubamos um anel.

Era tentador. Eu queria ver a Verdadeiro Norte. Queria ir para lá. Queria experimentar pelo menos uma fração do que aquele fichário me dizia que meu novo mundo poderia oferecer.

— Eu não posso — disse, frustrada. — Não posso ir para lugar nenhum. Eu preciso ficar aqui por um ano para herdar.

— Você pode ir para a escola — Max apontou. — Então obviamente você não precisa ficar trancada na Casa Hawthorne vinte e quatro horas por dia. — Ela sorriu. — Avery, minha amiga bilionária, quanto tempo você acha que levaríamos para voar de jatinho até o Colorado?

Eu liguei para Alisa e ela chegou em menos de uma hora.

— Quando o testamento diz que eu preciso morar na Casa Hawthorne por um ano, o que isso significa, exatamente? O que constitui *morar* na Casa Hawthorne?

— Por que a pergunta? — Alisa repetiu, piscando.

— Max e eu estávamos olhando o fichário que você me deu. Todas aquelas casas de férias.

— De jeito nenhum — Oren falou da porta. — É arriscado demais.

— Eu concordo — Alisa disse com firmeza. — Mas como eu tenho a obrigação profissional de responder a sua pergunta: o apêndice do testamento deixa explícito que você não pode passar mais de três noites por mês fora da Casa Hawthorne.

— Então nós *poderíamos* ir ao Colorado. — Max estava feliz da vida.

— De jeito nenhum — Oren disse a ela.

— Dado o que está em jogo aqui, eu concordo. — Alisa fez a Cara de Alisa mais Cara de Alisa de todos os tempos. — E se alguma circunstância te impedisse de voltar a tempo?

— Eu tenho aula na segunda — argumentei. — Hoje é sábado. Eu só ficaria fora por uma noite. Isso nos dá bastante margem.

— E se houver uma tempestade? — Alisa contra-argumentou. — E se você se machucar? Uma coisa dá errado e você perde tudo.

— E você também.

Eu me virei para a porta e vi uma desconhecida parada ali.

Uma mulher de cabelo castanho, calças cáqui e uma blusa branca simples. Depois de um tempo, reconheci o rosto dela.

— *Libby?*

Minha irmã tinha pintado o cabelo de um castanho médio discreto. Eu não a via com cabelo de uma cor humana normal desde... *nunca.*

— Isso é uma trança embutida? — perguntei, horrorizada. — O que aconteceu?

Libby revirou os olhos.

— Você faz parecer que eu fui sequestrada e tive meu cabelo trançado a força.

— Você foi? — perguntei, só meio brincando.

Libby virou-se novamente para Alisa.

— Você estava dizendo a minha irmã que não pode *permitir* que ela faça alguma coisa?

— Ir ao Colorado — Max explicou. — Avery tem uma casa lá, mas os guardiões dela aqui acham que viajar é muito arriscado.

— Não é decisão deles, é? — Libby baixou os olhos para o chão, mas sua voz era firme. — Até que Avery seja emancipada, *eu* sou a guardiã legal dela.

— E eu controlo seus bens — Alisa respondeu. — O que inclui os aviões.

Olhei de esguelha para Max.

— Acho que poderíamos comprar uma passagem.

— Não — Alisa e Oren responderam ao mesmo tempo.

— Já pararam para pensar que Avery precisa de uma folga? — Libby ergueu o queixo. — De... — a voz dela falhou. — Tudo isso?

Senti uma pontada de culpa, porque eu não estava sobrecarregada por *tudo isso*. Eu estava bem. *Mas Libby não está.* Dava para ouvir no tom dela. Quando eu herdara, ela tinha perdido tudo. Seu emprego. Seus amigos. Sua liberdade de sair sem um guarda-costas.

— Libby...

Ela não me deixou falar mais do que o nome dela.

— Você estava certa sobre Ricky, Ave. — Ela sacudiu a cabeça. — E Skye. Você estava certa e eu fui burra demais para ver.

— Você não é burra — eu disse, firme.

Libby puxou a ponta da trança.

— Skye Hawthorne me perguntou quem eu achava que um juiz acharia mais respeitável: o novo e melhorado Ricky ou eu.

Era por isso que ela tinha pintado o cabelo. Era por isso que ela estava vestida assim.

— Você não precisava ter feito isso — falei. — Você não...

— Precisava, sim — Libby me cortou com suavidade. — Você é minha irmã. Cuidar de você é *meu* trabalho. — Libby se voltou para Alisa com os olhos em chamas. — E se *minha* irmã precisa de uma folga, você e seu escritório de um bilhão de dólares podem muito bem dar um jeito de arranjar uma folga para ela.

CAPÍTULO 38

Oren e Alisa concordaram com um fim de semana em Verdadeiro Norte. Ir naquela manhã de sábado, voltar no domingo à noite — uma noite fora. Oren levaria uma equipe de seis homens. Alisa iria junto para tirar algumas "fotos espontâneas" que Landon poderia passar para a imprensa. Nosso itinerário me dava pouco menos de trinta e seis horas para descobrir o que Tobias Hawthorne havia deixado para a filha em Verdadeiro Norte — sem que Alisa notasse o que eu estava procurando.

A caminho do aeroporto, mandei uma mensagem para Jameson. Outra. Eu disse a mim mesma que não precisava me preocupar com ele e Grayson. Que eles provavelmente estavam bêbados, de ressaca ou seguindo uma nova pista sem mim. Eu disse a eles aonde estava indo — e o porquê.

Alguns minutos depois, recebi uma resposta. Não de Jameson — de Xander. *Te encontro no avião.*

— Certo — murmurei. — Ele definitivamente tem algum tipo de vigilância no celular de Jameson.

Max arqueou uma sobrancelha para mim.

— Ou no seu.

— Eu juro solenemente que não estou vigiando ninguém que não compartilhe pelo menos 25% de DNA comigo. — No mundo de Xander, isso servia como um cumprimento. — E em outras ótimas notícias, Rebecca e Thea vão se juntar a nós nesse adorável passeio ao Colorado.

Max me deu um olhar de esguelha.

— Estamos felizes que "Rebecca" e "Thea" estão vindo?

Ela pontuou os nomes fazendo aspas com os dedos, como se suspeitasse que eram nomes falsos, embora eu definitivamente as tivesse mencionado antes para ela.

— Estamos resignadas — eu disse a Max, olhando feio para Xander.

Ele me disse uma vez que Grayson e Jameson tinham um histórico de se aliarem durante os jogos do velho. Eles também tinham o hábito de trair um ao outro, mas, para Xander, o fato de que seus irmão tinham ido encontrar Sheffield Grayson sem ele provavelmente parecia simplesmente outra aliança.

Eu não podia culpá-lo por juntar *seu* time.

— Maxine — Xander ofereceu a minha melhor amiga seu melhor sorriso de Xander Hawthorne. — Não tem nada que eu admire mais do que uma mulher que usa aspas com os dedos. Posso perguntar: o que você acha de robôs que às vezes explodem?

O interior do jatinho — *meu jatinho particular* — tinha assentos de luxo para vinte pessoas e parecia mais uma sala de reuniões de luxo do que um meio de transporte. A equipe de segurança se sentou na frente e, atrás deles, Alisa e Libby se sentaram em cadeiras de couro diante de uma mesa com tampo de granito. Nash, que tinha se enfiado junto, estava esticado em dois assentos do outro lado da mesa, de frente para Libby e Alisa. *Desconfortável.* Mas pelo menos a tensão devia manter os três ocupados, o que permitia que nós, menores de dezenove anos, cuidássemos de negócios no fundo do avião.

Dois sofás de camurça extralongos estavam colocados ali, com outra mesa de granito entre eles. Max e eu nos sentamos de um lado da mesa. Xander, Rebecca e Thea se sentaram do outro. Um prato de doces estava na mesa entre nós, mas eu estava mais concentrada no "time" de Xander. Algo na forma como o corpo de Rebecca se inclinava na direção de Thea me fez pensar na expressão que eu tinha notado no rosto de Rebecca no leilão.

— Nós não sabemos *o que* estamos procurando. — Xander mantinha a voz baixa o suficiente para que os adultos na frente do avião não ouvissem. — Mas nós sabemos que o velho deixou para Skye. Estará dentro ou muito perto da cabana e provavelmente vai ter o nome de Skye.

— Temos mais alguma coisa? — Rebecca perguntou. — Alguma formulação de palavras específicas de antes da pista?

— Muito bem, jovem Padawan. — Xander inclinou a cabeça para ela.

— Sem referências de *Star Wars* — Thea retrucou. — Ouvir você falar em nerd me dá dor de cabeça.

— Você sabia que eu estava citando *Star Wars*. — Xander lançou um olhar triunfante a ela. — Eu ganhei!

— Desculpa — Rebecca disse para Max e eu. — Eles são assim.

Eu tive a clara sensação de vislumbrar como os três eram *antes*. O celular de Rebecca tocou na mesma hora, e ela baixou o olhar. Cabelo ruivo-escuro cobriu seu rosto de alabastro. Quase consegui *ver* ela se encolher.

— Algum problema? — perguntei.

Eu me questionei se era a mãe dela que estava ligando.

— Tudo certo — Rebecca disse por trás de uma muralha de cabelo.

Ela não estava bem. Não era um segredo. Eu sabia desde aquela noite nos túneis, quando ela tinha confessado. Eu só vinha me esforçando muito para não ligar.

Com uma expressão determinada no rosto, Thea pegou o telefone que tocava.

— Telefone da Rebecca — ela atendeu, pressionando-o contra a orelha. — Thea falando.

Rebecca levantou a cabeça abruptamente.

— Thea!

— Está tudo bem, sr. Laughlin. — Thea esticou a mão para se defender da tentativa de Rebecca de pegar o telefone de volta. — Bex só cochilou. Você sabe como ela é no avião. — Thea se virou para bloquear Rebecca de novo. — Claro, eu falo para ela. Se cuidem. Tchau.

Thea desligou e virou o rosto na direção de Rebecca.

— Seu avô desejou boa viagem. Ele vai cuidar da sua mãe. Agora... — Thea atirou o celular na mesa e se virou para o restante de nós. — Acredito que Rebecca perguntou sobre a formulação da pista.

Max me cutucou na lateral.

— No voo particular, a gente pode falar no celular!

Não respondi, porque tinha acabado de notar o quanto Xander estava quieto. Ele não tinha respondido a pergunta original de Rebecca, então eu o fiz.

— Uma bússola. A pista que nos colocou na direção de Verdadeiro Norte estava na parte do testamento de Tobias Hawthorne em que ele deixava sua bússola para Skye.

— Ah — Thea disse inocentemente. — Tipo a bússola antiga que Xander está escondendo no bolso?

Xander fechou a cara para ela. Max se esticou na direção do prato de doces e atirou um croissant na cabeça de Xander.

— Tá enrolando a gente? — perguntou ela.

— Eu vejo que nossa amizade nascente chegou à fase dos croissants — Xander disse a ela. — Fico feliz.

— Você também está escondendo coisas — acusei. — Você está com a bússola que o velho deixou para Skye?

Xander deu de ombros.

— Um Hawthorne está sempre preparado.

E aquele era o jogo *dele*.

— Posso ver? — pedi.

Relutantemente, Xander me deu a bússola. Eu a abri e encarei a superfície. Era simples, não parecia cara.

Um celular tocou — e não era o de Rebecca. Era o meu. Baixando os olhos, notei que Jameson tinha finalmente respondido minhas mensagens.

A mensagem dele tinha exatamente três palavras: *Te encontro lá.*

CAPÍTULO 39

Olhei para fora da janela quando o avião começou a descer. Ao longe, tudo que eu via eram montanhas, nuvens e neve, mas logo consegui distinguir as árvores. Um mês antes, eu nunca tinha sequer andado de avião. Agora estava em um voo particular. Não importava o quanto tentasse me concentrar na tarefa que tinha, eu não conseguia conter a vontade de me perder na vastidão da vista fora da janela.

Eu não conseguia afastar a sensação de que aquela vida nunca deveria ter sido minha.

Aterrissamos em uma pista de voo particular. Levou meia hora — e três enormes SUVs — para chegarmos a Verdadeiro Norte, que ficava aninhada no alto da montanha, longe da cidadezinha turística abaixo.

— A casa tem acessos para entrar e sair de esqui — Alisa informou a mim e a Max no trajeto. — É particular, mas há uma trilha que leva até o chalé embaixo.

Quando Verdadeiro Norte surgiu, notei que as fotos não a tinham capturado devidamente. O telhado triangular estava branco de neve. A casa era enorme, mas de alguma maneira ainda parecia uma extensão da montanha.

— Eu liguei com antecedência para que o caseiro abrisse a casa — Alisa disse enquanto ela, Oren, Max e eu saíamos para a neve. — Devemos ter comida. Tomei a liberdade de pedir que roupas apropriadas fossem entregues a vocês, meninas.

— *A mim* — Max sussurrou, maravilhada, enquanto absorvia a visão a sua frente.

— É lindo — eu disse a Alisa.

Um sorriso suave cruzou os lábios da minha advogada e seus olhos fizeram ruguinhas nos cantos.

— Essa propriedade era uma das favoritas do sr. Hawthorne — Alisa me disse. — Ele sempre era diferente aqui em cima.

Uma segunda suv idêntica estacionou ao lado da nossa e Libby saiu, seguida por Nash e mais homens de Oren. Meia dúzia de fios de cabelo de Libby havia se libertado da trança embutida, agitando-se com força no vento da montanha.

— Fui informada que Grayson e Jameson irão se juntar a nós — Alisa disse, deliberadamente virando de costas para Nash e minha irmã. — O que quer que você faça — ela avisou —, não deixe nenhum Hawthorne te desafiar para uma Queda.

CAPÍTULO 40

A parte interna da casa combinava perfeitamente com o exterior. O pé direito da sala era de dois andares, com enormes vigas expostas. O chão era de madeira, as paredes tinham painéis de madeira e tudo — a mobília, os tapetes, as luzes — era gigantesco. Peles cobriam o enorme sofá de couro — mais macias do que qualquer coisa que eu já tivesse tocado.

Fogo crepitava em uma lareira de pedras e andei até lá, hipnotizada.

— São quatro quartos nesse andar, dois no porão e dois em cima. — Alisa fez uma pausa. — Eu te coloquei no maior quarto desse andar.

Eu me virei de costas para o fogo e tentei fazer minha próxima pergunta parecer natural.

— Na verdade... qual era o quarto de Skye?

A escada que levava ao terceiro andar era ladeada por fotos de família. Parecia quase... *normal*. As molduras não eram caras.

As fotos eram espontâneas. Havia versões muito mais novas de Grayson, Jameson e Xander, com as cabeças para fora de uma barraca. Outra do que parecia ser um jogo de briga de galo entre os quatro irmãos. Uma de Nash abraçando Alisa. E subindo mais havia fotos dos filhos de Tobias Hawthorne.

Incluindo Toby.

Tentei não encarar as fotos de Toby Hawthorne aos doze anos, aos catorze, aos dezesseis, e buscar algum tipo de semelhança comigo mesma. Não consegui. Havia uma foto em particular... era impossível desviar os olhos. Toby estava no meio de duas meninas adolescentes que presumi serem Zara e Skye. A foto obviamente tinha sido tirada em Verdadeiro Norte. Os três estavam usando esquis. Os três estavam sorrindo.

Eu achei que talvez o sorriso de Toby se parecesse um pouco com o meu.

No alto da escada, Max e eu deixamos as malas no quarto que nos disseram que havia sido de Skye. Olhando por cima do ombro, fechei a porta.

— Procure por compartimentos secretos — eu disse a Max enquanto examinava um baú de madeira. — Gavetas secretas, painéis soltos, fundos falsos na mobília, esse tipo de coisa.

— Claro — Max disse, esticando a palavra enquanto me observava examinar rápido o baú de madeira. — Com certeza. Isso é uma coisa que eu sei fazer.

Eu não esperava ser recompensada imediatamente, mas, depois da busca na ala de Toby, eu sabia como procurar. Não achei nada que chamasse atenção até tentar o armário. Havia roupas penduradas nas araras e suéteres dobrados nas prateleiras. Nenhum deles parecia o que eu esperaria que Skye vestisse atualmente. Revirei os itens um por um e eventualmente cheguei na jaqueta de esqui que Skye estava usando na foto nas escadas. Quantos anos ela tinha quando usara aquilo? Quinze? Dezesseis?

As roupas tinham passado esse tempo todo no armário?

Um baque soou do outro lado da parede do armário e então eu ouvi um estalo. Afastando as roupas, vi um raio de luz no fundo do armário e encontrei a fonte. Ali, cortada diretamente na parede, ficava uma pequena porta. Eu empurrei e a parede se moveu, me permitindo entrar em uma pequena passagem.

A passagem tinha cheiro de cedro. Tateei as paredes até encontrar um interruptor. No momento em que o acendi, vi um par de olhos.

Alguém deu um passo na minha direção.

Eu recuei aos tropeços, olhando direto nos olhos — e abafando um grito quando os reconheci.

— Thea!

— Que foi? — ela disse com um sorrisinho de desdém. — Nervosa?

Atrás dela, vi Rebecca ao lado de uma segunda porta, idêntica à que estava atrás de mim.

— De quem é esse quarto? — perguntei.

— Era de Zara — Rebecca murmurou. — É onde vou ficar.

Thea se virou e lhe deu um olhar significativo.

— Bom saber.

Passando por elas, explorei o quarto de Zara e encontrei um armário quase idêntico ao de Skye. As roupas nas araras tendiam mais para uma paleta azul-gelo, mas, como o armário de Skye, parecia congelado no tempo.

— Encontrei alguma coisa — Thea anunciou de dentro da passagem. — E de nada.

Eu recuei. Rebecca me seguiu e Max se enfiou para dentro da passagem pelo outro lado. Era apertado, mas eu consegui me ajoelhar ao lado de Thea, que estava segurando uma tábua de madeira nas mãos.

Uma das tábuas do chão, notei quando ela a deixou de lado para enfiar a mão no compartimento que tinha revelado.

— O que é? — perguntei quando ela puxou um objeto.

— Uma garrafa de vidro? — Max se inclinou na direção de Thea para ver melhor. — Com uma mensagem dentro. Uma mensagem em uma forra de uma garrafa! Agora sim.

— Forra?

Thea arqueou uma sobrancelha para Max, então se levantou e passou por mim, voltando para o quarto de Zara. Ela virou a garrafa de ponta-cabeça em uma escrivaninha e, sacudindo um pouco, tirou de dentro um pequeno pedaço de papel. Quando Thea tentou desenrolá-lo, notei que ele estava amarelado pela ação do tempo.

— Chuto que isso é bem velho — Max disse.

Pensei no testamento de Tobias Hawthorne.

— De, tipo, vinte anos atrás?

Porém, quando Thea acabou de desenrolar o papel, a letra que vi na carta não era a de Tobias Hawthorne. Era uma letra cursiva, com um enfeite ocasional, limpa o suficiente para passar por uma fonte datilografada.

Feminina.

— Eu não acho que isso é o que viemos procurar — falei.

Eu tinha mesmo achado que seria tão fácil? Ainda assim, li a mensagem. Todas nós lemos.

Você sabia e você fez mesmo assim. Nunca vou te perdoar por isso.

— Fez o quê? — Thea perguntou. — Sabia o quê?

Eu disse o óbvio em voz alta:

— Esses quartos eram de Zara e Skye.

— Pela minha experiência, Zara não é exatamente inclinada a pedir perdão. — Thea olhou na direção de Rebecca. — Bex? Alguma ideia? Você conhece a família Hawthorne melhor do que ninguém.

Rebecca não respondeu imediatamente. Pensei na foto que tinha visto de Zara, Skye e Toby sorrindo. Os três já haviam sido próximos alguma vez?

Veneno é a árvore, percebeu? Toby tinha escrito. *Envenenou S e Z e eu.*

— E aí? — perguntei a Rebecca. — Você já escutou alguma discussão entre Zara e Skye?

— Ouvi muitas coisas quando era criança. — Rebecca deu de ombros. — As pessoas prestavam atenção em Emily, não em mim.

Thea colocou uma das mãos no ombro de Rebecca. Por um momento, Rebecca buscou o toque de Thea.

— Eu não sei quem fez o quê contra quem — Rebecca disse, baixando o olhar para a mão de Thea. — Mas sei... — Ela deu um passo para se afastar de Thea. — Que algumas coisas são imperdoáveis.

Por que eu sentia que ela não estava falando de Zara e Skye?

— As pessoas não são perfeitas — Thea disse a Rebecca. — Não importa o quanto tentem. Não importa o quanto odeiem demonstrar fraqueza. As pessoas cometem erros.

Os lábios de Rebecca se abriram, mas ela não disse nada. Max ergueu as sobrancelhas e então se virou para mim.

— Então — ela disse alto. — Erros.

Eu me virei novamente para olhar pela janela e me concentrar na tarefa. *Que "erro" havia envenenado a relação de Zara e Skye?*

CAPÍTULO 41

Eu estava olhando pela maior janela do térreo quando uma nova SUV estacionou lá fora. Jameson saiu dela primeiro, então Grayson. Os dois estavam usando óculos de sol. Eu me perguntei se estavam de ressaca, se eles tinham dormido na noite anterior, depois daquela conversa com o pai de Grayson.

Levei quinze minutos para conseguir ficar sozinha com um deles. Jameson e eu acabamos em uma varanda. A condensação da minha respiração era visível no ar. Eu o atualizei do que tinha descoberto. Ele escutou, em silêncio e imóvel.

Nenhum desses era um adjetivo que eu associaria a Jameson Hawthorne.

Quando terminei, Jameson virou de costas para a vista da montanha e se apoiou na balaustrada coberta de neve. Ele ainda estava vestido para o Arizona. Seus cotovelos estavam expostos, mas ele agia como se nem sentisse o frio.

— Eu também tenho algo para te contar, Herdeira.

— Eu sei.

— Sheffield Grayson acredita que Toby causou o incêndio na Ilha Hawthorne.

Os olhos de Jameson ainda estavam escondidos pelos óculos de sol, o que tornava difícil saber o que ele estava sentindo, se é que estava sentindo alguma coisa.

— Eu sei — repeti. — Grayson esqueceu de desligar o celular ontem. Eu não ouvi tudo, mas peguei o principal. A última coisa que ouvi foi que Toby tinha comprado combustível. Então o celular desligou. Eu tentei ligar para vocês dois. Várias vezes. Mas ninguém atendeu.

Jameson não disse nada por quatro ou cinco segundos. Eu não tinha certeza se ele ia responder qualquer coisa ao que eu tinha acabado de dizer.

— O babaca deixou bem claro que não quer nada com Gray. Ele disse que Colin era o mais perto que ele teria de um filho.

Jameson engoliu em seco e, embora seus olhos ainda estivessem encobertos pelos óculos de sol, eu conseguia sentir como aquelas palavras o tinham afetado.

Eu nem queria pensar no impacto que elas tinham tido em Grayson.

— Pela primeira vez, Skye não estava mentindo. — A voz de Jameson era baixa. — O pai de Grayson sempre soube dele.

Eu estava acostumada com Jameson flertando ou revirando charadas, se equilibrando perigosamente na beirada de telhados e jogando toda cautela pela janela. Ele não deixava que as coisas se tornassem importantes. Não deixava que elas ferissem.

Se eu tirasse aqueles óculos de sol, o que eu veria?

Dei um passo na direção dele. A porta da varanda se abriu. Alisa olhou para mim, olhou para Jameson, olhou pra o passo de distância entre nós e me deu um sorriso direto.

— Pronta para as pistas?

Não. Eu não podia dizer isso. Eu não podia botar as cartas na mesa e revelar que o motivo para a viagem não tinha nada a ver com uma escapada de inverno. Qualquer que fosse nosso plano para revirar o resto da casa, teríamos que ser sutis.

— Eu... — busquei uma resposta apropriada. — Eu não sei esquiar.

Grayson apareceu na porta atrás de Alisa.

— Eu te ensino.

Jameson o encarou. Eu também.

CAPÍTULO 42

O **"acesso direto" de** Verdadeiro Norte significava que saíamos direto para as pistas. Tudo que precisávamos fazer era sair pela porta dos fundos, colocar os esquis e *ir*.

— Tem uma trilha fácil aqui — Grayson me disse depois de me mostrar o básico. — Se descermos o suficiente por ela, chegaremos às áreas mais cheias da montanha.

Olhei de volta para Oren e um de seus homens. Não era Eli; era um homem mais velho. Oren tinha dito que ele era o especialista ártico. Porque todo bilionário do Texas precisava de um especialista ártico na equipe de segurança.

Eu cambaleei nos esquis. Grayson estendeu a mão para me firmar. Por um momento, ficamos ali parados, o corpo dele apoiando o meu. Então, lentamente, ele deu um passo para trás e pegou minhas mãos, me puxando para a frente na leve inclinação perto da casa, esquiando de costas enquanto fazia isso.

— Me mostre sua parada — ele disse.

Sempre dando ordens. Não reclamei. Virei meus pés para dentro e consegui parar sem cair... por pouco.

— Bom.

Grayson Hawthorne chegou a sorrir, mas então notou que estava sorrindo, como se fosse proibido que sua boca fizesse *aquilo* perto de mim.

— Você não precisa fazer isso — murmurei, baixando minha voz para evitar que os outros ouvissem. — Você não precisa me ensinar nada. Nós podemos dizer a Alisa que eu amarelei. Não estou aqui para esquiar.

Grayson me deu um olhar — um olhar de quem sabe tudo, nunca está errado, não é questionado.

— Ninguém vai acreditar que *você* amarelou — ele disse.

Pelo modo que ele falou, até parecia que eu era destemida.

Levei cinco minutos para perder um esqui. A trilha ainda era relativamente reservada. Além dos meus guarda-costas, era como se Grayson e eu estivéssemos sozinhos na montanha. Ele deslizou para recuperar meu esqui com a facilidade de alguém que esquia desde que aprendeu a andar. Ao voltar para o meu lado, ele derrubou o esqui na neve, então pegou meus cotovelos nas mãos.

Aquela tarde estava sendo o dia em que ele mais havia me tocado — de todos.

Eu me recusava a deixar que aquilo significasse qualquer coisa. Enfiei o esqui de volta e repeti o que tinha dito a ele antes:

— Você não precisa fazer isso.

Ele soltou meus braços.

— Você estava certa.

Inédito: Grayson Hawthorne admitindo que alguma outra pessoa estava certa sobre *alguma coisa*.

— Você disse que eu vinha te evitando, e eu estava mesmo. Eu prometi que ia te ensinar o que você precisava saber para viver essa vida.

— Como esquiar?

Eu me via no reflexo dos óculos de esqui dele, mas não via seus olhos.

— Como esquiar — Grayson disse. — Para começar.

Nós chegamos à parte de baixo e Grayson me ensinou a pegar um teleférico de esqui. Oren foi na nossa frente; o outro guarda foi atrás.

Fiquei sozinha com Grayson: dois corpos, um teleférico, nossos pés pendurados enquanto subíamos a montanha. Eu me peguei espiando-o. Ele tinha baixado os óculos, então eu via todas as linhas do seu rosto. E seus olhos.

Depois de alguns segundos, decidi que não ia passar a subida toda em silêncio.

— Eu ouvi sua conversa com Sheffield — eu disse baixo a Grayson. — A maior parte, de qualquer forma.

Lá embaixo, eu via esquiadores descendo a montanha. Olhei para eles em vez de para Grayson.

— Estou começando a entender por que meu avô deserdou os filhos. — Grayson não soava como ele mesmo, assim como Jameson não tinha soado. A diferença é que a noite anterior tinha deixado Jameson mais reservado e parecia ter tido o efeito oposto em seu irmão. — Se Toby começou aquele incêndio, se meu avô precisou encobrir, e então Skye... — Ele parou, abruptamente.

— Skye o quê?

Nós passamos por um trecho com árvores cobertas de neve.

— Ela procurou Sheffield Grayson, Avery. O homem culpava nossa família pela morte do sobrinho. Ele dormiu com ela por despeito. Só Deus sabe por que Skye fez isso, mas eu fui o resultado.

Olhei para ele de uma forma que o forçou a retribuir o olhar.

— Você não pode se sentir culpado por isso — eu disse com a voz firme. — Puto? — continuei. — Claro. Mas não culpado.

— O velho deserdou toda a família mais ou menos quando eu fui concebido. — Grayson se protegia daquela verdade mesmo enquanto a pronunciava. — Foi Toby mesmo a gota d'água ou... fui eu?

Ali estava Grayson Hawthorne demonstrando fragilidade. *Você nem sempre precisa carregar o peso do mundo — ou da sua família — nos seus ombros.* Eu não disse isso.

— O velho te amava — foi o que disse. Eu não tinha certeza de muita coisa quando se tratava do bilionário Tobias Hawthorne, mas daquilo eu tinha. — Você e seus irmãos.

— Nós fomos a chance dele fazer algo certo. — A voz de Grayson estava tensa. — E olha o quanto ele acabou decepcionado... com Jameson, comigo.

— Isso não é verdade — eu disse, sentindo a dor dele. *Deles.*

Grayson engoliu em seco.

— Você se lembra da faca que Jameson levou para o telhado?

A pergunta me pegou de surpresa.

— Aquela com o compartimento secreto?

Grayson inclinou a cabeça. Eu não via os músculos do seu ombro e pescoço, mas conseguia imaginá-los por baixo da jaqueta de esqui, se contraindo.

— Tinha uma sequência para um enigma que meu avô construiu anos atrás. A faca era parte dela.

Por motivos que eu nem conseguia dizer, os músculos da minha própria garganta se apertaram.

— E a bailarina de vidro? — perguntei.

Grayson olhou para mim como se eu tivesse acabado de dizer algo muito inesperado. Como se *eu* fosse inesperada.

— Isso. Para ganhar o jogo, nós precisávamos quebrar a bailarina. Jameson, Xander e eu entendemos errado a parte seguinte. Caímos na armadilha. Nash não. Ele sabia que a resposta estava nos cacos. — Havia algo na forma como ele estava olhando para mim. Algo que eu sequer tinha uma palavra para descrever. — Meu avô nos disse que, quando se conquistava o tipo de poder e dinheiro que ele tinha, as coisas se quebravam. *Pessoas.* Eu costumava pensar que ele estava falando dos filhos.

— *Veneno é a árvore* — citei suavemente. — *Percebeu? Envenenou S e Z e eu.*

— Exatamente. — Grayson sacudiu a cabeça e, quando voltou a falar, as palavras saíram ásperas. — Mas eu estou começando a acreditar que não entendemos a questão. Eu tenho pensado nas coisas, e pessoas, que *nós* quebramos. Todos nós. Toby e as vítimas do incêndio. Jameson e eu e...

Ele não conseguia dizer, então eu disse por ele:

— Emily. Não é a mesma coisa, Grayson. Vocês não a mataram.

— Essa família quebra coisas. — O tom de Grayson não vacilava. — Meu avô sabia disso e ele te trouxe para cá mesmo assim. Ele te colocou no tabuleiro.

Grayson queria que eu ficasse a salvo, e eu não estava. Tendo herdado a fortuna Hawthorne, talvez eu nunca ficasse *a salvo* de novo.

— Eu não sou a bailarina de vidro — afirmei. — Eu não vou quebrar.

— Eu sei que não. — A voz de Grayson estava quase embargada. — Então eu não vou mais te evitar, Avery. Não vou ficar te mandando parar de fazer coisas que sei que você não consegue parar, que não vai parar. Eu sei o que Toby é para você, o que ele significa para você. — A respiração de Grayson estava pesada. — Eu sei, melhor do que ninguém, por que você não consegue parar.

Grayson tinha conhecido seu pai. Ele tinha olhado nos olhos dele e descoberto o que significava para o homem. E, sim, a resposta para a pergunta tinha sido *nada*, mas ele sabia por que eu não podia deixar o mistério de Toby para lá.

— Então você está dentro? — perguntei a Grayson, meu coração parando por um segundo.

— Estou. — Ele disse essa palavra como um juramento. Ela ficou no ar entre nós e então ele engoliu em seco. — Como seu amigo.

Amigo. A palavra tinha arestas. Era Grayson se afastando, me mantendo a uma certa distância. Fingindo que ele estabelecia as regras.

Teria doído, se eu tivesse deixado, mas não deixei.

— Amigos — repeti, fixando meu olhar no final da subida, que se aproximava rapidamente.

— Deslize para o lado — Grayson me disse. *Sempre profissional.* — Incline as pontas do esqui para cima. Se incline para a frente e *vá*.

A cadeira me deu um pequeno impulso e deslizei para a frente, lutando para manter o equilíbrio. Eu não precisava de Grayson Hawthorne para fazer *isso*. Apenas com a força da minha vontade, mantive os esquis embaixo de mim e consegui parar.

Viu? Eu não preciso que você me segure. Eu me virei para meu *amigo* Grayson, um sorriso se espalhando pelo rosto, pronta para me gabar — e foi então que eu vi os *paparazzi*.

CAPÍTULO 43

Oren e o especialista ártico me levaram de volta a Verdadeiro Norte em um tempo impressionante. Eli e outro guarda estavam esperando quando chegamos lá.

— Vasculhe o perímetro — Oren disse aos seus homens. — Se alguém precisar de um lembrete de que isso é uma propriedade privada, sintam-se livres para fornecer a informação.

— Eu acho que acabou o esqui — eu disse.

Na teoria, era bom. Eu tinha uma desculpa para ficar em Verdadeiro Norte e fazer o que tinha vindo fazer. *Menos tempo na montanha com Grayson.*

Abafando o pensamento, tirei meus esquis. Grayson fez o mesmo e fomos na direção da casa, mas, antes de chegarmos na porta dos fundos, uma bola de neve caiu do telhado bem nos nossos pés.

Eu olhei para cima bem a tempo de ver Jameson saltando. Ele aterrissou ao meu lado, usando esquis, sem bastões à vista.

— Entrada triunfal — Grayson disse, seco.

— Eu tento.

Jameson sorriu e sacudiu um objeto em suas mãos. Levei um segundo para notar que era uma foto.

Por que ele está segurando uma foto? Era Jameson Hawthorne. Estávamos ali por um motivo. Eu sabia por quê. Meu coração acelerou.

— Isso é... — comecei a dizer.

Jameson deu de ombros.

— O que posso dizer? Eu sou bom mesmo. — Ele colocou a foto nas minhas mãos preguiçosamente, então se virou e pegou um par de bastões de esqui apoiados na lateral da casa. — E eu desafio *você* — ele disse a Grayson — para uma Queda.

A foto era a que eu tinha visto na escada, dos três filhos de Tobias Hawthorne. Jameson não tinha me dado nenhuma informação antes de sumir, mas, enquanto descia as escadas na direção do porão, virei a moldura e vi a imagem entalhada atrás.

A superfície de uma bússola.

Eu estava tão absorta no que vira que quase esbarrei em Rebecca. E Thea. *Thea e Rebecca,* percebi, dando um passo para trás. A primeira pressionava a segunda contra a parede da escada. As mãos de Rebecca estavam no rosto de Thea. O cabelo de Thea parecia ter sido arrancado do rabo de cavalo.

Elas estavam se beijando.

As últimas palavras que as ouvi trocar ressoaram nos meus ouvidos. *Algumas coisas são imperdoáveis. As pessoas não são perfeitas.*

Thea me notou, mas não interrompeu o beijo até os olhos verdes de Rebecca se arregalarem de forma quase cômica.

Mesmo assim, Thea levou um bom tempo para se afastar da outra.

— Avery — Rebecca parecia morta de vergonha. — Isso não é...

— Da sua conta — Thea completou, erguendo os cantos da boca.

Eu desviei das duas.

— Concordo.

Aquele beijo proibido, e provavelmente irresponsável, não era problema meu.

A foto nas minhas mãos era. Então eu desci o que faltava da escada, como uma mulher com uma missão. No andar de baixo, encontrei Max apoiada nos ombros de Xander, inspecionando as pás de um ventilador.

— Ele é muito alto — Max me disse em tom de aprovação. — E só me derrubou uma vez!

Thea e Rebecca entraram atrás de mim. Xander lançou um olhar feio para elas, mas continuei concentrada.

— Jameson me deu isso. — Ergui o tesouro e me sentei em uma imensa poltrona de camurça. — Uma foto da escada. — Eu a coloquei virada no colo. — Olhem a parte de trás.

Max desceu dos ombros de Xander e todo mundo se juntou em volta de mim.

— Tire o fundo da moldura — Xander disse imediatamente.

Eu o encarei.

— Vamos precisar de uma chave de fenda.

Quatro minutos depois, nós cinco estávamos enfiados no terceiro andar, no quarto que tinha sido de Skye. Eu removi o último parafuso e ergui a parte de trás da moldura. Embaixo dela, atrás da foto de Toby, Zara e Skye, estava um pedaço de papel de caderno dobrado ao meio. Dentro dele estava outra foto.

A foto tinha claramente sido tirada mais ou menos na mesma época que a que estava exposta na moldura. Zara e Skye estavam usando as mesmas jaquetas. As duas pareciam adolescentes. Zara estava com um braço em volta de Skye e outro em volta de um menino que parecia um pouco mais velho que as duas. Ele tinha o cabelo bagunçado e um sorriso matador.

Eu virei a foto. Não havia legenda no verso. Max se inclinou para pegar o pedaço de papel dobrado em volta da foto.

— Vazio — ela disse.

— Por enquanto — Xander corrigiu.

Max não entendeu o que ele estava dizendo imediatamente. Ela não estava acostumada com os Hawthorne e seus jogos.

— Tinta invisível? — Rebecca perguntou, antes que eu tivesse a chance. — Na foto ou no papel em que ela estava?

— Quase certo — Xander respondeu. — Mas vocês sabem quantos tipos diferentes de tinta invisível existem?

— Muitos? — Thea disse, seca.

Xander suspirou longamente.

— Meu chute é que isso é só meia pista. O velho deixou metade com Skye e metade com…

— Zara — completei. — A aliança.

Cuidadosamente, peguei a página em branco da mão de Max. Eu não tinha ideia de como deveríamos usar uma aliança para fazer escrita aparecer nessa página, mas via a lógica no que Xander estava dizendo. Era a lógica Hawthorne.

A lógica de Tobias Tattersall Hawthorne.

Ele deu a si mesmo um nome do meio como sinal de que pretendia deixar todos eles em frangalhos. Ele usou aquele nome para assinar um testamento e escondeu pistas no testamento para suas filhas. Eu sabia que aquele jogo não era originalmente feito para nós. Eu sabia que estávamos ali para encontrar a pista de Skye. Comecei a refletir.

— O que vocês acham que essa foto significaria para Skye? — perguntei, erguendo a foto que estava escondida atrás dos filhos sorridentes de Tobias Hawthorne. Skye, Zara e um cara.

— Quem é ele? — perguntei, e então pensei na mensagem que tínhamos encontrado na garrafa escondida nas tábuas do chão, na passagem entre os quartos de Skye e Zara.

Você sabia e você fez mesmo assim. Nunca vou te perdoar por isso.

— Meu sexto sentido — Max anunciou — está agora ligado a essa foto e eu estou recebendo mensagens claras sobre comunhão e abdomens.

Elas brigaram por causa de um garoto, pensei. Do mesmo jeito que Jameson e Grayson tinham brigado por Emily Laughlin.

— Jameson só te deu isso? — Xander desabou na cama. — Ele encontrou e só *deu* para você?

Eu fiz que sim. Eu sabia que Xander estava incomodado por não ter sido ele quem encontrou a pista.

— E cadê o Jameson agora? — Xander perguntou, soando um pouco mais irritado do que eu já tinha ouvido antes.

Eu pigarreei.

— Ele desafiou Grayson para algo chamado Queda.

— Sem mim? — Xander parecia realmente ofendido. — Ele *te* deu isso e desafiou *Grayson* para uma Queda?

— Xander colocou-se de pé em um pulo. — É isso. Acabaram os bons modos. Chega de Xander Bonzinho. Avery, posso ver essa foto?

Eu dei a ele a foto de Zara, Skye e o garoto de cabelo bagunçado. Um segundo depois, Xander estava saindo pela porta.

— Aonde você está indo? — Rebecca e eu perguntamos juntas.

Max correu para alcançá-lo.

— Aonde *nós* estamos indo? — ela corrigiu.

Xander lançou um olhar feio para nós — embora não tão feio.

— Para o chalé.

CAPÍTULO 44

De alguma forma, convenci Alisa a aprovar outra pequena aventura: uma última sessão de fotos. Oren não ficou muito feliz, mas tive a nítida sensação de que não era a primeira vez que ele precisava cuidar de um passeio até o chalé na base da montanha.

— Meu avô proibiu a Queda quando eu tinha uns doze anos — Xander anunciou na SUV enquanto descíamos. — Muitos ossos quebrados.

— Porque isso não é nada preocupante — Max disse, animada.

— Os Hawthorne... — Thea desdenhou.

— Se comporte. — Rebecca olhou feio para ela.

— É só uma aposta amigável de quem amarela primeiro no teleférico — Xander nos garantiu. — Você sobe no teleférico até alguém gritar "queda". E então você — Xander deu de ombros — cai.

— Você pula do teleférico? — Eu o encarei.

— A primeira pessoa a gritar é o desafiante. Se a outra pessoa negar, o desafiante precisa cair. Se a outra pessoa aceitar o desafio, ele cai e ganha uns quinze segundos de vantagem na corrida.

— Corrida? — Max e eu dissemos juntas.

— Até embaixo — Xander esclareceu.

— Essa é a coisa mais idiota que eu já ouvi na vida — eu disse a Xander.

— Talvez — Xander respondeu, teimoso. — Mas assim que terminarmos no chalé, eu vou ter ganhado.

No chalé, fomos levados pela sala de jantar principal até uma alcova particular com vista para as pistas mais ao longe. Dois dos homens de Oren se posicionaram à porta enquanto meu chefe de segurança ficou colado em mim.

— Você senta aqui — Alisa me disse. — Bebe um chocolate quente. Nós tiramos umas fotos, e te tiramos daqui.

Aquele era o plano dela. Nós tínhamos o nosso: identificar o menino da foto. Xander parecia pensar que parte da equipe do chalé trabalhava ali havia décadas. Dada a segurança em cima de mim, eu não esperava investigar por conta própria, mas Max e Xander eram outra história.

Assim como Thea e Rebecca.

Oren deixou os quatro saírem para o banheiro com um único guarda. Quando voltaram, dez minutos depois, o guarda-costas parecia estar com enxaqueca.

— Essas duas — Max me disse, apontando com a cabeça para Thea e Rebecca — são *bem* uteis para arrancar informações dos outros.

— Thea é melhor no flerte — Rebecca murmurou.

Thea olhou nos olhos de Rebecca.

— E você aprende bem rápido.

— O que elas descobriram? — perguntei para Max e Xander.

— O cara na foto trabalhava na montanha. — Max estava claramente adorando aquilo. — Ele era um instrutor de esqui, tinha vinte e poucos anos. Fazia sucesso com as mulheres.

— Vocês conseguiram o nome? — perguntei.

Foi Xander quem deu a resposta.

— Jake Nash.

Jake. Meu cérebro girava. *Nash*.

CAPÍTULO 45

Com aquela bomba, Xander foi encontrar Jameson e Grayson. Horas depois, os três irmãos voltaram das pistas, machucados e cansados. Jameson sentou-se devagar em uma poltrona com o encosto alto.

— Não deixe cair sangue nisso aí — Grayson ordenou.

— Nem em sonho — Jameson respondeu. — Qual sua opinião sobre vomitar naquele vaso?

— Você é um idiota — Grayson respondeu.

— Vocês todos são idiotas — corrigi. Eles se viraram para mim. Eu estava usando pijamas grossos de inverno, parte do guarda-roupa de Verdadeiro Norte que Alisa tinha encomendado para mim. — Xander contou o que encontramos?

— O que *eu* encontrei, Herdeira — Jameson me corrigiu, dando um sorriso. — Eu sei da foto. A página com o que podemos presumir ser uma provável mensagem de algum tipo, escrita com tinta invisível.

Grayson me estudou por um momento, então se virou para Xander.

— O que *mais* vocês descobriram?

— Só para constar — Xander disse grandiosamente, mancando até se sentar na lareira —, eu ganhei a Queda. — Ele olhou para seus pés. — E posso ter esquecido de mencionar que o cara na foto é o pai de Nash.

A afirmação teve o exato efeito que deveria — em Jameson e Grayson. Eu não estava surpresa. Depois do que tínhamos descoberto no chalé, aquela era a conclusão lógica. Os quatro irmãos Hawthorne tinham sobrenomes como nomes. O pai de Grayson era Sheffield *Grayson*. O cara na foto — o cara que Zara estava abraçando — era Jake *Nash*.

Você sabia, o bilhete no armário dizia, *e você fez mesmo assim.*

— Vocês vão contar a Nash? — perguntei aos meninos.

— Me contar o quê?

Eu me virei e vi Nash na porta, Libby ao seu lado.

— Contar o quê? — Ela apertou os olhos para o silêncio que se seguiu. — Fala sério, Ave — Libby grunhiu. — Chega de segredos.

Ela era o motivo para eu ter conseguido fazer a viagem, e não tinha ideia do porquê.

Na minha frente, Grayson se levantou.

— Nash, podemos conversar lá fora um minuto?

Sozinha com Libby, só tive um ou dois segundos para decidir o que contar. Olhando aquele cabelo castanho sem graça, sabendo de tudo que ela abriu mão por mim, foi uma decisão surpreendentemente fácil.

Contei tudo. Sobre Harry e quem ele realmente era. Sobre o que tínhamos descoberto na ala de Toby. Sobre minha certidão de nascimento e as caridades no testamento e por que eu queria vir para Verdadeiro Norte.

— Eu sei que é muita coisa de uma vez — eu disse.

Libby piscou quatro ou cinco vezes. Eu esperei que ela dissesse alguma coisa. Qualquer coisa.

— O que Grayson e Jameson estão contando para Nash lá fora? — ela perguntou finalmente.

Não havia por que guardar mais nada, então eu respondi a pergunta.

— Então o pai de Nash... — ela disse.

— Provavelmente é Jake Nash — confirmei.

— E o seu pai...

Libby me olhou e engoliu em seco.

Meu pai é Toby Hawthorne.

— Faz sentido — murmurei. Incapaz de olhar nos olhos dela, me virei para uma enorme janela ali perto. — Foi Toby quem assinou minha certidão de nascimento e nós nos conhecemos logo depois que minha mãe morreu. Eu acho que ele estava ficando de olho em mim. Acho que ele queria que nos conhecêssemos. — Fiz uma pausa. — Eu acho que Tobias Hawthorne sabia de tudo.

— E é por isso que ele te deixou o dinheiro. — Libby sabia ler as entrelinhas tão bem quanto eu. — Se seu pai não é Ricky — ela disse lentamente —, então você e eu não somos realmente...

— Se você disser que não somos irmãs, eu vou te dar uma voadora aqui e agora.

Eu estava preparada para fazê-lo, mas Libby pareceu decidir não me tentar.

— Você tentou encontrá-lo? — ela me perguntou.

— Toby?

Baixei os olhos.

— Antes mesmo de saber quem ele era. O pessoal de Alisa não encontrou nem sinal dele.

Libby soltou um grunhido de desdém. Bem alto.

— Ou isso é o que Alisa Ortega diz. *Ela* sabe quem ele é?

Ergui o olhar para ela.

— Não.

— Então o quanto você acha que sua advogada priorizou procurar por um sem-teto aleatório com quem você costumava jogar xadrez? — As mãos de Libby subiram para sua cintura. — *Você* tentou encontrá-lo? Esqueça os jogos. Esqueça as pistas. Você realmente procurou esse homem?

Quando ela colocou as coisas dessa forma, eu me senti meio ridícula. De dentro do jogo de Tobias Hawthorne, tudo que eu tinha feito fazia perfeito sentido. Mas olhando de fora? Nós estávamos lidando com tudo aquilo da forma mais complicada possível.

— Você viu o quanto foi difícil convencer Oren e Alisa a me deixarem vir para cá — falei. — De jeito nenhum eles vão me deixar voar para New Castle atrás de Toby.

— Você quer que eu vá? — A pergunta soou insegura, mas Libby superou bem rápido a hesitação. — Eu poderia ir para casa. Ninguém iria questionar por que quero fazer isso. Posso levar seguranças comigo.

— Os *paparazzi* vão te seguir — avisei. — Você é notícia por associação.

Libby passou a mão pela trança embutida e sorriu.

— Agora eu sou discreta. Acho que os *paparazzi* nem vão me reconhecer.

Tudo que eu conseguia pensar naquele momento é que deveria ter contado a verdade a ela dias antes. Qual era meu problema? Por que eu fazia tanto esforço para manter distantes as pessoas que mais importavam?

— Combinado, então — Libby declarou. — Você vai voar de volta para a Casa Hawthorne e eu vou levar o outro avião para Connecticut.

— Uma correção, querida. — Nash voltou para a sala. Eu não conseguia ler a expressão dele, ou os efeitos da bomba que seus irmãos tinham acabado de soltar. — *Nós* vamos.

CAPÍTULO 46

Um pouco depois da meia-noite, Max me cutucou.

— O que foi? — Eu pisquei para ela e, depois de alguns segundos, meus instintos de sobrevivência apitaram. — Está tudo bem?

— Tudo bem — Max me disse. Ela sorriu, maliciosa. — *Ótimo*, até. — Ela me cutucou de novo. — Jameson Hawthorne está na jacuzzi.

Apertei os olhos, rolei na cama e cobri a cabeça com o edredom.

Ela o puxou de volta.

— Você me ouviu? Jameson Hawthorne está na jacuzzi. É uma situação de alerta máximo do baralho.

— Qual é a sua com Jameson? — perguntei.

— Qual é a *sua* com Jameson? — Max devolveu.

Por motivos que eu nem conseguia explicar, não a expulsei da minha cama. Respondi a pergunta.

— Ele não me quer — eu disse a Max. — Não de verdade. Ele quer o mistério. Ele quer me manter por perto até poder me usar. Eu sou parte do quebra-cabeça para ele.

— Mas... — Max começou — você *gostaria* de ser usada por ele?

Pensei em Jameson: o brilho nos olhos quando ele sabia de algo que eu não sabia, o sorriso torto, a forma como tinha protegido meu corpo quando os tiros começaram em Black Wood — e depois pegara meu rosto entre as mãos quando o som dos fogos de artifício me fizera mergulhar em memórias ruins. O jeito irritante que ele tinha de me chamar de Herdeira. Jogar golfe no telhado. Meu corpo agarrado ao dele na garupa da moto. A curva exata de seus lábios quando ele me disse para ser discreta — *por enquanto*.

— Você gosta dele.

Max parecia satisfeita demais.

— Talvez eu goste da forma como me sinto quando estou com ele. — Eu escolhi minhas palavras com muito cuidado. — Mas não é tão simples.

— Por causa de Grayson.

Encarei o teto e pensei no teleférico.

— Nós somos amigos.

— Não — Max corrigiu. — Eu e você somos amigas. Grayson é a manifestação física do seu estilo de apego evitativo. Ele não se permite querer você. Você não quer que te queiram. Todo mundo mantém distância. Ninguém se machuca e *ninguém se dá bem*.

Max me deu seu melhor olhar de melhor amiga irritada.

— E por que você se importa? — perguntei a ela. — Desde quando você está tão interessada na minha vida amorosa?

— Na sua falta de — Max corrigiu, dando de ombros.

— Minha vida explodiu. Meus pais não atendem minhas ligações. Eles também não deixam meu irmão falar comigo.

Nesse momento você é tudo que eu tenho, Ave. Eu quero que você seja feliz.

— Você tentou ligar para os seus pais?

Eu não queria insistir demais, mas queria apoiá-la.

Max olhou para baixo.

— Não é a questão. A questão é que *Jameson Hawthorne está na jacuzzi*. — Ela cruzou os braços. — E o que você vai fazer com isso?

CAPÍTULO 47

As roupas que Alisa tinha encomendado para mim incluíam trajes de banho de marca: um biquíni preto com contorno dourado. Estreitando os olhos, eu o vesti, e rapidamente me cobri com um roupão que ia até o chão, daquele tipo impossivelmente macio que eu imaginava que usavam em spas de luxo. A jacuzzi ficava no térreo. Só quando cheguei à porta dos fundos notei que Oren estava me seguindo.

— Você não vai me dizer pra ficar dentro de casa? — perguntei a ele.

Ele deu de ombros.

— Tenho homens no bosque.

Lógico que tinha.

Levei a mão à maçaneta, respirei fundo e saí para o ar congelante da noite. Quando o frio me atingiu, ficou impossível hesitar. Fui até a jacuzzi. Era grande o suficiente para caberem oito pessoas, mas Jameson era o único ali. Seu corpo estava quase inteiro submerso. Tudo que eu conseguia ver era o rosto dele inclinado para o céu, as linhas do pescoço e um pouquinho dos ombros.

— Você parece estar pensando.

Eu me sentei no lado mais longe dele, puxei o roupão para cima e enfiei as pernas na água, até os joelhos. Vapor subiu pelo ar e eu estremeci.

— Eu estou sempre pensando, Herdeira. — O olhar verde de Jameson continuava fixo no céu. — É o que você ama em mim.

Eu estava com frio demais para fazer qualquer coisa além de tirar o roupão e deslizar para dentro da água quente. Meu corpo resistiu, então relaxou com a pontada de calor. Senti meu rosto corando.

Jameson olhou para mim.

— Algum palpite sobre o que estou pensando?

Pouco mais de um metro nos separava, e não parecia muito, não com ele me olhando daquele jeito. Eu sabia o que ele queria que eu pensasse que ele estava pensando.

Mas eu conhecia *ele*.

— Você está pensando na aliança.

Jameson mudou de posição, deixando parte do peitoral fora da água.

— A aliança — ele confirmou. — É o próximo passo, obviamente, mas pegá-la de Zara pode ser um desafio.

— Você gosta de desafios.

Ele foi para o lado, aproximando-se de mim.

— Eu gosto.

Isso é culpa de Max, pensei, meu coração batendo em um ritmo impiedoso contra as costelas.

— A Casa Hawthorne tem um cofre. — Jameson parou a mais ou menos trinta centímetros de mim. — Mas nem eu sei onde fica.

Precisei de toda minha força para me concentrar no que ele estava dizendo — e não no corpo dele.

— Como isso é possível?

Jameson deu de ombros, a água lambendo seus ombros e peito.

— Tudo é possível.

Engoli em seco.

— Eu poderia pedir para vê-lo. — Fiz o que pude para parar de encará-lo e pigarreei. — O cofre.

— Poderia — Jameson concordou, com um daqueles sorrisos devastadores de Jameson Winchester Hawthorne. — Você é quem manda.

Desviei o olhar. Foi necessário, porque de repente me lembrei do pouco que aquele biquíni cobria.

— Nós só precisamos achar a aliança de casamento que seu avô deixou para sua tia. — Tentei continuar distante. — Então, de alguma maneira, esse anel vai nos ajudar a tornar a tinta invisível um pouco mais...

— Visível? — Jameson sugeriu. Ele se inclinou na minha direção para olhar nos meus olhos. Por três segundos inteiros, nenhum de nós conseguia desviar o olhar. — Tá bom, Herdeira — Jameson murmurou. — No que eu estou pensando *agora*?

Eu avancei, e, simples assim, nossos corpos estavam separados por meros centímetros.

— Não é na aliança — falei.

Deixei minha mão subir para a superfície da água.

— Não — Jameson concordou, a voz baixa e convidativa. — Não é na aliança. — Ele ergueu uma das mãos até a minha. Nós não nos tocamos, não exatamente. Ele deixou o braço flutuar, a um fio de cabelo da minha pele submersa.

— A questão é: — Jameson disse, cortando as enrolações — no que você está pensando?

Virei a mão e toquei a dele, elétrica.

— Não na aliança.

Pensei em Max me dizendo que eu podia querer as coisas. Naquele momento, eu só queria uma coisa.

Só pensava em uma coisa.

Eu me mexi de novo na água. O resto do espaço entre nós desapareceu. Levei a boca à de Jameson e ele me beijou, com força. Meu corpo se lembrava. Eu o beijei de volta.

Era como se a jacuzzi estivesse pegando fogo, como se nós dois estivéssemos ardendo e eu só quisesse arder mais. As mãos dele encontraram as laterais do meu rosto. As minhas estavam enfiadas no cabelo dele.

— Isso não é de verdade — murmurei quando a boca dele começou a descer pelo meu pescoço, na direção da água.

— Me parece bem de verdade.

Jameson estava sorrindo, mas não deixei que me enganasse.

— Nada é de verdade para você — sussurrei, mas a mágica era que eu não me importava. Não precisava ser de verdade para ser certo. — Isso... nós dois... — Deixei minha boca roçar a dele. — Não precisa ser nada além do que é. Sem sentimentos complicados. Sem obrigações. Sem promessas. Sem expectativas.

— Só isso — Jameson sussurrou e puxou meu corpo com força contra o seu.

— Só isso.

Era melhor do que andar na garupa de uma moto indo a quinhentos quilômetros por hora, ou subir em telhados a cinquenta andares de altura. Não era só a adrenalina, nem o perigo. Eu me sentia completamente, absolutamente no controle. Eu me sentia irrefreável.

Como se *nós* fôssemos irrefreáveis.

E então, sem aviso, Jameson congelou.

— Não se mexa — ele sussurrou, sua respiração visível no ar entre os nossos lábios. — Oren? — Jameson chamou.

Eu fiz o que ele me disse para não fazer. Me mexi, girando o rosto na direção da floresta, minhas costas para ele, para ver o que ele estava vendo. *Um movimento. E olhos.*

— Eu cuido dela — Oren disse a Jameson, e, de repente, meu chefe de segurança me puxou para fora da jacuzzi.

O ar gelado me atropelou como um caminhão. Adrenalina correu por mim quando Oren bradou uma ordem:

— Eli, vai!

O guarda mais jovem, posicionado perto das árvores, saiu correndo na direção do intruso. Eu tentei seguir seus movimentos, como se fazer isso de alguma forma pudesse me deixar mais segura. *Eu estou bem. Oren está aqui. Estou bem.* Então por que eu não conseguia me lembrar de como se respirava?

Oren me empurrou para dentro de casa.

— O que foi isso? — perguntei, ofegante. — Quem era? — Meu cérebro deu a partida. — *Paparazzi?* Tiraram fotos?

A ideia era aterrorizante.

Oren não respondeu. Em algum nível, notei que Grayson tinha ouvido a comoção. Alguém enrolou uma toalha em volta de mim. Não foi Jameson. Nem Grayson.

Levou cinco minutos até Eli voltar.

— Eu o perdi.

Ele estava ofegante.

— *Paparazzi?* — Oren perguntou.

Os olhos azuis brilhantes de Eli se apertaram até que tudo que eu conseguia ver era o círculo âmbar no meio.

— Não. Era um profissional.

A frase caiu como uma bomba. Senti meus ouvidos latejarem.

— Um profissional de quê? — perguntei.

Oren não respondeu.

— Faça as malas — ele me disse. — Vamos embora ao amanhecer.

CAPÍTULO 48

Olhei pela janela do avião, observando a montanha ficar cada vez menor e mais distante até o jatinho atingir a altitude de cruzeiro. Eu mal tinha dormido, mas não me sentia cansada.

— O que Eli quis dizer com *profissional*? — perguntei. — Profissional de *quê*? — Desviei minha atenção da vista lá fora para Max, que estava sentada ao meu lado. Eu a tinha atualizado de tudo, do incidente de segurança *e* da jacuzzi. — Um detetive particular? Um espião?

— Um assassino! — Max disse alegremente. Ela lia muitos livros e assistia a muitas séries de TV. — Desculpa. — Ela ergueu uma mão e tentou parecer menos animada com a última reviravolta. — Assassinos, ruim. Tenho certeza de que o cara no bosque não era um assassino letal de uma liga milenar de assassinos mortais. Provavelmente.

Antes de herdar, eu teria dito a Max que ela estava doida, mas "Quem iria querer me matar?" não era uma pergunta mais tão sem sentido. Era uma pergunta com respostas. *Skye*. Pensei no confronto com Ricky na festa. Libby tinha brigado com ele também. Se ela tinha dito a ele que eu estava me emancipando, se ele dissera a Skye que o bilhete premiado estava indo embora...

O que exatamente eles fariam? *Ele é um dos meus herdeiros. Se algo acontecer comigo...*

— Ninguém vai te machucar. — Grayson estava sentado na minha frente, Jameson ao seu lado. — Não é, Jamie? — O tom de Grayson ficou mais áspero. Tive a sensação de que ele não estava falando só do homem na floresta.

— Se eu não tivesse tanta confiança em nosso afeto fraterno um pelo outro — Jameson respondeu, lânguido —, acharia esse comentário um pouco agressivo.

— Agressivo? — Xander repetiu, falsamente horrorizado. — Gray? *Nunca.*

— Então — eu disse antes que a situação pudesse piorar —, quem está a fim de um amigável jogo de pôquer?

—Eu pago.

Encarei Thea. Ela era boa de pôquer, mas eu era melhor.

Thea baixou a mão: um full house. Eu baixei a minha: o mesmo. Mas áses eram altos, e eu tinha dois. Fui coletar as apostas, mas Jameson me impediu.

— Não tão rápido, Herdeira. Eu ainda estou dentro. E eu tenho... — Ele me deu um sorrisinho malandro que me fez sentir que estava de volta na jacuzzi. — Nada.

Ele mostrou as cartas.

— Você sempre falou demais — Thea disse.

Ao lado dela, o celular de Rebecca tocou. Rebecca olhou para ele. Dessa vez, quando Thea foi pegá-lo, Rebecca foi mais rápida.

— Não.
O celular tocou de novo. E de novo. Thea conseguiu ver a tela e sua expressão mudou.
— É sua mãe. — Thea tentou fazer Rebecca olhar para ela. — Bex?
Rebecca desligou o celular.
— Não foi isso que eu quis dizer — Thea disse. — Talvez você devesse ver o que ela quer.
Rebecca pareceu se curvar um pouco.
— Eu já estou quase em casa.
— Bex, sua mãe...
— Não me diga do que ela precisa. — A voz de Rebecca era suave, mas todo seu corpo parecia vibrar intensamente. — Você acha que eu não sei que ela não está bem? Você honestamente acha que eu preciso que *você* me diga isso?
— Não, eu...
— Ela olha para mim e é como se eu nem estivesse lá. — Rebecca encarou tanto a mesa que parecia que ia furá-la. — Talvez se eu fosse mais parecida com Em, talvez se eu fosse melhor em ser importante...
— Você é importante. — A voz de Thea era quase gutural.
— Sabe — Max disse desconfortável —, essa conversa parece meio particular, então talvez...
— Não o suficiente. — A voz de Rebecca ficou frágil. — Foi divertido correr por aí, brincar de detetive, fingir que o mundo real não existe, mas não pode ser só assim.
— Assim como? — Thea pegou a mão de Rebecca.
— *Assim*. Você encontrando motivos para encostar em mim. — Rebecca puxou sua mão da de Thea. — Eu deixando. Você era o meu mundo e eu teria feito qualquer coisa por

você. Mas eu te implorei para não encobrir Emily naquela noite e você...

— Não faça isso. — Se Thea fosse qualquer outra pessoa, ela pareceria estar implorando.

— Se eu fosse melhor em ser importante... — Rebecca falou mais alto. — Se, uma vez na minha vida, eu tivesse sido suficiente para alguém, para a menina que eu *amava*, minha irmã talvez ainda estivesse viva.

Thea não tinha resposta. Fez-se silêncio de novo. Um silêncio dolorido, desconfortável, torturante.

Foi Jameson quem acabou com o sofrimento de Thea.

— Então, Herdeira — ele disse, mudando de assunto como quem joga uma coberta na fogueira. — Como vamos fazer para conseguir aquele anel?

CAPÍTULO 49

Quando voltamos à Casa Hawthorne, pedi a Oren para me mostrar o misterioso cofre dos Hawthorne. Ele me levou para vê-lo, sozinha. Nós ziguezagueamos pelos corredores até chegarmos a um elevador. Quando a porta do elevador se abriu e me preparei para entrar, Oren me impediu. Ele apertou o botão de chamar mais uma vez, segurando o indicador sobre ele.

— Escaneamento de digital — ele me disse.

Depois de um momento, a parede dos fundos do elevador começou a deslizar, revelando uma pequena passagem.

— O que acontece se alguém abrir a porta enquanto o elevador está em outro andar? — perguntei.

— Nada. — Os lábios de Oren se abriram em um sorriso muito sutil. — A passagem só se abre se o elevador estiver presente.

— Quais digitais podem abrir? — perguntei.

— Nesse momento? — Oren devolveu. — As minhas e as de Nan.

Não as de Zara. Não as de Skye. E não as minhas. No testamento de Tobias Hawthorne, ele tinha deixado todas as joias da esposa para a mãe dela. Quando o testamento foi lido, aquilo tinha parecido trivial, mas, enquanto caminhávamos na direção de uma porta de cofre verdadeira — do tipo que você esperaria ver em um banco —, não parecia mais trivial.

— Se tudo no cofre dos Hawthorne pertence a Nan... — comecei a dizer.

— Não é tudo — Oren interrompeu. — Nan tem as joias da falecida sra. Hawthorne, mas o sr. Hawthorne também tinha uma coleção impressionante de relógios e anéis, além de peças que ele comprou por motivos artísticos e sentimentais. As joias da sra. Hawthorne foram passadas para Nan, mas muitas peças com qualidade de museu são suas.

— Qualidade de museu? — Eu engoli em seco. — Estou me preparando para ver as joias da coroa?

Eu só estava meio brincando.

— De que país? — Oren respondeu, e não estava brincando. — Qualquer coisa com valor de mais de dois milhões de dólares fica fora da propriedade, em um lugar mais seguro.

A tranca do cofre soltou. Oren girou a alavanca da porta e a abriu. Prendendo a respiração, entrei em uma sala de aço ladeada, do chão ao teto, por gavetas de metal. Fui até uma aleatoriamente. Quando a abri, vitrines surgiram: três, cada uma com um par de brincos estilo lágrima: diamantes, maiores do que o de qualquer anel de noivado que eu já tivesse visto. Abri mais três ou quatro gavetas e pisquei. Várias vezes.

Meu cérebro se recusava a computar.

— Você está procurando por algo em particular? — Oren me perguntou.

Desviei os olhos de um rubi com metade do tamanho do meu punho.

— A aliança — consegui dizer. — De Tobias Hawthorne.

Oren me encarou por um ou dois segundos, então foi até a parede do fundo. Ele puxou uma gaveta, então outra e eu me vi encarando uma dúzia de relógios Rolex e um par de abotoaduras de prata.

— O anel está escondido? — perguntei, meus dedos indo para um dos relógios.

— Se o anel não está nessa gaveta, ele não está aqui — Oren disse. — Meu palpite é que o sr. Hawthorne o colocou no envelope que foi dado para Zara na leitura do testamento.

Em outras palavras, eu estava cercada por uma fortuna em joias, mas a única coisa de que precisava não estava ali.

CAPÍTULO 50

— **Você vai precisar** de ajuda se quiser procurar na ala de Zara.

Grayson aparentemente estava falando sério quando prometeu me ajudar a ir até o fim daquilo.

— Gray é ótimo em distrações — Jameson disse solenemente. — Atribuo isso a sua impressionante habilidade de ser chato e prolixo quando necessário.

Grayson não mordeu a isca.

— Vamos precisar garantir que Constantine fique longe também.

— Eu também sou excelente na arte da distração — Max ofereceu. — Atribuo isso a minha habilidade de imitar qualquer um de meus espiões fictícios quando necessário.

— Grayson e Max podem cuidar do perímetro. — A voz de Xander estava estranhamente baixa. — Jameson, Avery e eu examinamos a ala.

Rebecca tinha sumido no momento em que o avião aterrissou. Thea não tinha se demorado muito depois que

Rebecca foi embora. O time de Xander o tinha abandonado, mas ele não ia recuar.

Ele não ia deixar Jameson e eu procurarmos o anel sozinhos.

— Essa é uma péssima ideia. — Eli nem fingiu que não estava ouvindo.

E é por isso que esperamos até Oren estar de folga, pensei.

A porta da ala de Zara tinha pelo menos três metros de altura — e estava trancada.

— Você quer arrombar? — Jameson perguntou a Xander. — Ou eu faço isso?

Dois minutos depois, nós três estávamos dentro. Grayson e Max tinham ficado para trás e assumido postos nas pontas do corredor. Eli resmungou enquanto me seguia para dentro da fera.

Uma rápida inspeção me mostrou que havia sete portas ao longo do corredor principal da ala de Zara. Atrás de três delas encontramos quartos, cada um do tamanho de uma suíte inteira. Duas das três suítes estavam claramente sendo usadas.

— Zara e o marido dormem em quartos diferentes? — perguntei a Jameson.

— Não sei — ele respondeu.

— Não quero saber — Xander acrescentou, animado.

Vi sapatos masculinos em um quarto. O outro estava imaculado. *Zara*. Havia uma lareira de mármore perto do fundo do quarto. Estantes embutidas cobriam a parede à esquerda. Havia livros nas estantes, volumes grossos com capas de couro. O tipo de livro que uma pessoa *exibia*, não lia.

— Se eu fosse uma pessoa cujas estantes são assim — murmurei —, onde eu guardaria minhas joias?

— No cofre — Xander respondeu, cutucando um entalhe na parede.

Jameson passou por mim, deixando seu corpo esbarrar no meu.

— E esse cofre — Jameson me disse — com certeza está escondido.

Levou dez minutos para nossa busca compensar: um controle remoto grudado em uma estante, atrás de um dos livros com capa de couro. Eu o puxei da parede e olhei melhor o controle, que tinha só um botão.

— Bem, Herdeira... — Jameson me lançou um sorriso. — Faz as honras?

Vendo aquele sorriso, voltei para a jacuzzi. Não havia motivo para pensar naquilo. Nenhum motivo para pensar em Jameson daquela forma no momento.

Apertei o botão.

Quando as enormes estantes começaram a se mexer, desaparecendo lentamente para dentro das paredes, encarei o que estava escondido atrás delas.

— Mais estantes — constatei, confusa. — E... mais livros?

Fileiras de edições econômicas estavam empilhadas, duas por prateleira. Romances. Ficção científica. Mistérios e histórias paranormais. Tentei imaginar Zara lendo uma história romântica, ou uma ópera espacial, ou o tipo de mistério que tinha um gato e uma bola de lã na capa — e não consegui.

— Se tirarmos os livros dessas estantes vamos encontrar outro controle? — Xander postulou. — E *mais* estantes? E outro controle? E... — Ele se interrompeu.

Levei um segundo para perceber o que ele tinha ouvido: o som de saltos contra o chão de madeira.

Zara.

Jameson me puxou para dentro do armário. Se estava difícil não pensar na jacuzzi antes, ali era impossível.

— Parabéns para a distração de Gray — ele murmurou no meu pescoço enquanto me puxava para perto e desaparecíamos no que pareciam araras infinitas de roupas.

Fiquei imóvel, mal respirando e consciente demais de que ele estava fazendo a mesma coisa atrás de mim.

Xander deve ter se escondido também, porque, por muitos segundos, o único som no quarto foi o baque dos saltos de Zara. Mandei meu coração parar de bater com tanta força, tentando me manter concentrada em acompanhar os movimentos de Zara — não na forma como o meu corpo estava encaixado no de Jameson.

Não no fato de sentir o coração dele batendo também.

Os passos pararam logo em frente ao armário. Eu senti a respiração de Jameson na minha nuca e contive um calafrio. *Não se mexa. Não respire. Não pense.*

— O guarda-costas na porta entrega o jogo — Zara falou, a voz clara como um sino e afiada como uma faca. — É melhor vocês saírem.

Jameson pressionou um dedo contra os meus lábios, então saiu de nosso esconderijo, me deixando no escuro, ainda sentindo o fantasma de seu toque.

— Eu esperava que pudéssemos conversar — ele disse à tia.

— Claro — Zara respondeu suavemente. — Afinal, a melhor forma de começar uma conversa frequentemente envolve se esconder no armário do seu parceiro de conversa.

— Ela espiou para além de Jameson, examinando as araras de roupas onde eu ainda estava escondida. — Estou esperando.

Depois de um longo momento, eu saí.

— Agora — Zara disse —, explique.

Engoli em seco.

— Seu pai te deixou a aliança dele.

— Eu sei — Zara respondeu.

— Vinte anos atrás, quando o velho revisou o testamento pela primeira vez para deserdar vocês, ele te deixou exatamente a mesma coisa. — Jameson acrescentou.

Zara arqueou uma sobrancelha para nós.

— E?

— Podemos vê-la? — Isso foi Xander, que tinha posto a cabeça para fora do banheiro. Embora tivesse sido ele quem fez a pergunta, fui eu quem recebi a resposta.

— Me permita entender — Zara disse, olhando por cima de Jameson, bem na minha direção. — Você, para quem meu pai deixou basicamente tudo, quer a única coisa que ele deixou para mim?

— Dito dessa forma — Max disse, aparecendo na porta —, parece meio esgoto.

Atrás dela, pude ver Eli. Ele não agia como se Zara fosse uma ameaça.

— Cinco minutos. — Jameson entrou em modo de negociação. — Só nos dê cinco minutos com a aliança. Deve ter algo que você quer. Dê sua oferta.

Mais uma vez, a atenção de Zara se concentrou em mim.

— Cinco milhões de dólares. — O sorriso dela nem chegou perto de tocar os olhos. — Eu dou a vocês cinco minutos com a aliança do meu pai — ela anunciou — pela pechincha de cinco milhões de dólares.

CAPÍTULO 51

— *Cinco milhões de* dólares? — repeti enquanto saíamos da ala de Zara e íamos ao escritório de Tobias Hawthorne para traçar uma estratégia. — *Cinco. Milhões. De. Dólares.* Zara acha mesmo que Alisa vai concordar em assinar um cheque desses?

O testamento ainda estava em condicional. Mesmo depois que o espólio fosse processado, eu era menor de idade. Havia responsáveis. Eu quase conseguia ouvir minha advogada jogando termos como *dever fiduciário*.

— Ela está brincando com a gente.

Jameson parecia mais compenetrado do que indignado.

Grayson inclinou sua cabeça para o lado.

— Talvez seja sensato...

— Eu consigo o dinheiro — Xander soltou.

Os irmãos o encararam.

— Você quer pagar cinco milhões de dólares para Zara nos mostrar a aliança do seu avô? — eu disse, chocada.

— Espera. — Grayson estreitou os olhos. — Você tem cinco milhões de dólares?

Todo ano, nos aniversários deles, os netos Hawthorne ganhavam dez mil dólares para investir. Xander tinha passado anos enfiando a parte dele em criptomoeda, então vendeu tudo na hora certa, e *aquele* dinheiro não era parte do espólio de Tobias Hawthorne. Era de Xander — e aparentemente os irmão dele não sabiam do fato até o momento.

— Olha, bacaca — Max disse, apontando um dedo para Xander —, ninguém vai dar cinco milhões para ninguém. Nós só temos que dar outro jeito de conseguir a aliança.

— Você ainda é menor de idade — Grayson disse a Xander em voz baixa. — Se Skye descobrir que você tem esse dinheiro...

— Está em um fundo — Xander garantiu a ele. — Nash é o responsável. Skye não vai chegar nem perto.

— E você acha que Nash vai te deixar fazer um cheque de cinco milhões de dólares para Zara? — perguntei, incrédula.

Parecia tão provável quanto Alisa me deixar acessar os fundos.

— Eu posso ser muito persuasivo — Xander insistiu.

— Tem outro jeito. — Jameson tinha aquela expressão no rosto, a que me dizia que ele tinha encontrado um jeito de passar esse jogo de xadrez para três dimensões. — Nós faremos uma troca.

Grayson apertou os olhos.

— E o que, precisamente, você acha que nossa tia iria trocar pela aliança de casamento do pai dela?

Jameson sorriu para mim enquanto respondia, como se eu e ele estivéssemos naquilo juntos. Como se ele esperasse que eu antecipasse suas palavras.

— A da mãe dela.

* * *

Eu não sabia muito sobre a falecida Alice O'Day Hawthorne, mas sabia quem tinha herdado suas joias. Encontramos Nan na sala de música, sentada em uma pequena poltrona, olhando pelas janelas que iam do chão ao teto e davam vista para a piscina e a propriedade além dela.

— Não fiquem parados aí — Nan ordenou sem se virar. — Ajudem uma velha senhora.

Nós entramos na sala. Grayson ofereceu um braço para a bisavó, mas ela olhou além dele, para mim.

— Você, menina.

Eu a ajudei a se levantar. Nan se apoiou na bengala e examinou nós cinco.

— Quem é essa aí? — a velha resmungou, apontando Max com a cabeça.

— É minha amiga, Max — Xander respondeu.

— *Sua* amiga Max? — repeti.

— Eu prometi construir um drone para ela — Xander disse alegremente. — Agora somos amigos íntimos. Mas essa não é a questão.

— Nós precisamos da sua ajuda, Nan. — Grayson voltou para o motivo de estarmos aqui.

— Precisam, é?

Nan riu do bisneto, então olhou para mim. Ela estava com a cara fechada, mas o raio de esperança em seus olhos era de partir o coração.

Sem querer, pensei nos Laughlin me dizendo o quanto eu estava sendo cruel por brincar com a velha senhora. Nan amava Toby. Ela queria que nós o encontrássemos.

Vamos esperar que ela queira o suficiente para nos dar o anel. Respirei fundo.

— Nós encontramos uma mensagem que seu genro deixou para Skye, logo depois do desaparecimento de Toby. — *Mensagem* provavelmente era esticar um pouco a coisa, mas era menos complicado do que a verdade. — Achamos que o velho deixou uma mensagem similar para Zara e que, juntas, elas podem nos levar até Toby de alguma maneira.

— Mas, para termos o que precisamos de Zara — Jameson interrompeu —, precisamos oferecer algo em retorno.

— E o que seria esse algo?

Nan apertou os olhos.

Jameson olhou para Grayson. Nenhum deles queria dizer.

— Nós precisamos da aliança de casamento da sua filha — eu disse simplesmente. — Para podermos trocá-la pela do seu genro.

Nan bufou.

— Zara sempre foi uma coisinha estranha e quieta.

— Sinto que vem uma história por aí. — Xander esfregou as mãos. — Nan conta as melhores histórias.

Nan atacou-o com a bengala.

— Não tente me amolecer, Alexander Hawthorne.

— É isso que estou fazendo? — Xander perguntou inocentemente.

Nan fechou a cara, mas ela não conseguia resistir ao público.

— Zara era uma criança tímida, que gostava de livros. Diferente da minha Alice, que gostava de atenção. Eu lembro quando Alice estava grávida de Zara, o quanto ela estava exultante com a ideia de ter uma garotinha para mimar. — Nan sacudiu a cabeça. — Mas Zara nunca gostou muito de ser mimada. Isso enlouquecia minha Alice. Eu dizia a ela que a menina só era sensível, que só precisava endurecer um pouco. Eu disse a ela que era com Skye que ela precisava se preocupar. Aquela criança saiu sapateando do útero.

Pensei na foto de Toby, Zara e Skye. Eles pareciam tão felizes — antes de Toby descobrir os segredos e as mentiras, antes de Skye ficar grávida de Nash, antes de Zara passar de quieta e leitora para a força gelada e hipercontrolada que se tornou.

— Quanto à aliança — Jameson disse, colocando seu charme em ação. — O velho deixou para Zara a mesma coisa em vários testamentos: seu anel de casamento *para que ela ame tão completa e consistentemente quanto eu amei a mãe dela*. Essa aliança é uma pista.

— Não muito. Consistentemente? — Nan resmungou. — Completa? Deixando para a própria filha uma maldita aliança e mais nada? Tobias nunca foi tão sutil quanto ele gostava de pensar.

Levei um segundo para entender o que ela estava dizendo. *Ele deixou para Zara sua aliança de casamento e uma mensagem a respeito de ser constante no amor para dizer algo.*

— Constantine é o segundo marido de Zara. — Grayson não deixava passar nada. — Vinte anos atrás, quando Toby desapareceu, Zara era casada com outra pessoa.

— Ela estava tendo um caso — Xander não formulou a frase como uma pergunta.

Nan se virou para a janela e encarou a propriedade.

— Eu dou a vocês o anel de Alice — ela disse abruptamente. Ela começou a andar lentamente em direção à porta e vi Eli parado ali fora. — Quando o derem a ela, digam a Zara que não vou julgá-la. Ela endureceu bem e todos nós fazemos o que precisamos fazer para sobreviver.

CAPÍTULO 52

A aliança de casamento de Alice Hawthorne não era o que eu tinha imaginado. O diamante, um único, era pequeno. Os anéis, que tinham sido grudados, eram finos e feitos de ouro. Eu estava esperando platina e uma pedra do tamanho do nó do meu dedo, mas aquela não era uma joia extravagante.

Parecia ter custado algumas centenas de dólares, no máximo.

— Você devia levá-lo a ela. — Jameson desviou o olhar do anel para o meu rosto. — Sozinha, Herdeira. Zara obviamente vê isso como uma questão entre vocês duas.

Vi algo escrito na parte interna do anel: **8-3-75.** *Uma data*, pensei. *Oito de março de mil novecentos e setenta e cinco. A data do casamento?*

— Avery? — Grayson deve ter visto algo no meu rosto. — Tudo certo?

Peguei meu celular e tirei uma foto da parte interna do anel.

— Hora de fazer uma troca.

* * *

— Nan só... te deu? — Zara não conseguiu evitar engasgar nessas palavras. — Legalmente. Ela transferiu a posse para *você*.

Senti que aquilo podia dar errado muito rápido, então repeti por que estava ali.

— Nan me deu esse anel para trocar com *você* pelo do seu pai.

Zara fechou os olhos. Eu me perguntei o que ela estaria pensando, do que ela estaria *se lembrando*. Então, Zara pegou uma corrente delicada em volta do pescoço e puxou um grosso anel de prata de dentro da camisa de renda. Ela fechou o punho em volta dele, então abriu os olhos.

— O anel do meu pai — ela concordou com a voz rouca — em troca do da minha mãe.

A mão dela tremeu ao abrir o fecho da corrente. Eu lhe dei o anel de Alice Hawthorne e ela me deu o anel do velho. Incapaz de resistir ao impulso, girei o anel na minha mão em busca da inscrição e lá estava — outra data: **9-7-48.**

— A data de nascimento dele? — perguntei, tateando no escuro.

Zara não precisava olhar o anel para saber do que eu estava falando. Era a única coisa que o pai tinha deixado para ela. Eu não tinha dúvidas de que ela o tinha analisado com pente fino.

— Não — Zara disse, rígida.

— Da sua mãe?

— Não.

Ela respondeu de uma forma que claramente desencorajava mais perguntas, mas eu precisava fazer uma última.

— E oito de março de mil novecentos e setenta e cinco? Foi o dia em que eles se casaram?

— Não, não foi — Zara respondeu. — Agora, se você puder, por favor, pegar esse anel e sair, eu agradeço.

Andei na direção da porta, então hesitei.

— Você não ficou curiosa? — perguntei a Zara. — Com a inscrição?

Silêncio. Comecei a achar que ela não tinha intenção de responder, mas, assim que fechei a mão em volta da maçaneta, Zara me surpreendeu.

— Não precisei ficar curiosa — ela disse, tensa.

Olhei de volta para ela.

Zara sacudiu a cabeça, segurando com firmeza o anel da mãe.

— É um código, óbvio. Um dos joguinhos dele. Eu deveria decodificá-lo. Seguir a pista até onde ela me levar.

— E por que não fez isso?

Se ela sabia que havia um sentido na herança, por que não tinha jogado?

— Porque não *quero* saber o que mais meu pai tinha a dizer — Zara apertou os lábios, e algo na expressão dela a fez parecer décadas mais jovem. Vulnerável. — Nunca fui suficiente para ele. Toby era seu favorito, depois Skye. Eu era a última, não importava o que fizesse. Isso nunca ia mudar. Ele deixou sua fortuna para uma completa desconhecida em vez de deixá-la para mim. O que mais eu poderia precisar saber?

Zara não parecia mais tão formidável.

— Nan disse para eu te dizer algo. — Eu pigarreei. — Ela disse para te dizer que todos nós fazemos o que precisamos para sobreviver.

Zara soltou uma risada baixa e seca.

— É a cara dela. — Ela parou. — Eu nunca fui a favorita dela também.

A árvore é veneno, Toby havia escrito. *Percebeu? Envenenou S e Z e eu.*

— Seu pai também deixou uma pista para Skye.

Eu não sabia por que estava dizendo aquilo. Eu não deveria estar dizendo nada. Grayson tinha sido muito claro em seu aviso: Zara e Skye não podiam descobrir que Toby estava vivo.

— Em Verdadeiro Norte, imagino?

Zara de fato era uma Hawthorne. Ela tinha visto o significado do testamento. Ela só não se importava. *Não,* pensei. *Ela se importava. Ela só não ia dar a ele a satisfação de jogar.*

— Ele deixou uma foto para Skye — eu disse, baixo. — De você, ela e um cara chamado Jake Nash.

Zara prendeu a respiração. Parecia que eu tinha dado um tapa em seu rosto.

— Agora seria um bom momento para você ir embora — ela disse.

No caminho, deixei a aliança de seu pai em uma mesinha. Eu já tinha decorado a data, tinha conseguido o que precisava.

Não tinha motivo para eu tirar aquilo dela também.

CAPÍTULO 53

Tarde da noite, nós cinco mergulhamos na história da família Hawthorne, procurando significado naquelas datas. *Oito de março de 1975. Nove de julho de 1948.* Tobias Hawthorne tinha nascido em 1944. Alice tinha nascido em 1948 — mas em fevereiro, não julho. Eles tinham se casado em 1974. Zara havia nascido dois anos depois, Skye, três anos depois disso, e Toby, dois anos depois, em 1981. Tobias Hawthorne tinha pedido sua primeira patente em 1969. Ele fundou sua primeira empresa em 1971.

Um pouco antes da meia-noite, recebi um telefonema de Libby. Atendi com uma pergunta.

— Encontrou alguma coisa?

Nós podíamos estar em um beco sem saída, mas Libby tinha passado horas em New Castle. Ela tinha tido tempo de perguntar por Harry. Tempo de procurar por ele.

— Ninguém na cozinha voluntária o vê há semanas. — O tom da minha irmã era difícil de entender. — Então tentamos o parque.

— Libby? — Eu conseguia ouvir meu coração batendo no silêncio que se seguiu. — O que você encontrou?

— Nós falamos com um homem mais velho. Frank. Nash tentou suborná-lo.

— Não funcionou, não é? — perguntei. Mais silêncio. — Lib?

— Ele não ia contar nada, mas então ele me olhou por um minuto e perguntou se meu nome era Avery. Nash disse que era.

Eu deveria ter estado lá. Deveria ter sido eu falando com Frank.

— O que ele disse?

— Ele me deu um envelope com seu nome. Uma mensagem de Harry.

O mundo parou. *Toby tinha me deixado uma mensagem.* Eu queria parar o pensamento aí, mas não consegui. *Meu pai... me deixou... uma mensagem.*

— Tire uma foto do envelope — eu disse a Libby, recuperando minha voz. — E da carta. Eu mesma quero lê-la.

— Ave... — A voz de Libby ficou muito baixa.

— Tira logo! — eu disse com urgência. — *Por favor.*

Menos de um minuto depois, as fotos chegaram. Meu nome estava escrito no envelope, em uma letra conhecida, parte cursiva, parte de forma. Fui para a próxima foto — a mensagem — e meu coração afundou até o estômago.

As únicas palavras que Toby Hawthorne tinha para mim eram PARE DE PROCURAR.

Eu não conseguia dormir. O dia seguinte era segunda-feira. Eu tinha aula e, daquele jeito, iria encarar o teto a noite toda.

Saí da cama, fui até o armário e puxei a mala esgarçada que tinha trazido de casa. Abri o bolso lateral e puxei os cartões-postais da minha mãe — a única coisa que eu tinha dela.

Eu tenho um segredo. Eu conseguia ouvi-la falando. Conseguia ver seu sorriso, como se ela estivesse comigo.

— Por que você não me contou logo? — sussurrei.

Por que ela tinha fingido que meu pai era outra pessoa? Por que Toby não tinha sido parte da minha vida?

Por que ele não queria que eu procurasse por ele agora?

Algo se partiu dentro de mim, e, antes que notasse, eu estava andando. Para fora do meu quarto, passando por Oren, que estava posicionado em frente a minha porta. Mal ouvi suas reclamações. Meu passo acelerou, e, quando virei para a ala de Toby, eu já estava correndo.

A parede de tijolos me recebeu. Os Laughlin pensaram que a ala de Toby não era da minha conta. Tinham me avisado para manter distância. Eu tinha entrado no meu quarto e o encontrado ensanguentado, e, naquele momento, eu não me importava se eles tinham feito aquilo, ou se fora qualquer outro membro da equipe. Eu não me importava com quem estava me perseguindo no bosque em Verdadeiro Norte, ou quem tinha "decorado" meu armário. Eu não me importava com Ricky Grambs, com Skye Hawthorne, nem com os nós dos meus dedos que ralei ao socar a parede.

Toby achava que podia me mandar parar de procurar? Ele não queria ser encontrado?

Ele não tinha o direito de me mandar parar. Ninguém tinha. Oren me segurou e eu lutei contra ele. Eu queria lutar com alguém. Oren me permitiu. Ele não ia deixar que eu me machucasse, mas não ia me impedir de descontar nele. Aquilo só me deixou com mais raiva.

Eu me soltei dele e avancei na direção dos tijolos.

— Herdeira.

De repente, Jameson estava entre mim e a parede. Tentei parar, mas não consegui a tempo e meu punho encontrou o peito dele. Ele nem piscou.

Abri a mão, encarando-o, percebendo o que tinha acontecido e horrorizada por ter batido nele.

— Desculpa.

Eu não tinha motivo para perder o controle assim. Toby tinha me dito para parar de procurar? Ele não queria ser encontrado? E daí?

Por que isso importava para mim?

— Me diga do que você precisa.

Jameson não estava flertando. Ele não estava sendo enigmático. Ele não estava me usando, não que eu conseguisse notar.

Soltei um suspiro longo e cansado.

— Preciso derrubar essa maldita parede.

Jameson fez que sim. Ele olhou para Oren parado atrás de mim.

— Vamos precisar de uma marreta.

CAPÍTULO 54

Tijolo por tijolo, derrubei a parede, e, quando meus braços não conseguiam mais levantar a marreta, Jameson assumiu meu lugar. Com um último golpe, ele abriu espaço suficiente para que eu passasse pelos destroços.

Jameson entrou atrás de mim.

Oren nos deixou ir. Ele nem tentou ir atrás. Ficou posicionado na entrada da ala de Toby, vigiando caso alguém decidisse que não deveríamos estar ali.

— Você deve achar que fiquei doida.

Olhei para Jameson enquanto caminhava pelo chão de mármore do corredor de Toby.

— Eu acho — Jameson murmurou — que você finalmente se soltou.

Eu me lembrei da sensação da sua pele sob meus dedos na jacuzzi. *Aquilo* era me soltar. Isso era eu, me agarrando a alguma coisa. Eu nem sabia a quê.

— Ele não quer que eu o encontre.

Dizer as palavras em voz alta as tornava concretas.

— O que sugere — Jameson acrescentou — que ele acha que nós podemos conseguir.

Nós.

Entrei no quarto de Toby. As luzes negras ainda estavam lá. Jameson as ligou. O texto ainda estava, literalmente, nas paredes.

— Eu venho pensando — Jameson disse como se fosse uma confissão, como se a mente dele não estivesse sempre em movimento. — O velho não deixou uma tarefa impossível para Xander. Ele deixou um jogo, feito originalmente para Zara e Skye. E isso significa que, se seguirmos isso até o fim, vai ter um fim. Isso tudo está levando a algum lugar. Eu consigo sentir.

Dei um passo na direção dele. Então outro. E mais outro.

— Você também consegue sentir, né? — Jameson disse quando cruzei o espaço entre nós.

Eu *conseguia* sentir. A caçada ganhando força. A perseguição se fechando. Em algum momento, descobriríamos o que as datas nos anéis significavam. Nós estávamos indo em frente. *Jameson e eu.*

Eu o pressionei contra a parede do armário. Eu via as letras de Toby em volta dele, mas não queria pensar em Toby, que tinha me mandado parar de procurar por ele.

Não queria pensar em nada, então beijei Jameson. Daquela vez, não foi forte, nem frenético. Foi suave, lento, aterrorizante e *perfeito*. E, pela primeira vez na vida, eu não me senti sozinha.

CAPÍTULO 55

No dia seguinte, na escola, não esperei que Jameson fosse atrás de mim. Eu fui atrás dele.

— E se os números não forem datas?

A pergunta o fez deixar escapar um sorriso lento, sinuoso e sedutor.

— Herdeira, você tirou as palavras da minha boca.

Eu tinha certa esperança de acabar no telhado de novo, mas Jameson me levou a um dos "casulos de estudo" do centro de ciências. Basicamente, era uma salinha quadrada na qual as paredes, teto e chão tinham sido pintados com material de lousa branca. Havia duas cadeiras com rodinhas no centro da sala e nada mais.

Eli começou a nos seguir e Jameson entendeu isso como um sinal para descer a mão pelas minhas costas e levar os lábios ao ponto onde meu pescoço encontrava a linha do meu maxilar. Eu arqueei o pescoço e Eli corou vermelho-vivo e saiu da sala.

Jameson fechou a porta — e começou a trabalhar. Havia cinco canetas grudadas nas costas de cada cadeira. Jameson pegou uma e começou a escrever na parede bem em frente à cadeira.

— Oito, três, sete, cinco — ele disse.

Cantei os próximos quatro números de memória enquanto ele continuava escrevendo.

— Nove, sete, quatro, oito.

Escrever os números sem os traços liberou incontáveis possibilidades.

— Uma senha? — perguntei a Jameson. — Um PIN?

— Não são dígitos suficientes para um telefone ou CEP. — Jameson deu um passo para trás, se sentou em uma das cadeiras e a empurrou. — Um endereço. Uma combinação.

Voltei para o momento em que ele e eu tínhamos saído de um helicóptero com uma sequência diferente de números. O ar entre nós estava elétrico, como ali. A gente estava voando e trinta segundos depois, ele se afastara.

Mas dessa vez era diferente, porque estávamos na mesma página. Não havia expectativas. Eu estava no controle.

— Coordenadas — eu disse.

Tinha sido uma das sugestões de Jameson da última vez.

Ele virou a cadeira e deslizou até mim, a empurrando com os calcanhares.

— Coordenadas — ele repetiu, os olhos acesos. — Nove-sete-quatro-oito. Considerando que os números já estão na ordem correta, nove tem que ser o número de graus. Noventa e sete é alto demais.

Lembrei da aula de geografia da quinta série.

— Latitudes e longitudes vão de menos noventa a noventa.

— Vocês não sabem a valência de nenhum dos números, claro.

Jameson e eu giramos a cabeça na direção da porta. Xander estava ali. Eu vi Eli, o rosto ainda vermelho, atrás dele. Xander entrou, fechou a porta e, sem hesitar, saltou em uma voadora e imobilizou Jameson no chão.

— Quantas vezes eu tenho que dizer? — O mais jovem dos Hawthorne exigiu. — Esse é meu jogo. Ninguém vai resolver isso sem mim. — Ele puxou a caneta da mão de Jameson e se levantou. — Foi uma voadora amigável — ele me garantiu. — No geral.

Jameson revirou os olhos.

— Não sabemos a valência dos números. — Ele ecoou a última coisa que Xander havia dito antes da voadora. — E também não sabemos qual é a latitude e a longitude, então nove graus pode ser nove graus norte, sul, leste ou oeste.

— Oito-três-sete-cinco. — Peguei outra caneta em uma das cadeiras e sublinhei os números na lousa em diferentes combinações. — Os graus podem ser oito *ou* oitenta e três.

Jameson sorriu.

— Norte, sul, leste ou oeste.

— Quantas possibilidades no total? — Xander refletiu.

— Vinte e quatro — Jameson e eu respondemos ao mesmo tempo.

Xander nos olhou.

— Tem alguma coisa acontecendo aqui que eu deveria saber? — ele perguntou, apontando para nós dois.

Jameson me deu um breve olhar.

— Nada importante.

Ele disse *nada* como se fosse *algo*.

— Não é da minha conta! — Xander declarou. — Mas só para constar: os pombinhos estão errados. São bem mais do que vinte e quatro possibilidades.

Jameson estreitou os olhos.

— Eu sei fazer conta, Xan.

— E eu sei humildemente informá-lo, irmão, que existem três formas de listar coordenadas. — Xander sorriu. — Graus, minutos, segundos. Graus, minutos decimais. E graus decimais.

— Com apenas quatro dígitos — Jameson insistiu —, provavelmente são graus decimais.

Xander piscou para mim.

— Mas *provavelmente* nunca basta.

— Oceano Pacífico — Jameson gritou e eu anotei a localização ao lado das coordenadas designadas. — Oceano Índico. Baía de Bengala.

Xander continuou de onde o irmão tinha parado.

— Oceano Ártico. Oceano Ártico de novo.

Os dois estavam colocando coordenadas em uma busca no mapa. Meu coração acelerava a cada localização que eles diziam. *O Ártico*. Não podia ser para onde essa pista estava nos levando, podia? E isso considerando que esses números fossem mesmo coordenadas.

— Calotas polares da Antártida — Jameson ofereceu. — Vezes quatro.

Quando terminamos, o número de localizações reais que não ficavam no Ártico era muito menor do que eu esperava. Havia duas na Nigéria, uma na Libéria, uma em Guiné e uma na...

— Costa Rica — eu disse alto, inicialmente incerta sobre por qual motivo a localização tinha chamado minha atenção, mas um momento depois eu me lembrei da última vez que tinha lido as palavras *Costa Rica*: no fichário.

— Você está com aquela cara — Jameson me disse, sorrindo. — Você sabe de alguma coisa.

Fechei os olhos e me concentrei na memória, não nos lábios dele. A herança de Skye tinha nos levado a Verdadeiro Norte, uma das muitas casas de férias da família Hawthorne — agora minha. Tentei me lembrar das páginas que tinha olhado na noite do leilão. *Patagônia, Santorini, Kauai, Malta, Seychelles...*

— Cartago, Costa Rica. — Abri os olhos. — Tobias Hawthorne tinha uma casa lá. — Peguei meu celular e olhei a latitude e longitude de Cartago, então virei a tela para os meninos. — É isso.

Tentei me lembrar da aparência da casa de Cartago, mas tudo que eu conseguia visualizar era a vegetação em volta e flores, brilhantes, exuberantes e imensas.

— Nós precisamos ir para a Costa Rica. — Xander não parecia odiar a ideia.

— Não posso — eu disse, frustrada.

Precisei brigar para ir ao Colorado. De jeito nenhum Oren e Alisa iriam aprovar uma viagem internacional, não quando eu só podia passar mais duas noites fora da Casa Hawthorne no mês.

— Xander também não vai.

Pela segunda vez, me vi virar em direção à porta. Thea estava ali.

— Você está deixando *qualquer um* entrar? — falei para Eli.

A resposta que ganhei veio abafada, mas entendi as palavras "não é meu trabalho".

— Rebecca precisa de você — Thea disse a Xander. Pela primeira vez desde que a conheci, ela não estava usando maquiagem, parecia quase mortal. — Ela não veio à aula hoje. É a mãe dela. Eu sei que é. Rebecca não me atende, então vai ter que ser você.

Não restavam dúvidas de que era a morte para Thea precisar pedir aquilo a ele, mas ali estava ela.

Esperei que Xander reclamasse. Quantas vezes ele tinha dito que esse era o jogo *dele*? Mas Xander só encarou Thea por um momento, então se virou para Jameson.

— Acho que você vai pra Cartago.

Jameson me olhou. Eu estava preparada para que ele me pedisse outro avião. Em vez disso, a expressão do rosto dele mudou.

— Você pode ligar para Libby e Nash?

CAPÍTULO 56

— **Não faz sentido** — eu disse a Max naquela tarde. — Jameson nunca abandona um enigma. O que ele está fazendo aqui?

Nash e Libby tinham concordado em ir para a Costa Rica. Eu estava sentada no quarto, encarando a foto da casa de Cartago. Um quarteto de colunas sustentava um telhado de azulejos acima de uma grande varanda, mas a casa em si era pequena, tinha menos de noventa metros quadrados.

— Talvez ele não esteja fazendo nada — Max disse.

Apertei os olhos.

— É o Jameson Hawthorne. Ele sempre está fazendo alguma coisa.

Uma batida seca na porta interrompeu o que quer que Max fosse dizer em resposta. Fui abrir, irritada que parte de mim não conseguisse pensar em Jameson sem deixar de pensar na sensação de quando seus lábios roçaram de leve o meu pescoço.

Abri a porta e vi alguém segurando uma pilha alta de toalhas brancas e felpudas. As toalhas bloqueavam o rosto da pessoa, e minha mente foi para o coração ensanguentado que alguém — provavelmente um funcionário — havia deixado no meu quarto. Dei um passo para trás. Meu pulso acelerou. Então Eli apareceu.

— Ela está liberada — ele me disse.

Eu fiz que sim e dei um passo para trás. A pessoa segurando as toalhas passou por mim. *Mellie*. Ela não nos disse uma palavra, e seguiu para o banheiro.

— Nunca vou me acostumar com alguém lavando minha…

Não cheguei a dizer a palavra *roupa*, porque um grito perturbador cortou o ar. Meu corpo respondeu antes do meu cérebro, me lançando para o banheiro bem a tempo de ver Mellie batendo a porta do armário.

— Cobra — ela sibilou. — Tem uma cobra no seu…

Eli me puxou de volta para o quarto. Eu o ouvi fazendo uma ligação e menos de dois minutos depois meu quarto estava cheio de guardas.

— Que corra é essa?! — Max explodiu. — Ela disse *cobra*?

— Cascavel. — Oren puxou Max e eu de lado. — Morta… não era um perigo real.

Olhei nos olhos dele e disse o que ele não estava dizendo:

— Só uma ameaça.

Alguém queria me assustar. *Quem — e por quê?* No fundo, parte de mim sabia a resposta. Uma hora depois, eu voltei à ala de Toby. Max foi comigo — e Oren também.

Toda a ala tinha sido selada novamente.

Eu me virei para Oren.

— Os Laughlin fizeram isso.

Eu não tinha certeza se estava falando da parede ou da cobra. *Eles não querem que eu faça perguntas sobre Toby.*

— O nível de ameaça foi examinado — Oren me disse. — Ele vai continuar sendo examinado e nós vamos responder de acordo.

— Avery?

Eu me virei e vi Grayson descendo o corredor na nossa direção. Ele sempre parecia tão controlado, tão certo de que o mundo se dobraria a sua vontade. Se ele queria que eu ficasse segura, eu *ficaria* segura.

— Imagino que você tenha ficado sabendo da cobra — respondi, seca.

— Fiquei. — Grayson arqueou uma sobrancelha para Oren. — Tenho certeza de que já estão cuidando disso.

Oren nem se dignou a responder.

— Eu também falei com Jameson. — O tom de Grayson não revelava nada. Eu me vi com Jameson na escola, na ala de Toby, na jacuzzi, e precisei desviar o olhar dos penetrantes olhos prateados de Grayson. — Entendi que estamos em modo de espera.

Levei um momento para entender que, quando ele disse que falou com Jameson, se referia aos números — a Cartago. *Não a nós.*

— Pensei que talvez — Grayson disse simplesmente — você quisesse uma distração.

— Que tipo de distração? — Max perguntou, seu tom inocente o bastante para me fazer pensar que a pergunta não era nada inocente.

— Uma distração *amigável* — respondi com firmeza.

Era tudo que Grayson e eu éramos. *Amigos.*

Ele ajeitou o paletó e sorriu.

— Alguma de vocês, senhoritas, está a fim de um jogo?

CAPÍTULO 57

A sala de jogos da Casa Hawthorne deixou Max em um estado de alegria quase apoplética. A sala era cheia de estantes, as estantes cheias com centenas — talvez milhares — de jogos de tabuleiro do mundo todo.

Nós começamos com Descobridores de Catan. Grayson nos dizimou. Seguimos por mais quatro jogos, nenhum dos quais eu conhecia. Enquanto debatíamos a escolha seguinte, Jameson entrou na sala.

— Que tal um velho clássico Hawthorne? — ele sugeriu maliciosamente. — Strip Boliche.

— Que corra é Strip Boliche? — Max perguntou, então virou para mim com olhos brilhantes.

Não ouse, eu disse a ela em silêncio.

— Não importa! — Max sorriu. — Avery e eu topamos.

Strip Boliche era exatamente o que parecia, ou seja, envolvia boliche e, se você falhasse, striptease.

— O objetivo é derrubar o *mínimo* de pinos — Jameson explicou. — Mas você precisa tomar cuidado, porque, quando a bola acaba na canaleta, você perde uma peça de roupa.

Eu senti o calor subindo até as minhas bochechas. Todo meu corpo estava quente — quente demais. Aquela era uma péssima ideia.

— Essa é uma péssima ideia — Grayson disse.

Por um ou dois segundos, ele e Jameson entraram em uma disputa silenciosa.

— Então por que você está aqui? — Jameson retrucou, caminhando para pegar uma bola de boliche verde-escura estampada com o brasão dos Hawthorne. — Ninguém está te forçando a jogar.

Grayson não se mexeu, nem eu.

— Então, teoricamente — Max disse —, eu quero derrubar nenhum pino ou apenas um, o que eu conseguir sem jogar a bola na canaleta?

Quando Jameson respondeu, seus olhos verdes estavam fixos nos meus.

— Teoricamente.

Logo ficou claro que ser bom em Strip Boliche exigia precisão e uma alta tolerância a risco. Da primeira vez que Jameson arriscou demais e a bola caiu na canaleta, ele tirou um sapato.

Então outro sapato.

Uma meia.

Outra meia.

A camisa.

Tentei não olhar para a cicatriz que corria pelo torso dele, tentei não me imaginar tocando seu peito. Em vez disso, me concentrei em jogar na minha vez. Eu estava perdendo — feio. Cheguei até a fazer um strike, de tão determinada a evitar a canaleta.

Dessa vez, arrisquei um pouco mais. Quando derrubei um único pino, suspirei. Grayson foi em seguida e perdeu o paletó. Max chegou ao sutiã de bolinhas. Então foi a vez de Jameson de novo e a bola se agarrou ao lado da pista até o final — e caiu na canaleta.

Eu tentei — sem sucesso — desviar os olhos quando os dedos de Jameson foram na direção do cós do jeans.

— Me ajude, Xesus — Max murmurou ao meu lado.

Sem aviso, a porta da sala se abriu com tudo e Xander invadiu a pista de boliche, então deslizou até parar. Ele estava ofegante o suficiente para eu me perguntar por quanto tempo ele estava correndo.

— Sério? — Xander sibilou. — Vocês estão jogando Strip Boliche sem mim? Esqueça. Foco! Isso sou eu focando.

— Focando no quê? — perguntei.

— Tenho notícias — Xander soltou.

— Que tipo de notícias? — Max perguntou.

Xander olhou na direção dela. Ele definitivamente notou o sutiã de bolinhas.

— Foco — Max o lembrou. — Que tipo de notícias?

— Rebecca está bem? — Jameson perguntou, e eu me lembrei da conversa entre Xander e Thea.

— Em algum valor de bem — Xander disse. A frase não fez sentido para ninguém além de Xander, mas ele foi em frente. — Thea estava certa. A mãe de Rebecca está tendo um dia difícil. Teve vodca envolvida. Ela contou uma coisa a Rebecca.

— Que tipo de coisa?

Foi a vez de Jameson incentivar Xander a desembuchar. A calça de Jameson ainda estava no lugar, mas o botão de cima tinha sido aberto.

Ok, agora eu preciso focar.

— Avery, você se lembra do que a mãe de Rebecca disse no memorial, sobre todos os seus bebês morrerem?

— Nash disse que aconteceram abortos — eu disse baixo. — Antes de Rebecca.

— Foi o que Bex achou que ela estava dizendo também — Xander disse baixo.

— Mas não era?

Eu o encarei, sem a menor ideia de para onde isso estava indo.

— Ela estava falando de Emily — Grayson disse, a voz sofrida.

— Emily — Xander confirmou. — E Toby.

Eu senti o mundo ficar lento ao meu redor.

— Do que você está falando?

— Toby era um Laughlin. — Xander engoliu em seco. — Rebecca não sabia. Ninguém sabia. Os pais dela tinham quarenta anos quando tiveram Emily, mas vinte e cinco anos antes, ou seja, para os matemáticos entre nós, quarenta e dois anos atrás, quando a mãe de Rebecca era uma adolescente vivendo no Chalé Wayback…

— Ela ficou grávida — Jameson disse o óbvio.

— E o sr. e a sra. Laughlin encobriram? — Grayson estava determinado a encontrou respostas. — Por quê?

Xander ergueu os ombros o máximo que pôde, então os deixou cair no gesto de dúvida mais elaborado do mundo.

— A mãe de Rebecca não quis explicar, mas ela tagarelou para Bex, em detalhes, sobre como quando uma das filhas

Hawthorne ficou grávida anos depois, ela não precisou esconder sua gravidez. *Ela* pôde ficar com o bebê.

Skye não foi forçada a dar Nash para adoção. Eu me lembrei do que a mãe de Rebecca dissera a Libby no memorial. *Nunca confie em um Hawthorne. Eles levam tudo.*

— A mãe de Rebecca queria ficar com o bebê? — perguntei, horrorizada. — Eles a obrigaram a dá-lo? E por que eles a forçariam a esconder a gravidez?

— Eu não sei dos detalhes — Xander disse —, mas, segundo Rebecca, a mãe dela nem ficou sabendo que os Hawthorne tinham adotado o bebê. Ela pensou que nossa avó realmente tinha ficado grávida de um menino e que o bebê dela tinha sido adotado por um desconhecido.

Aquilo era aterrorizante. *É por isso que eles mantiveram a adoção de Toby em segredo? Para que ela não soubesse que o filho dela estava bem aqui?*

— Mas conforme Toby cresceu... — Xander deu de ombros de novo, o movimento mais discreto dessa vez.

— Ela descobriu?

Imaginei abrir mão de um bebê e então perceber que uma criança que você viu crescer era, na verdade, sua.

Imaginei ser Toby descobrindo esse segredo.

— Rebecca está proibida de ver qualquer um de nós. — Xander fez uma careta. — A mãe dela disse que a família Hawthorne só toma. Ela disse que nós não seguimos regras e não nos importamos com quem ferimos. Ela culpa nossa família pela morte de Toby.

— E de Emily — Grayson acrescentou, áspero.

— Por tudo.

Xander se sentou, bem onde ele estava. A sala ficou quieta. Max e Jameson não estavam usando blusas. Eu tinha um sapato a menos, sabia instintivamente que nosso jogo de Strip Boliche tinha acabado e nada disso importava, porque tudo em que eu conseguia pensar era que a mãe de Rebecca pensava que Toby estava morto.

Assim como o sr. e a sra. Laughlin.

CAPÍTULO 58

No dia seguinte, antes da aula, fui atrás da sra. Laughlin. Eu a encontrei na cozinha e pedi a Eli para nos dar um momento. O máximo que ele me deu foi uns dois metros de distância a mais.

A sra. Laughlin estava sovando massa. Ela me viu com o canto do olho e sovou com mais força.

— O que posso fazer por você? — ela perguntou, tensa.

Eu me preparei, porque tinha quase certeza de que aquilo não ia acabar bem. Provavelmente eu devia ter ficado de boca fechada, mas tinha passado quase toda a noite pensando que, se a mãe de Rebecca era a mãe de Toby, então os Laughlin não tinham só visto Toby crescer. Eles não o tinham amado só porque ele era amável.

Ele era neto deles. *E isso me torna...*

Apertei os lábios, então decidi que a melhor forma de arrancar um band-aid era com rapidez.

— Eu preciso falar com você sobre Toby — falei, mantendo a voz baixa.

Bam. A sra. Laughlin ergueu a massa e a jogou de volta com destreza, então limpou as mãos no avental e virou a cabeça para me olhar nos olhos.

— Me escute, mocinha. Você pode ser dona da Casa. Você pode ser tão rica que chega a ser um pecado. Você podia ser dona do Sol, por mim, mas eu não vou te deixar machucar todo mundo que amou aquele menino, cavando essa história e...

— Ele era seu neto. — Minha voz vacilou. — Sua filha ficou grávida. Vocês esconderam a gravidez e os Hawthorne adotaram o bebê.

A sra. Laughlin ficou pálida.

— Quieta — ela ordenou, sua voz ainda mais trêmula do que a minha. — Você não pode andar por aí dizendo coisas assim.

— Toby era seu neto — repeti. Minha garganta parecia estar inchando e meus olhos começaram a arder. — E eu acho que ele é meu pai.

A boca da sra. Laughlin se abriu, então se curvou, como se ela estivesse a ponto de gritar comigo e tivesse ficado sem ar. Suas duas mãos foram para o balcão coberto de farinha e ela o agarrou como se o que eu tivesse acabado de dizer ameaçasse a deixar de joelhos.

Dei um passo na direção dela. Eu queria tocá-la, mas não abusei da sorte. Em vez disso, estendi a pasta que eu tinha pegado no escritório de Tobias Hawthorne. A sra. Laughlin não a pegou. Eu não tinha certeza se ela conseguiria.

— Aqui — eu disse.

— Não. — Ela fechou os olhos e sacudiu a cabeça. — Não, eu não vou...

Peguei uma única folha da pasta.

— Essa é minha certidão de nascimento — falei, baixinho. — Olhe a assinatura.

E, bendita seja, ela olhou. Ouvi uma inspiração dura e então ela finalmente me olhou de volta.

Meus olhos estavam ardendo mais, mas continuei. Não queria parar, porque parte de mim estava aterrorizada com o que ela poderia dizer.

—Aqui estão algumas fotos que Tobias Hawthorne mandou um detetive particular tirar de mim, pouco antes dele morrer.

Coloquei três fotos no balcão. Duas minhas jogando xadrez com Harry, uma das duas mostrando nós dois na fila para comprar um sanduíche. Toby não estava olhando para a câmera em nenhuma delas, mas desejei que a sra. Laughlin olhasse bem para o que ela conseguia ver — o cabelo, o corpo, a forma como ele se colocava. *Que ela o reconhecesse.*

— Esse homem — eu disse, apontando com a cabeça para as fotos. — Ele apareceu logo depois que minha mãe morreu. Achei que ele fosse um sem-teto. Talvez fosse. Nós jogávamos xadrez no parque toda semana, às vezes todo dia. — Eu conseguia ouvir a emoção na minha própria voz. — Ele e eu tínhamos uma aposta que, se eu ganhasse, ele tinha que me deixar comprar o café da manhã dele, mas, se ele ganhasse, eu não podia nem oferecer. Eu sou competitiva e boa de xadrez, então eu ganhava bastante... mas ele ganhava mais.

A sra. Laughlin fechou os olhos, mas eles não ficaram fechados por muito tempo, e, quando ela os abriu, olhou bem para as fotografias.

— Poderia ser qualquer um — ela disse com rispidez.

Engoli em seco.

— Por que você acha que Tobias Hawthorne me deixou toda sua fortuna? — perguntei baixo.

A respiração da sra. Laughlin ficou ofegante. Ela se virou para me olhar e, ao fazer isso, vi toda a emoção que eu estava sentindo espelhada nos olhos dela, e mais um pouco.

— Ah, Tobias — ela sussurrou. Foi a primeira vez que a ouvi chamar seu antigo patrão de qualquer coisa que não *sr. Hawthorne*. — O que você fez?

— Nós ainda estamos tentando descobrir — eu disse, uma bola de emoção subindo pela minha garganta. — Mas...

Não consegui terminar a frase, porque, de repente, a sra. Laughlin me abraçou, me agarrando como se sua vida dependesse disso.

CAPÍTULO 59

A parte ruim do horário modular é que em alguns dias minhas aulas eram tão apertadas que eu mal tinha tempo de almoçar. Aquele era um desses dias. Eu tinha exatamente um módulo — vinte e dois minutos — para ir ao refeitório, comprar comida, comer e me arrastar de volta para o laboratório de física do outro lado do campus.

Na fila, recebi uma mensagem de Libby: uma foto, tirada da janela do avião. O oceano lá embaixo era de um azul-esverdeado brilhante. A terra ao longe era coberta por árvores. Aparecendo por entre as árvores, estava o que reconheci como o topo de uma maravilha arquitetônica. A Basílica de Nuestra Señora de los Ángeles, em Cartago.

Cheguei à frente da fila e paguei. Quando me sentei para comer, tudo em que conseguia pensar era que Libby e Nash estavam aterrissando em Cartago. Eles iriam até a casa. Eles encontrariam *alguma coisa*. E, de alguma forma, o quebra-cabeças que Tobias Hawthorne tinha deixado para as filhas — e então para Xander — começaria a fazer sentido.

— Posso me sentar?

Ergui o olhar e vi Rebecca, e, por um momento, só fiquei olhando para ela. Ela tinha cortado o cabelo comprido e ruivo-escuro na altura do queixo. As pontas estavam desiguais, mas algo na forma como ele se abria em volta do rosto dela a fazia parecer quase de outro mundo.

— Claro — eu disse. — Fique à vontade.

Rebecca se sentou. Sem o cabelo comprido para escondê-la, os olhos dela pareciam impossivelmente grandes. O peito dela subiu e desceu, indicando uma respiração profunda.

— Xander te contou — ela disse.

— Contou — respondi, e então meu senso de empatia me venceu, porque, por mais louca que a revelação fosse para mim, deve ter sido pior para ela. — Não espere que eu te chame de Tia Rebecca.

Isso tirou uma risada surpresa dela.

— Você soou como ela agora — ela me disse depois de um momento. — Emily.

Foi naquele exato instante que eu percebi que, se Rebecca era minha tia, Emily também tinha sido. Pensei em Thea, me vestindo como Emily. Nunca achei que fôssemos parecidas, mas, quando Grayson tinha me visto descer as escadas naquele baile de caridade, parecia que tinha visto um fantasma.

Há algo de Emily em mim?

— Seu pai... — comecei a perguntar a Rebecca, mas não sabia bem como formular minha pergunta. — Há quanto tempo seus pais estão juntos?

— Desde o ensino médio — Rebecca disse.

— Então seu pai era o pai de Toby?

Rebecca sacudiu a cabeça.

— Eu não sei. Eu não tenho nem cem por cento de certeza de que meu pai sabe que *houve* um bebê. — Ela desviou o olhar. — Meu pai ama minha mãe, aquele amor de conto de fadas, imenso, ao qual nem os filhos se comparam. Ele mudou de nome quando eles se casaram. Ele deixou ela tomar todas as decisões do tratamento médico de Emily.

O que eu entendi disso foi que, se a mãe de Rebecca tinha adorado Emily e ignorado Rebecca, o pai dela havia apoiado aquela decisão também.

— Me desculpe — Rebecca disse baixo.

— Pelo quê? — perguntei.

Por mais perturbados que fossem os segredos da família Laughlin, não era eu quem tinha crescido na sombra de Toby. Aquilo havia afetado a vida de Rebecca mais que a minha.

— Me desculpe pelo que fiz com você — Rebecca esclareceu. — Pelo que eu *não* fiz.

Pensei na noite em que Drake tentou me matar. Depois de um beijo desastroso com Jameson, eu tinha acabado em um quarto sozinha com Rebecca. Nós tínhamos conversado. Se ela tivesse me contado ali o que sabia sobre Drake e Skye, não teria havido nada para desculpar.

— Eu tenho tentado tanto ficar bem. — Rebecca não estava nem olhando para mim. — Mas não estou. O poema que Toby deixou? O de William Blake? Eu tenho uma cópia no meu celular e fico lendo várias vezes e tudo em que consigo pensar é que queria ter lido isso antes, porque, quando eu era mais nova, enterrei toda minha raiva. Não importava o que Emily queria, ou do que eu precisasse abrir mão por ela, eu devia achar razoável. Deveria sorrir. E da única vez que me permiti ter raiva, ela…

Rebecca não conseguia dizer, então eu disse por ela.

— Morreu.

— Isso me estragou e eu estraguei as coisas e eu me arrependo muito mesmo, Avery.

— Tudo bem — eu disse, e, para minha surpresa, era verdade.

— Se serve de consolo — Rebecca continuou —, estou com raiva agora, finalmente, e de tanta gente.

Pensei em sua briga com Thea no avião e na mensagem absolutamente irritante que Toby tinha me deixado.

— Eu também estou com raiva — eu disse a Rebecca. — E, aliás: gostei do seu cabelo.

CAPÍTULO 60

Quando Oren buscou Eli e eu na escola, Alisa estava no banco do carona — e Landon, no banco de trás, digitando furiosamente no celular.

— Está tudo bem — Alisa me garantiu, o que era o oposto de tranquilizador. — Está tudo sob controle, mas...

— Mas o quê? — Olhei para Landon. — O que ela está fazendo aqui?

Houve um momento de silêncio. Foi tudo que Alisa precisou para moldar sua resposta.

— Skye e seu pai estão se oferecendo para uma entrevista conjunta para quem pagar mais. — Alisa suspirou irritada. — Se queremos esmagar essa história, Landon vai ter que fazer valer a pena para esse pagador enterrar.

Eu tinha coisa suficiente na cabeça nos últimos dias para mal ter pensado em Ricky Grambs. Tentei ler nas entrelinhas do que Alisa tinha dito.

— Você está dizendo que vai subornar quem comprar a entrevista?

Landon finalmente ergueu os olhos do celular.

— Sim e não — ela ponderou antes de voltar a atenção para Alisa. — Monica acha que pode fazer a rede colaborar, mas temos que garantir Avery e pelo menos um Hawthorne.

— Eles vão pagar pela exclusividade de Skye? — Alisa perguntou. — Incluindo um acordo impedindo Skye e Grambs de levar a história para outro lugar?

— Eles vão pagar. Eles vão enterrar. — Landon apertou a ponte do nariz, como se estivesse sentindo uma enxaqueca chegar. — Mas o mais tarde que concordam em fazer a entrevista com Avery é amanhã à noite.

— Meu Deus. — Alisa sacudiu a cabeça. — Ela dá conta?

— Eu estou sentada bem aqui — apontei.

— Vai ter que dar. — Landon falou por cima de mim. — Mas vamos precisar apertar.

— *Apertar* o quê, exatamente? — perguntei.

Todo mundo no carro ignorou a pergunta.

— Se a entrevista de Avery não for exclusiva — Alisa disse a Landon —, está fechado.

A resposta de Landon foi automática:

— Eles vão querer um embargo em outras entrevistas por pelo menos um mês.

— Três semanas — Alisa retrucou. — E só se aplica a Avery, nenhum agregado.

Desde quando eu tinha agregados? Eu não era candidata à presidência.

— Qual Hawthorne ofereço como parte do pacote? — Landon perguntou, toda profissional.

Meu cérebro estava se esforçando para acompanhar, mas eu estava bem certa de que o que estava acontecendo ali era que iríamos dar minha primeira entrevista para quem comprasse a de Skye, com a condição de que a entrevista com Skye e Ricky nunca fosse ao ar e quem quer que a comprasse proibisse contratualmente a dupla de falar com qualquer outra pessoa.

— Por que a gente se importa com a entrevista *deles*? — eu disse.

— A gente se importa — Alisa disse enfaticamente. Então ela se virou para Landon. — E você pode dizer a Monica que nós garantimos uma entrevista na quarta à noite com Avery e… Grayson.

CAPÍTULO 61

— **Grayson, chegue um** pouco mais perto de Avery. Incline a cabeça na direção dela.

Landon tinha arrumado o salão de chá para um ensaio de entrevista. Já estávamos na *sétima* tentativa. Como Alisa tinha feito Grayson concordar com aquilo, eu não fazia ideia, mas ali estava ele, sentado rígido na cadeira ao meu lado. Como Landon instruíra, ele inclinou as pernas levemente na direção das minhas. Instintivamente, espelhei o movimento dele, mas fiquei constrangida e em dúvida, porque Landon não tinha pedido para *eu* me mexer.

Meu corpo tinha gravitado na direção do dele sozinho.

— Bom. — Landon assentiu com a cabeça para nós, então se concentrou em Grayson. — Lembre-se da sua mensagem principal.

— Tem sido um momento difícil para minha família — Grayson disse, cada centímetro dele o herdeiro aparente que um dia tinha sido. — Mas algumas coisas acontecem por um motivo.

— Bom — Landon repetiu. — Avery?

Eu deveria responder ao que Grayson tinha dito. Quanto mais falássemos um com o outro, mais fácil seria vender que eu tinha boas relações com a família Hawthorne.

— Algumas coisas acontecem por um motivo — repeti, mas as palavras saíram sem vida. — Eu nunca acreditei nisso — admiti. Eu podia quase ouvir Landon grunhir internamente. — Quer dizer, é, as coisas acontecem por um motivo, mas na maior parte do tempo o motivo não é o destino ou porque era predestinado. É porque o mundo é um saco, ou alguém aí está sendo um babaca.

Um músculo no maxilar de Grayson se contraiu de leve. Ele ficava bem o suficiente com aquela expressão que eu levei um segundo para perceber que ele estava fazendo muito esforço para não rir.

— Vamos tentar evitar a palavra *babaca,* que tal? — Landon disse, seu sotaque britânico mais pronunciado. — Avery, precisamos que você projete gratidão e espanto. Tudo bem sentir que é muita coisa ao mesmo tempo, mas precisa ser muita coisa da melhor forma possível.

Gratidão. Espanto. Eu devia ser algum tipo de menina inocente e tudo que Grayson precisava fazer era sentar ali com aquelas maçãs do rosto e aquele terno e ser um *Hawthorne.*

— Avery está certa. — Grayson ainda estava no modo entrevista. Ele projetava confiança, poder transbordava de sua voz, como se fosse um imortal se dignando a explicar aos humanos o que eles devem acreditar, pensar e fazer. — Todos nós tomamos decisões, e essas decisões afetam outras pessoas. Elas ressoam pelo mundo, e quanto mais poder você tem, mais elas ressoam. O destino não escolheu Avery. — O tom de Grayson não aceitava discussões. — Meu avô, sim.

Talvez nós nunca saibamos dos motivos dele, mas não tenho dúvidas de que ele as tinha. Ele sempre tinha.

Tudo em que eu podia pensar era que nós *sabíamos* os motivos — ou pelo menos tínhamos teorias. Mas eu não poderia dizer aquilo na frente de Landon. Não podia admitir em rede nacional.

Quando você não pode contar a verdade, eu conseguia ouvir Landon me ensinando, *conte uma verdade.*

— Eu gostaria de saber quais eram esses motivos — eu disse. *Com certeza,* acrescentei silenciosamente. Olhei para Grayson. — Às vezes parece que os Hawthorne só sabem, sempre. Como se vocês tivessem sempre muita certeza de tudo.

O olhar de Grayson encontrou o meu.

— Não de tudo.

Tinha algo na forma como ele me olhou quando disse aquelas palavras que me fez perceber que talvez eu fosse a única pessoa no planeta capaz de fazer Grayson Hawthorne se questionar, questionar as decisões que tinha tomado.

Como a decisão de se afastar de mim. De sermos *amigos.*

Landon uniu as mãos.

— Avery, esse é o mais natural que já te ouvi soar. Muito aberta! E, Grayson, você é perfeição pura. — Como se ele precisasse que alguém dissesse aquilo. — Só lembrem-se disso, vocês dois: respostas curtas se eles perguntarem sobre o atentado à vida de Avery. Grayson, não tenha medo de parecer que a está protegendo. Avery, você sabe o resto das suas perguntas "não".

Se perguntarem se sei alguma coisa sobre o passado da minha mãe: *não.*

Se perguntarem o que fiz para acabar no testamento de Tobias Hawthorne: *nada.*

— Grayson, sempre que possível, fale do seu avô. E dos seus irmãos! O público vai amar, e queremos que eles saiam com a ideia de que seu avô sabia exatamente o que estava fazendo quando escolheu Avery e de que ninguém está preocupado. E, Avery?

— Gratidão — eu disse rapidamente. — É muita coisa ao mesmo tempo. Vão se identificar comigo. Um dia estou me esforçando para pagar a conta de luz e no outro sou a Cinderela. Eu não sei ainda o que vou fazer com o dinheiro, só tenho dezessete anos. Mas gostaria de ajudar pessoas.

— E? — Landon incentivou.

— Algum dia eu quero conhecer o mundo. — Isso era algo que tínhamos concordado como argumento, que me fazia parecer sonhadora, inocente e impressionada. E era verdade.

— Perfeito — Landon disse. — Mais uma vez, do início.

CAPÍTULO 62

Quando Landon finalmente nos deixou ir embora, o sol estava começando a se pôr.

— Você parece querer bater em alguma coisa — Grayson observou.

Ele estava se preparando para seguir seu caminho e eu estava me preparando para seguir o meu, provavelmente indo encontrar Max.

— Não quero bater em nada — respondi em um tom que não fez nada para confirmar a afirmação.

Grayson inclinou a cabeça para o lado e seu olhar foi direto para o meu.

— O que você acha de uma luta de espadas?

Grayson me levou pelo jardim topiário até uma parte da propriedade que eu nunca tinha visto antes.

— Isso é… — eu comecei a dizer.

— Um labirinto? — Grayson tinha um jeito próprio de sorrir: boca fechada, levemente desigual. — Estou surpreso por Jamie nunca ter te trazido aqui.

No momento em que ele mencionou Jameson, fui atingida pela sensação de que não deveria estar ali — não com Grayson. Mas nós éramos só amigos, e o que quer que Jameson e eu fôssemos naquele momento, vinha sem compromisso.

Era aquele o objetivo.

Voltei minha atenção ao labirinto. As sebes que formavam as paredes eram mais altas do que eu e densas. *Dá para se perder aí.* Fiquei parada na entrada, Grayson ao meu lado.

— Me siga — ele disse.

Eu segui. Quanto mais pro fundo do labirinto íamos, mais eu me concentrava em decorar o caminho — e não a forma como ele se movia, em seu corpo à minha frente.

Direita. Esquerda. Esquerda de novo. Reto. Direita. Esquerda.

Finalmente, chegamos ao que eu imaginei ser o centro: uma grande área quadrada cercada por luzinhas. Grayson se ajoelhou e afastou a grama com os dedos, revelando algo de metal ali embaixo. No crepúsculo, não vi exatamente o que ele fez, mas, um momento depois, escutei um som mecânico e o chão começou a se mover.

Meu primeiro pensamento foi que ele tinha aberto a entrada dos túneis, mas, quando me aproximei, vi um compartimento de aço embutido no chão, com uns dois metros de comprimento, um de largura e não muito fundo. Grayson enfiou a mão no compartimento e removeu dois objetos compridos enrolados em tecido. Ele apontou com a cabeça para o segundo e eu me ajoelhei, desembrulhando o pano e revelando um brilho metálico.

Uma espada.

Ela tinha quase um metro de comprimento, pesada, com um cabo em formato de T. Passei os dedos pelo cabo, então ergui os olhos para Grayson, que estava desembrulhando uma segunda espada.

— Montantes — ele disse, destacando a palavra. — Italianas. Século quinze. Elas provavelmente deveriam estar em um museu em algum lugar, mas...

Ele deu de ombros.

Ser um Hawthorne era assim. *Isso provavelmente deveria estar em um museu, mas eu e meus irmãos preferimos usar para bater nas coisas.*

Fui pegar uma espada, mas Grayson me impediu.

— Com as duas mãos — ele disse. — Uma montante é feita para ser usada com as duas mãos.

Envolvi o punho da espada com as mãos e consegui me levantar.

Grayson colocou sua própria espada com cuidado no tecido em que ela estava enrolada antes e veio por trás de mim.

— Não — ele disse suavemente. — Assim. — Ele ergueu minha mão direita, diretamente embaixo da cruz do T. — Guarda-mão — ele me disse, apontando com a cabeça essa parte da espada. Ele apontou com a cabeça a ponta do cabo. — Pomo. Nunca coloque a mão no pomo. Ele tem sua própria função. — Ele posicionou minha mão esquerda acima do pomo, um pouco abaixo da minha direita. — Agarre a espada com os dedos de baixo das duas mãos. Mantenha os de cima soltos. Você se mexe e a espada se mexe. Não lute contra o movimento dela. Deixe que ela faça o trabalho por você.

Ele deu um passo para trás e pegou a própria espada. Lentamente, ele demonstrou.

— Eu não deveria estar usando algum tipo de... espada de treino? — perguntei.

Grayson olhou nos meus olhos.

— Provavelmente.

Era uma péssima ideia. Eu sabia. Ele sabia. Mas eu tinha passado cinco horas sendo preparada para uma entrevista que eu absolutamente não queria dar, uma entrevista que eu só precisava dar por causa de Ricky — que *não era* meu pai — e Skye, que provavelmente tinha contratado o intruso em Verdadeiro Norte.

Às vezes, tudo de que uma garota precisa é uma ideia muito ruim.

— Observe sua postura. Deixe que a espada te guie, não o contrário.

Eu me corrigi e Grayson me deu um levíssimo aceno.

— Desculpa por tudo isso — eu disse.

— É bom você pedir desculpas. Está ficando largada de novo. Já.

Ajustei minha postura e minha pegada.

— Desculpa pela entrevista — especifiquei, revirando os olhos.

Grayson lentamente colocou sua espada em contato com a minha, o movimento tão perfeitamente controlado que fui tomada pela sensação de que ele poderia cortar um fio de cabelo em dois se quisesse.

— Não faz diferença — ele me garantiu. — Eu sou um Hawthorne. Como regra, nós estamos prontos para a imprensa aos sete anos. — Ele deu um passo para trás. — Sua vez — ele me disse. — *Controle*.

Não falei nada até minha espada tocar a dele — com um pouco mais de força do que eu queria.

— Ainda *assim*, me desculpe por você ter sido arrastado para *essa* entrevista.

Grayson baixou sua espada e começou a arregaçar as mangas.

— Você se sentiu mais culpada por causa dessa entrevista do que quando fui deserdado.

— Isso não é verdade. Eu *me senti* culpada, mas você estava ocupado demais sendo um babaca para notar.

Grayson me deu seu olhar mais austero.

— Vamos tentar evitar usar a palavra *babaca,* que tal?

A imitação que ele fez de Landon foi *perfeita*. Sorrindo, golpeei de novo, dessa vez deixando que a espada me guiasse, ciente de cada músculo do meu corpo e cada centímetro do dele. Parei a espada um microssegundo antes que tocasse a lâmina dele. Ele deu um passo à frente. Dois.

Montantes não são feitas para serem usadas tão de perto. Ele ainda se aproximou mais, forçando minha lâmina a ficar na vertical, até não haver nada além de centímetros e duas espadas separando-o de mim. Eu podia ver a respiração dele, ouvi-la, *senti-la*.

Os músculos nos meus ombros e braços começaram a doer — mas o resto do meu corpo doía ainda mais.

— O que estamos fazendo? — sussurrei.

Ele fechou os olhos. O corpo dele estremeceu. Ele se afastou e baixou a espada.

— Nada.

CAPÍTULO 63

Naquela noite, quando não consegui dormir, eu disse a mim mesma que foi porque ainda não tínhamos tido notícias de Libby e Nash. Cada mensagem que mandei continuou sem ser lida e sem resposta. Era isso que estava me mantendo acordada tão tarde que eu com certeza acordaria no dia seguinte com olheiras. *Não era Grayson.*

Na noite seguinte, eu ainda não tinha tido notícias de Libby, e Grayson Hawthorne e eu estávamos sentados um ao lado do outro, sob uma enchente de luzes, com Monica Winfield sorrindo para a câmera.

Eu não estou nada pronta para isso.

—Avery, vamos começar com você. Nos conte o que aconteceu no dia que o testamento de Tobias Hawthorne foi lido.

Era uma pergunta fácil. *Gratidão. Espanto. Aberta.* Eu dava conta daquilo — e dei. Grayson respondeu sua primeira pergunta fácil com a mesma naturalidade.

Ele até conseguiu fazer contato visual comigo da primeira vez que disse meu nome.

Ganhamos mais duas perguntas fáceis cada, antes de Monica passar para um território mais espinhoso.

— Avery, vamos falar da sua mãe.

Respostas curtas, eu conseguia ouvir Landon me dizendo. *E sinceras.*

— Ela era maravilhosa — eu disse com ferocidade. — Eu daria tudo para tê-la comigo agora.

Foi curto e foi sincero — mas também deu abertura para mais uma pergunta.

— Você deve ter ouvido alguns dos... rumores.

Que minha mãe estava vivendo com um nome falso. Que ela era uma golpista. Eu não podia me irritar. *Desvie a pergunta.* Era o que eu devia fazer: começar a falar da minha mãe, mas terminar falando sobre o quão grata e impressionada eu estava e o quão *normal* eu era.

Ao meu lado, Grayson se inclinou para a frente.

— Quando o mundo está observando cada movimento seu, quando todo mundo sabe seu nome, quando você é famoso só por *existir,* você para de acompanhar os rumores bem rápido. Da última vez que eu cheguei, eu supostamente estava namorando uma princesa e meu irmão Jameson tinha tatuagens bem questionáveis.

Os olhos de Monica se acenderam.

— Ele tem?

Grayson encostou-se em sua cadeira.

— Os Hawthorne guardam segredo.

Ele era bom naquilo — muito melhor do que eu —, e assim a entrevistadora foi desviada do assunto da minha mãe.

— Sua família tem ficado bem quieta a respeito de toda essa situação — ela disse a Grayson. — A última coisa que o mundo ouviu foi sua tia Zara dando a entender que poderia haver uma solução jurídica para o seu dilema.

A última declaração pública de Zara tinha mais ou menos me acusado de abuso de idosos.

— Você pode dizer muitas coisas sobre o meu avô — Grayson respondeu com suavidade —, mas Tobias Hawthorne não era famoso por deixar brechas.

Algo na forma como ele falou deixou evidente que o assunto estava encerrado. *Como ele faz isso?*

— Avery — Monica voltou seu foco para mim. — Nós falamos um pouco da sua mãe. Vamos falar do seu pai.

Era uma das minhas perguntas "não". Eu dei de ombros.

— Não há muito a dizer.

— Você é menor de idade, correto? E sua guardiã legal é sua irmã, Libby?

Eu sabia para onde aquilo estava indo. Só porque o canal não ia passar a entrevista de Ricky e Skye, não significava que Monica não tivesse guardado as declarações deles para referência. Ela ia me perguntar da custódia.

Não se eu desviar.

— Libby me acolheu quando minha mãe morreu. Ela não precisava ter feito isso. Ela tinha vinte e três anos. Por nosso pai nunca ter sido presente, não tínhamos passado muito tempo juntas. Nós éramos quase desconhecidas, mas ela me acolheu. Ela é a pessoa mais amorosa que eu já conheci na vida.

Essa era uma das verdades fundamentais da minha existência e eu não precisava trabalhar para vendê-la.

— Eu acho que isso é algo que Avery e eu temos em comum — Grayson acrescentou ao meu lado.

Ele não elaborou, o que forçou Monica a dar sequência.
— O quê?
— Se for atacar nossos irmãos — ele disse a ela, o sorriso afiado, o olhar cheio de avisos —, você precisa passar por nós primeiro.

Era aquele o Grayson que eu tinha conhecido semanas antes: pingando poder e perfeitamente ciente de que poderia sair vencedor de qualquer batalha. Ele não fazia ameaças, porque não *precisava*.

— Você quis proteger seus irmãos depois que percebeu que seu avô tinha essencialmente os cortado do testamento? — Monica perguntou a ele.

Eu senti que ela *queria* que Grayson dissesse que tinha rancor de mim. Ela queria achar os buracos na mensagem que ele vinha passando.

— Pode-se dizer que sim. — Grayson sustentou o olhar dela, então desviou para olhar deliberadamente para mim. — Acho que todos nós protegemos Avery agora. Não é algo que meus irmãos ou eu esperamos que as pessoas entendam, mas a simples verdade é que não somos normais. Nosso avô não nos criou para sermos *normais*, e era isso que ele queria. Esse é seu legado. — O olhar dele me queimava. — *Ela* é.

Ele vendeu cada palavra — tanto que eu quase acreditei que ele realmente achava que eu era especial.

— E você não tem ressalvas com toda essa situação? — Monica insistiu.

Grayson lhe deu seu sorriso de lobo.
— Nenhuma.
— Nenhum desejo de reverter o testamento?
— Eu já te disse: isso não pode ser feito.

O truque para responder suas perguntas "não" era uma confiança perfeita e inabalável na resposta. Grayson era mestre daquela arte.

— Mas se você pudesse? — Monica perguntou.

— Isso era o que meu avô queria — Grayson respondeu, voltando a sua mensagem principal. — Meus irmãos e eu temos sorte, mais sorte do que quase qualquer um assistindo a essa entrevista. Nós tivemos todas as oportunidades e temos muito do velho em nós. Nós construiremos nosso próprio caminho. — Ele olhou para mim de novo, mas dessa vez o gesto pareceu mais coreografado. — Algum dia, o que eu fizer de mim mesmo vai colocar a *sua* fortuna pra comer poeira.

Eu sorri. *Toma essa, Monica.*

— Avery, como é quando Grayson diz essas palavras: *sua fortuna?*

— Surreal. — Eu sacudi a cabeça. — Antes da leitura do testamento, quando eu sabia que tinham me deixado algo, mas eu não sabia o quê, imaginei que Tobias Hawthorne tinha me deixado alguns milhares de dólares. E mesmo assim? Já teria mudado minha vida.

— Então como é isso?

— Surreal — repeti, projetando cada gota de gratidão, espanto e encanto que eu tinha sentido naquele momento.

— Você sente que tudo pode desaparecer?

Ao meu lado, Grayson se mexeu de leve, virando o corpo na minha direção. Mas eu não precisava da proteção dele. Eu estava arrasando.

— Sim.

— E se eu dissesse a vocês dois que pode haver um outro herdeiro?

Fiquei parada, meu rosto congelado. Eu não podia arriscar nem olhar para Grayson, mas me perguntei se ele tinha sentido que algo estava errado no momento anterior, se tinha sido por isso que se mexeu. Eu podia ver todas as maneiras com que a entrevistadora vinha conduzindo àquilo. Ela tinha perguntado a Grayson sobre reverter o testamento — duas vezes. Ela tinha me perguntado como eu me sentiria se tudo desaparecesse.

— Avery, você sabe o que o termo *preterido* significa no contexto do direito de herança?

Meu cérebro não conseguia se atualizar rápido o suficiente. *Toby. Ela não pode saber de Toby. Skye não sabe. Ricky não sabe.*

— Eu…

— Tipicamente, se refere a um herdeiro que ainda não nasceu no momento da morte do falecido, mas, interpretada de forma um pouco mais ampla, nosso especialista diz que pode se referir a qualquer herdeiro que não estivesse "vivo" no momento da morte.

Ela *sabia*. Olhei de esguelha para Grayson. Não pude evitar. O olhar dele estava focado na entrevistadora enquanto falava:

— Eu tenho certeza de que seus especialistas te contaram que, no estado do Texas, uma filho preterido só tem direito a uma parcela equivalente à dos outros filhos do falecido. — Os olhos de Grayson estavam afiados, assim como seu sorriso de boca fechada. — Como meu avô deixou muito pouco para suas filhas, mesmo que ele tivesse de alguma maneira concebido um filho antes de sua morte, isso dificilmente alteraria a distribuição de seus bens.

Naquele momento, Grayson não parecia ter dezenove anos. Ele não tinha apenas tirado da cabeça um precedente legal — ele deliberadamente ignorara o fato de que Monica tinha deixado claro que não estava falando de algum filho não nascido.

— Sua família tem realmente procurado brechas, não tem? — Monica disse, mas não era uma pergunta. — Talvez eles devessem ter uma conversa com nossos especialistas, porque não está claro, baseado no precedente, se um filho que se presumiu morto teria direito só à parte dos irmãos ou à parcela deixada a esse filho em um testamento anterior.

Grayson a encarou.

— Acho que não estou acompanhando.

Ele estava. Claro que sim. Ele só estava escondendo melhor do que eu, porque tudo que eu conseguia fazer era ficar lá sentada em silêncio e pensar em um nome sem parar.

Toby.

— Você tinha um tio. — Monica ainda estava focada em Grayson.

— Ele morreu — Grayson disse, áspero. — Antes mesmo de eu nascer.

— Em circunstâncias trágicas e suspeitas. — Monica virou seu rosto para mim. — Avery.

Ela apertou um botão em um controle que eu nem tinha notado que ela estava segurando. Um trio de fotos surgiu em uma tela grande atrás de nós.

As mesmas fotos que eu tinha mostrado à sra. Laughlin no dia anterior.

— Quem é esse homem?

Engoli em seco.

— Meu amigo. Harry. — *Conte uma história.* — Nós jogávamos xadrez no parque.

— Você tem muitos amigos de quarenta anos?

Quando você não pode contar a verdade, conte uma verdade. Conte uma história.

— Ele era o único que conseguia capturar minha rainha. Nós tínhamos uma aposta: se eu ganhasse um jogo, ele me deixava comprar o café da manhã dele. Eu sabia que ele não tinha dinheiro para comprar para si mesmo. Eu tinha medo de que ele talvez não comesse nada sem isso, mas ele odiava caridade, então eu precisava ganhar, com justiça.

Eu teria deixado Landon orgulhosa — mas Monica não se deteve.

— Então é sua declaração que esse homem não é Tobias Hawthorne Segundo?

— Como você ousa? — A voz de Grayson vibrava de intensidade. Ele se levantou. — Minha família já não sofreu o suficiente? Nós acabamos de perder meu avô. Arrastar essa tragédia...

— Avery. — Monica sabia quem era o elo fraco. — Esse é ou não é o filho supostamente falecido de Tobias Hawthorne? O verdadeiro herdeiro da fortuna Hawthorne?

— Essa entrevista acabou.

Grayson se virou para bloquear a câmera e me ajudou a me levantar. Ele olhou nos meus olhos e, embora ele não tivesse dito uma palavra, eu o ouvi com clareza: *nós precisamos sair daqui.*

Ele me empurrou para as coxias, onde Alisa estava tentando passar pela segurança. Monica nos seguiu, um câmera com uma portátil atrás dela.

— Qual sua relação com Toby Hawthorne? — ela gritou atrás de mim.

O mundo estava caindo a minha volta. Nós não tínhamos nos preparado aquilo. Eu não estava pronta. Mas eu tinha uma resposta para aquela pergunta. Eu tinha uma verdade e, se eles sabiam de tudo aquilo, qual seria o problema em contar o resto?

Qual a sua relação com Toby Hawthorne?

— Eu sou sua...

Antes que eu pudesse dizer a palavra *filha,* Grayson inclinou a cabeça e pressionou seus lábios contra os meus. Ele me beijou para me salvar do que eu estava prestes a dizer. Por uma pequena eternidade, nada no mundo existia fora daquele beijo.

Os lábios dele. Os meus.

Pelas aparências.

CAPÍTULO 64

O beijo terminou quando nós dois fomos levados para longe das câmeras e para dentro de um elevador. Meu coração estava aos saltos. Meu cérebro estava uma bagunça. Meus lábios estavam... todo meu corpo estava...

Eu não tinha palavras.

— *Que raios foi isso?* — Alisa esperou que a porta do elevador fechasse antes de explodir.

— Isso foi uma emboscada — Landon respondeu, o sotaque chique não conseguindo aliviar essas palavras. — Se você esconder informação de mim, eu não posso te impedir de cair em uma emboscada. Alisa, você sabe como eu opero. Se você não me permitir fazer meu trabalho, então, sendo direta, não é mais meu trabalho.

A porta do elevador se abriu e Landon saiu.

Como Max diria: *baralho*. Meu olhar tentou encontrar o de Grayson, mas ele nem olhava na minha direção. É como se não *conseguisse*.

— Eu vou perguntar mais uma vez — Alisa disse, sua voz baixa. — Que raios foi isso?

— Você vai ter sua resposta — Oren disse a ela. — No carro. Nós precisamos ir agora. Eu mandei dois dos meus homens para o carro e usei a isca. Vamos pelos fundos. *Andem.*

Nós saímos para o estacionamento antes que os abutres chegassem. Alisa nos deixou mofar no silêncio por um minuto inteiro antes de voltar a falar. Dessa vez ela não perguntou o que estava acontecendo.

— Quem sabia? — exigiu. — *Quem sabia?*

Eu baixei o olhar.

— Eu sabia.

— Óbvio. — Alisa passou seu olhar para Grayson. — Você vai mentir e me dizer que não sabia? — Então ela olhou para o banco do motorista. — Oren?

Meu chefe de segurança não respondeu.

— Isso vai ser mais fácil se começarmos do início — Grayson disse, soando mais calmo do que deveria. *Como se nunca tivéssemos nos beijado.* — Você se lembra de quando Avery te pediu para localizar um conhecido dela, para quem ela gostaria de prover uma ajuda econômica?

— Harry.

A memória de Alisa era uma peneira e eu sabia, nos meus ossos, que ela *nunca* ia esquecer o que tinha acabado de acontecer. Ela provavelmente não perdoaria, também.

— Toby — corrigi. Olhei para Grayson. *Você não pode fazer isso por mim. Você não pode me proteger como fez lá dentro.*

— Eu não sabia quem ele era na época — continuei —, mas então vi uma foto dele no medalhão de Nan.

— Você devia ter me contado. Imediatamente. — Alisa estava com raiva, furiosa o suficiente para soltar uma impressionante lista de palavrões, alguns em inglês, outros, não. — E você *não* deveria ter contado a mais ninguém.

Ela fuzilou Grayson com o olhar, então era bem claro a quem estava se referindo.

— Xander já sabia — Grayson disse baixo. — Meu avô deixou uma pista para ele.

Isso acalmou Alisa, mas só um pouco.

— Claro que deixou. — Ela expirou, inspirou e então repetiu esse processo duas ou três vezes. — Se você tivesse me contado, Avery, eu poderia ter cuidado disso. Nós poderíamos ter contratado uma equipe para...

— Encontrá-lo? — eu disse. — Sua equipe já procurou.

— Existem equipes — Alisa me disse — e *equipes*. Eu tenho um dever fiduciário para com o espólio, para com você. Eu não poderia usar milhões para encontrar *Harry*, mas para encontrar *Toby*?

Puxei o celular e abri a foto que Libby tinha me mandado da mensagem de Toby.

— Ele não quer ser encontrado.

Passei o celular para as mãos dela.

— *Pare de procurar* — ela leu as palavras em voz alta, completamente inabalada. — Quem tirou isso? Onde foi tirada? Verificamos a letra?

Respondi às perguntas na ordem que foram enunciadas.

— Libby. New Castle. A letra definitivamente é a de Toby.

Alisa revirou os olhos na direção do céu.

— Você mandou *Libby* atrás dele?

Eu estava me preparando para dizer a ela que não havia nada de errado com Libby, quando Grayson esclareceu a situação.

— E Nash.

Alisa levou uns quatro ou cinco segundos para se recuperar do fato de que Nash sabia — e de que ele estava com Libby naquele momento.

— E *você* — ela disse, acalorada, a Grayson. — Você teve tempo de pesquisar o precédente legal, mas não te ocorreu *falar com um advogado?*

Grayson baixou os olhos para a abotoadura da manga direita, considerando uma resposta. Ele deve ter se decidido por honestidade, porque, quando voltou seu olhar para Alisa, tudo que ele disse foi:

— Nós não podíamos ter certeza de a quem você era leal.

Dessa vez, Alisa não demonstrou raiva. Ela parecia a ponto de chorar.

— Como você pode me dizer isso, Gray? — Ela examinou a expressão dele em busca de uma resposta e eu lembrei que ela tinha crescido com a família Hawthorne. Ela tinha conhecido Grayson, Jameson e Xander durante toda a vida deles. — Quando foi que eu virei o inimigo? Eu *sempre* só fiz o que o velho queria de mim — ela falou, como se as palavras estivessem sendo fisicamente arrancadas dela. — Vocês têm alguma ideia de quanto isso me custou?

Era óbvio pelo seu tom de voz que ela não estava só falando do testamento, de mim ou de qualquer coisa que tivesse acontecido depois da morte de Tobias Hawthorne. Ela o chamou de "o velho", da mesma forma que eles o chamavam, quando eu só tinha ouvido ela se referir a ele como *sr. Hawthorne* ou *Tobias Hawthorne* até então. E quando ela falou do que ser leal ao velho tinha lhe custado...

Ela está falando de Nash.

— Estou mantendo esse império por um fio. — Alisa esfregou raivosamente o rosto com o dorso da mão e notei que uma única lágrima tinha escapado. Sua expressão deixou bem claro que seria a última. — Avery, eu vou cuidar dessa situação. Vou apagar esse incêndio. Vou fazer o que precisa ser feito, mas da próxima vez que você guardar um segredo de mim, a próxima vez que você mentir para mim? Eu *mesma* vou te jogar aos lobos.

Eu acreditei nela.

— Tem mais uma coisa. — Engoli em seco, porque não tinha como melhorar a história. — Bem, duas coisas. Primeiro: Toby era adotado, e sua mãe biológica era a então adolescente filha dos Laughlin.

Alisa me encarou por uns bons três segundos. Então ela arqueou a sobrancelha, esperando a outra coisa.

— E segundo — continuei, pensando no momento em que Grayson tinha me impedido de dizer aquilo para as câmeras, e no modo —: eu tenho motivos para acreditar que Toby é, provavelmente, meu pai.

CAPÍTULO 65

— Bem — Max disse, desabando na minha cama. — Podia ter sido melhor. — Ela tinha visto a entrevista. O mundo todo tinha. — Você tem certeza de que está bem?

Grayson tinha me avisado, desde o início, para não seguir esse fio. Ele tinha me avisado para não contar para ninguém sobre Toby... e para quantas pessoas eu tinha contado?

Quando chegamos de volta à Casa Hawthorne, eu tinha tentado falar com ele, mas minha boca havia se recusado a dizer uma única palavra.

— Grayson não *precisava* ter me beijado — eu disse a Max, as palavras explodindo para fora da minha boca, como se eu não tivesse coisas muito mais importantes em que pensar. — Ele poderia ter me interrompido.

— Pessoalmente, achei essa reviravolta *deliciosa* — Max declarou. — Mas você parece uma borra de um cervo pego na borra da estrada.

Era como eu me sentia.

— Ele não devia ter me beijado.

Max sorriu.

— Você beijou de volta?

Os lábios dele. Os meus.

— Eu não sei! — gemi de volta.

Max me deu seu olhar mais inocente.

— Você quer que eu puxe a filmagem?

Eu tinha beijado de volta. Grayson Hawthorne tinha me beijado e eu tinha beijado de volta. Eu tinha pensado na noite anterior, no labirinto. A forma como ele tinha corrigido minha postura. Nossa proximidade.

— O que estou fazendo? — perguntei a Max, me sentindo como em um labirinto. — Jameson e eu estamos...

— O quê? — Max incentivou.

Sacudi a cabeça.

— Eu não sei.

Eu sabia o que Jameson e eu deveríamos ser: adrenalina, atração, o calor do momento. Sem compromissos. Sem emoções complicadas.

Então por que eu me sentia como se o tivesse traído?

— Feche os olhos — Max me aconselhou, fechando os seus. — Se imagine na beira de um penhasco, o mar lá embaixo. O vento está soprando seu cabelo. O sol está se pondo. Você deseja, de corpo e alma, uma coisa. Uma pessoa. Você ouve passos atrás de você. Você se vira. — Max abriu os olhos. — Quem é?

O problema com a pergunta de Max era que ela assumia que eu era capaz de desejar, de corpo e alma, qualquer coisa. Qualquer um. Quando eu me imaginei naquele penhasco, me imaginei sozinha.

Tarde da noite, bem depois de Max ter ido para o quarto dela, fiz buscas para ver o que as pessoas estavam falando da entrevista desastrosa. A maior parte das manchetes chamavam Toby de "o herdeiro perdido". Skye já estava dando entrevistas.

Aparentemente o contrato de sigilo dela não cobria *aquilo*.

Nos comentários de quase todos os artigos havia especulação de que eu tinha transado com Grayson para trazê-lo para o meu lado. Algumas pessoas estavam afirmando que ele não era o único Hawthorne com quem eu tinha transado. Não deveria importar estranhos estarem me chamando de puta — ou pior —, mas importava.

Da primeira vez que ouvi aquela palavra, outra criança no primário a tinha usado para descrever minha mãe. Eu não conseguia me lembrar de ela um dia ter namorado *alguém*, mas eu existia e ela nunca tinha sido casada, o que para algumas pessoas era suficiente.

Fui até o armário e puxei a mala com os cartões-postais — os que minha mãe tinha me dado. *Havaí. Nova Zelândia. Machu Picchu. Tóquio. Bali.* Passei por eles enquanto me lembrava de quem eu era, quem ela tinha sido. Era com aquilo que sonhávamos, não com um príncipe encantado.

Não algum tipo de amor épico à beira-mar.

Eu não sei por quanto tempo fiquei sentada ali quando ouvi um barulho. *Passos.* Minha cabeça girou. Da última vez que eu tinha conferido, Oren estava a postos em frente ao meu quarto. Ele tinha me avisado que a notícia ter vazado poderia me colocar em risco.

Uma voz falou do outro lado da lareira.

— Sou eu, Herdeira.

Jameson. Isso devia ter sido um alívio. Conhecendo ele, eu deveria ter me sentido mais segura. Mas, de alguma forma, quando passei a mão em volta do candelabro na lareira, a última coisa que eu me sentia era segura.

Abri a passagem.

— Imagino que você tenha visto a entrevista?

Jameson entrou no meu quarto.

— Não foi seu melhor momento.

Esperei que ele dissesse algo sobre o beijo.

— Jameson, eu não...

Ele levou um dedo aos meus lábios. Não chegou a me tocar, mas meus lábios queimaram mesmo assim.

— Se *sim é não* — ele disse, seus olhos nos meus — e *uma vez é nunca*, então quantos lados tem um triângulo?

Era uma charada que ele tinha jogado para mim, no dia que nos conhecemos. Naquela época, eu tinha resolvido convertendo tudo em números. Se você codificasse *sim* — ou a presença de algo — como um e *não* — a ausência dessa coisa — como zero, então as duas primeiras partes da charada eram redundantes. *Se um é igual a zero, quantos lados tem um triângulo?*

— Dois — respondi, como tinha dito daquela vez, mas não conseguia deixar de pensar se Jameson estava se referindo a um tipo diferente de triângulo, envolvendo ele, Grayson e eu.

— Uma menina chamada Elle encontra um cartão na sua porta. A frente do envelope diz *tu*, o remetente diz *Elle*. Entre eles, dentro do envelope, ela encontra uma letra, então passa o resto do dia embaixo da terra. Por quê?

Eu queria dizer a ele para parar com os jogos, mas não conseguia. Ele tinha lançado uma charada, eu precisava resolver.

— A frente do cartão diz *tu,* o remetente diz Elle — pensei enquanto falava. — Ela passa o dia todo embaixo da terra.

Havia um brilho nos olhos de Jameson, um que me lembrava do tempo que *nós* tínhamos passado embaixo da terra. Eu quase podia vê-lo, iluminado pela tocha, andando de um lado pro outro. E então vi o método no tipo particular de loucura de Jameson.

— A letra dentro do envelope é N — eu disse baixo.

Provavelmente existiam mil adjetivos para descrever o sorriso de Jameson Hawthorne, mas o que me parecia mais verdadeiro era *devastador*. Jameson Winchester Hawthorne tinha um sorriso devastador.

Eu recomecei.

— A frente do envelope diz *tu* — continuei, resistindo ao impulso de dar um passo à frente. — O verso diz Elle, escrito...

— E-L — Jameson completou minha frase. Então *ele* deu um passo à frente. — Mais um N e temos túnel, e é por isso que ela passou o dia embaixo da terra. Você ganhou, Herdeira.

Nós estávamos próximos demais e uma sirene de alarme disparou no fundo da minha cabeça, porque, se Jameson tinha visto Grayson me beijar em rede nacional, e se ele estava ali agora, se movendo na minha direção — então quais eram as chances de não ser por minha causa?

Quais eram as chances de eu ser só mais um prêmio a ser conquistado? Um território a ser marcado?

— Por que você está aqui? — perguntei a Jameson, embora soubesse a resposta, tivesse acabado de *pensar* na resposta.

— Eu estou aqui — ele disse com outro sorriso devastador — porque eu apostaria cinco dólares que você não está vendo as mensagens no celular.

Ele estava certo.

— Eu desliguei — respondi. — Estou pensando em jogá-lo pela janela.

— Eu aposto mais cinco dólares que você não acerta a estátua no pátio.

— Dez — eu disse a ele — e fechamos negócio.

— Infelizmente — ele respondeu —, se você jogasse o celular pela janela, não receberia a mensagem de Libby e Nash.

Eu o encarei.

— Libby e Nash...

— Encontraram alguma coisa — Jameson me disse. — E estão vindo para casa.

CAPÍTULO 66

Acordei ao amanhecer e encontrei Oren parado bem em frente a minha porta.

— Você passou a noite inteira aqui? — perguntei a ele.

Ele me olhou.

— O que você acha?

Ele tinha me avisado que, se a notícia de Toby se espalhasse, seria um risco de segurança. Eu não tinha ideia de *como* a notícia havia se espalhado, mas ali estávamos.

— Certo.

— Considere-se em uma coleira de dois metros — Oren me disse. — Você não vai sair do meu lado até essa história morrer. *Se* ela morrer.

Fiz uma careta.

— Quão ruim é?

A resposta de Oren foi direta.

— Tenho Carlos e Heinrich na entrada da sua ala. Eles já precisaram mandar embora Zara, Constantine e os dois Laughlin, em alguns casos à força. Isso sem nem mencionar o que Skye tentou nos portões, na frente dos *paparazzi*.

— Quantos *paparazzi*? — perguntei, hesitante.

— O dobro do que já vimos antes.

— Como isso é possível?

Eu já era notícia de primeira página antes da entrevista da noite anterior ir ao ar.

— Se tem uma coisa que o mundo ama mais que uma herdeira acidental — Oren respondeu —, é um herdeiro perdido.

Ele muito deliberadamente não disse "eu te avisei", mas eu sabia que era nisso que ele estava pensando.

— Desculpa por isso — eu disse.

— Eu também peço desculpas.

— Por que *você* tem que pedir desculpas? — perguntei, debochada.

A resposta de Oren não foi nada debochada.

— Quando eu disse que estaria a dois metros de você o tempo todo, quis dizer eu, pessoalmente. Nunca devia ter delegado essa responsabilidade, sob nenhuma circunstância.

— Você é humano — eu disse. — Tem que dormir.

Ele não respondeu, então cruzei os braços.

— Cadê o Eli?

— Eli foi removido da propriedade.

— Por quê? — perguntei, mas meu cérebro já estava a mil.

Oren tinha me pedido desculpas. Ele se culpava por ter permitido que outra pessoa entrasse na minha equipe de segurança imediata, e essa outra pessoa tinha sido expulsa da Casa Hawthorne.

Eli estava fazendo a minha segurança quando fui conversar com a sra. Laughlin sobre Toby.

— Ele vazou as fotos — respondi a minha própria pergunta.

Eli tinha passado mais de uma semana na minha guarda. Ele tinha estado em posição de escutar... muita coisa.

— Eli não é tão bom em apagar suas pegadas digitais quanto meu homem é em descobrir fantasmas digitais — Oren me disse, sua voz como aço. — Ele vazou as fotos. Provavelmente também é o responsável pelo coração e pela cobra.

Eu encarei Oren.

— Por quê?

— Eu dei a ele sua proteção na escola. Ele obviamente queria que isso fosse estendido para a propriedade. Eu confiei em Eli. Essa confiança foi obviamente um erro. Por qualquer motivo, possivelmente um pagamento da imprensa, ele queria ficar mais próximo de você. Eu não notei. Devia ter notado.

Eu nunca tinha me sentido insegura perto de Eli. Ele não tinha me machucado, e ele podia ter feito isso, se era seu objetivo. *Por qualquer motivo,* repeti as palavras de Oren na minha cabeça. *Possivelmente um pagamento da imprensa.*

Pensei no ex-namorado de Max, que tinha tentado acessar o celular dela para poder vender nossas mensagens. No meu "pai" e em Skye vendendo suas histórias. No pagamento que Alisa tinha arranjado, lá no início, para que a mãe de Libby assinasse um acordo de sigilo.

Eu estava começando a entender que pelo resto da minha vida as pessoas que eu conhecesse, as pessoas de quem ficasse próxima — sempre haveria a chance de me verem como uma fonte de pagamento.

— Essa é a segunda vez que um erro de julgamento meu te custou muito — Oren disse, rígido. — Se você sentir a necessidade de contratar novos seguranças, tenho certeza de que Alisa poderia...

— Não! — eu disse.

Se Alisa contratasse alguém, a lealdade dessa pessoa estaria com ela. Quaisquer erros que Oren tivesse cometido, eu acreditava que ele estava comigo. Ele faria o que pudesse para me proteger, porque Tobias Hawthorne havia pedido isso a ele.

— Sim? — Oren disse, nervoso.

Eu levei um segundo para notar que ele não estava falando comigo. Ele estava usando um fone e falava com um de seus homens. *Em quantos deles podemos confiar? Quantos deles me venderiam pelo pagamento certo?*

— Deixe-os entrar — Oren ordenou, e se voltou para mim. — Sua irmã e Nash chegaram nos portões.

CAPÍTULO 67

Esperei por Libby e Nash no escritório de Tobias Hawthorne e pedi que a segurança deixasse que Grayson, Jameson e Xander voltassem. Mandei mensagens para que os meninos viessem me encontrar e esperei sozinha, exceto por Oren, que estava a menos de dois passos de distância. Eu estava ansiosa e a ponto de estourar. *Por que Libby levou tanto tempo para me responder? O que eles encontraram em Cartago?*

— Avery, fique atrás de mim.

Oren deu um passo à frente, puxando a arma. Eu não tinha ideia do porquê, até seguir sua linha de visão até a vitrine na parede dos fundos, a que tinha prateleiras e mais prateleiras de troféus dos Hawthorne. A parede estava se mexendo, rodando na nossa direção.

Fui para trás de Oren. Ele deu um passo à frente e chamou a pessoa atrás da parede.

— Se identifique, eu tenho uma arma.

— Eu também.

Zara Hawthorne-Calligaris entrou na sala, parecendo a caminho de algum brunch no clube de campo. Ela estava usando um twin-set, calças sociais e sapatilhas clássicas e neutras.

E estava segurando uma arma.

— Baixe-a.

Oren mirou sua arma em Zara.

A arma dela ficou firme. Zara deu a Oren sua expressão menos impressionada.

— Acho que todos nós sabemos que sou a Hawthorne menos assassina da minha geração — ela disse, sua voz alta e clara —, então vou ficar feliz em baixar a minha se você baixar a sua, John.

Eu esquecia, na maior parte do tempo, que Oren tinha um primeiro nome.

— Não faça isso — Oren disse a ela. — Eu não quero atirar em você, Zara, mas não se engane, eu vou. Baixe sua arma e podemos conversar.

Zara não se abalou.

— Você me conhece, John. Intimamente. — O tom dela nunca mudou, mas não havia como não entender o que ela tinha querido dizer com isso. — Você realmente acredita que sou capaz de machucar uma criança?

A "criança" em questão era claramente eu, mas isso passou batido. Meu coração estava batendo com tanta força que eu sentia que ia deixar um hematoma nas minhas costelas, mas ainda assim consegui falar:

— Intimamente? — perguntei a Oren.

— Não desde a morte do meu pai, eu te garanto — Zara me disse. — John sempre foi muito claro quanto a suas prioridades. Primeiro meu pai e então você.

Vinte anos antes, quando Tobias Hawthorne tinha deixado sua aliança de casamento para Zara, ele estivera apontando a infidelidade dela. Ela já estava casada com um homem diferente, mas o texto no testamento de Tobias Hawthorne tinha permanecido o mesmo.

Ela estava tendo outro caso. Com Oren.

— Você não deveria estar aqui, Zara — Oren disse, a mira da arma nunca oscilando.

— Não deveria? — perguntou. Depois de um longo momento, ela baixou a arma, colocando-a na escrivaninha. — Se seus homens tivessem me permitido entrar de uma forma mais tradicional, eu não precisaria vir escondida como uma ladra e, se eu tivesse certeza de que você não me arrastaria para fora, não precisaria de uma arma. Mas aqui estamos. No entanto, como demonstração de boa vontade que *nenhum* de vocês merece, desde que ninguém tente me expulsar, minha arma vai ficar bem onde está, nessa escrivaninha.

Depois de um longo momento, Oren baixou a própria arma e Zara se virou para mim.

— Mocinha, você vai me contar que loucura foi aquela no jornal noite passada. *Agora.* — *Toby* era irmão dela. Eu só podia tentar imaginar qual tinha sido a reação dela ao que ouvira.

— Fale — Zara me disse. — Você me deve ao menos isso.

Considerando tudo, eu provavelmente devia, mas, antes que eu pudesse dizer uma palavra, uma voz falou, vinda da porta.

— Você não prefere ouvir de nós, Tia Z?

Nós três nos viramos e vimos Jameson. Grayson e Xander estavam ao seu lado. Até ali, Zara tinha conseguido manter sua expressão disciplinada em uma mistura de desdém e calma, mas, no momento em que viu os sobrinhos, a máscara rachou.

Era a primeira vez desde que eu tinha entrado pela porta da Casa Hawthorne que me ocorreu que ela os amava.

— Por favor — Zara disse baixo. — Meninos. Só me contem de Toby.

E eles contaram, se revezando, passando pela história inteira com uma eficiência brutal. Quando Grayson disse a ela que Toby era adotado, ela inspirou com dureza, mas não disse nada. Ela não reagiu até Xander dizer a ela o que Rebecca tinha contado.

— A filha dos Laughlin... — Zara deixou a frase pela metade. — Ela foi para a faculdade quando eu ainda estava no fundamental e nunca voltou, só quando Emily nasceu, anos mais tarde.

Eu me perguntei se Zara estava imaginando, como eu tinha feito, o quanto deve ter sido doloroso para a mãe de Rebecca. Eu me perguntei se ela estava questionando, como eu tinha feito, o que poderia ter levado os Laughlin e os pais dela a serem tão cruéis.

— É tão fácil — Zara murmurou — para todas as pessoas erradas terem filhos.

O silêncio atingiu a sala como um caminhão.

Zara foi a primeira a passar por cima dele.

— Continuem — ela disse aos meninos. — Soltem o resto. Nessa família, sempre tem o *resto*.

Só havia um pouco mais. Zara já sabia da foto que o pai dela havia deixado para Skye em Verdadeiro Norte. Isso deixava só o fato de que, junto com aquela foto, ele tinha deixado uma página em branco e que os números dentro das alianças haviam nos levado para Cartago, onde Libby e Nash tinham encontrado *alguma coisa*.

— E, por favor, me digam: o que vocês encontraram? — Zara perguntou, e notei que Libby e Nash tinham chegado.

Sem querer, dei um passo na direção deles. Era isso. Tudo vinha caminhando para aquele momento. Eu me sentia caindo a mil quilômetros por hora.

— Nós encontramos meu pai — Nash disse. — E isso.

Ele ergueu um pequeno frasco com pó roxo.

— Seu pai? — repeti. — *Jake Nash?*

Pensei na foto de Zara, Skye e o cara de cabelo bagunçado. Nash apontou Zara com a cabeça.

— Ele perguntou de você.

Uma vulnerabilidade sincera transpareceu nas feições de Zara.

— Eu entendi que você era apaixonada por ele — Nash disse baixo.

Zara sacudiu a cabeça.

— Você não entendeu.

— Você era apaixonada por ele — Nash repetiu. — Skye foi atrás dele e eu fui o resultado. — Vi um músculo na garganta de Nash se apertar. — Mesmo assim — ele disse baixo —, você não me odiou.

Zara sacudiu a cabeça.

— Como eu poderia? Foi fácil ficar longe quando você era bebê. Eu me casei. Estava começando minha própria vida. Mas então você virou um garotinho. Um garotinho maravilhoso, e a novidade já tinha passado para Skye, então você ficava muito sozinho, porque ela nunca estava lá

— Mas você estava — Nash respondeu. — Por um tempo. Minha memória é um pouco vaga, mas, antes de Toby morrer, você cuidava de mim.

— Eu encontrei Jake — Zara disse baixo. — Por você.

Lentamente, as engrenagens do meu cérebro começaram a girar. Na época em que Tobias Hawthorne tinha reescrito seu testamento pela primeira vez — logo depois da "morte" de Toby —, Zara estava tendo um caso. Tobias Hawthorne sabia disso.

— Você e o pai de Nash? — eu disse.

— Levei a Jake fotos do filho dele — Zara respondeu, fria. — Eu estava trabalhando para convencê-lo a desobedecer meu pai, a ser parte da vida de Nash, mas então ele desapareceu ninguém sabe para onde. Cartago, aparentemente, no que eu só posso imaginar que tenha sido obra do meu pai.

— Ele é o caseiro da propriedade de Cartago desde então — Nash confirmou. — O velho deu a ele instruções firmes que, se um dia você aparecesse, ele deveria te dar isso. — Nash apontou de novo para o frasco em suas mãos. — Levou um tempo para Libby e eu o convencermos a dar para a gente.

Eu olhei o pó no frasco. Era daquilo que precisávamos para decodificar a mensagem de Skye. *É isso*. Vinte anos antes, Tobias Hawthorne tinha tramado um quebra-cabeça para colocar suas filhas na trilha da verdade. A trilha tinha levado à foto tirada antes que a relação delas se quebrasse — e a Jake Nash, por causa de quem elas aparentemente tinham brigado.

— Estou com o bilhete de Verdadeiro Norte — Xander disse. — Acho que todos nós sabemos o que precisamos fazer com esse pó.

— Vocês, Hawthorne, e sua tinta invisível — eu disse, sacudindo a cabeça. — Precisamos de mais alguma coisa além do pó?

— Um pincel de maquiagem — Zara respondeu imediatamente.

Então os meninos falaram, os quatro ao mesmo tempo:

— E uma fonte de calor.

CAPÍTULO 68

A página em branco foi desdobrada e estendida. O pó foi despejado sobre a página, o pincel o espalhou pela superfície da carta. E *era* uma carta. Isso ficou claro no momento em que a fonte de calor — uma lâmpada que estava perto — foi aplicada.

Palavras apareceram na página em uma letra pequenina e uniforme — a letra de Tobias Hawthorne. Tudo que eu vi antes de Zara agarrar a carta foi a abertura: *Querida Zara, Querida Skye.* Zara foi para o canto do quarto. Conforme ela lia, seu peito subia e descia, arfante. Em certo ponto, lágrimas transbordaram e começaram a desenhar uma trilha em seu rosto. Finalmente, ela soltou a carta. Ela caiu de suas mãos, flutuando suavemente até o chão.

Os meninos estavam todos congelados no lugar, como se nunca tivessem visto a tia derramar uma única lágrima até aquele momento. Lentamente, eu avancei. Zara não me mandou parar, então me abaixei para pegar a carta e li.

Querida Zara, querida Skye,

Se vocês estão lendo isso, então estou morto. Eu não consigo dizer o quanto sinto muito por tê-las deixado assim — ou quão necessário eu acredito que o que fiz por vocês realmente é. Sim, por vocês, não com vocês.

Se vocês estão lendo isso, minhas filhas, então deixaram de lado suas diferenças por tempo suficiente para seguir a trilha que deixei. Se isso aconteceu, então tudo que fiz serviu a pelo menos um propósito. E talvez, minhas queridas, vocês agora estejam prontas para o outro.

Como vocês já devem ter entendido, dependendo do quanto examinaram as instituições de caridade para as quais deixei minha fortuna, o irmão de vocês não faleceu na Ilha Hawthorne. Disso eu estou certo. Ele foi, até onde fui capaz de entender, tirado do oceano, gravemente queimado, por um pescador local. Só isso já me levou anos para descobrir. Eu escrevi e reescrevi essa carta para vocês incontáveis vezes, conforme minha investigação do desaparecimento do irmão de vocês evoluía.

Eu nunca o encontrei. Cheguei perto uma vez, mas encontrei outra coisa no lugar dele. Eu só posso concluir que Toby não quer ser encontrado. O que quer que tenha acontecido na ilha, ele vem fugindo disso por metade da sua vida.

Ou, talvez, ele venha fugindo de mim.

Eu cometi erros com todos vocês. Zara, eu pedi demais de você em alguns momentos e te dei muito pouco da minha aprovação em outros. Skye, de você eu nunca pedi o suficiente. Eu tratei vocês duas diferentes porque eram mulheres.

Eu feri Toby mais do que a todos.

Não vou cometer os mesmos erros com a próxima geração. Vou incentivá-los, todos em igual medida. Eles vão aprender a tornar os outros prioridades. Vou fazer por eles tudo que eu deveria ter feito por vocês, incluindo isso: nenhum de vocês verá minha fortuna. Há coisas que fiz das quais não me orgulho, legados que vocês não deveriam ter que carregar.

Saiba que eu amo vocês, as duas. Encontrem seu irmão. Talvez, quando eu não estiver mais aqui, ele finalmente pare de fugir. Abaixo vocês encontrarão uma lista de lugares pelos quais tracei o paradeiro dele nos últimos doze anos. Em um cofre no Banco Nacional Montgomery, número 21666, vocês encontrarão um relatório policial a respeito do incidente na Ilha Hawthorne, assim como um amplo arquivo montado pelos meus investigadores ao longo dos anos.

Vocês encontrarão a chave do cofre na minha caixa de ferramentas. Há um fundo falso. Tenham coragem, minhas queridas. Sejam fortes. Sejam honestas.

Sinceramente,

Seu pai

Eu ergui os olhos da carta e os garotos vieram até mim — Grayson, Jameson e Xander. Nash, Libby e Oren ficaram onde estavam. Zara caiu de joelhos atrás de mim.

Enquanto os meninos liam a carta, processei seu conteúdo. Nós tínhamos a confirmação de que Tobias Hawthorne sabia que o filho estava vivo, que estava procurando por ele e que, como Sheffield Grayson havia afirmado, o velho tinha enterrado um boletim policial a respeito do que havia acontecido na ilha. Poderia haver mais detalhes no cofre, quando encontrássemos a chave.

— A caixa de ferramentas — eu disse de repente. Eu me virei para Oren. — Tobias Hawthorne te deixou a caixa de ferramentas dele.

Era parte do testamento atualizado. O velho tinha percebido que Oren estava transando com Zara? Foi por isso que ele o tornou parte disso? Tobias Hawthorne tinha escrito a frase *esses últimos doze anos* na carta, sugerindo que ela não tinha sido atualizada recentemente. *Oito anos. Ele escreveu isso oito anos atrás.*

Quando Tobias Hawthorne havia atualizado seu testamento no ano anterior, me deixando tudo, ele tinha criado uma nova trilha a ser seguida. Um novo jogo. Uma nova tentativa de reparar os laços da sua família que haviam se rompido. Mas ele havia incluído as mesmas palavras para Zara e Skye — as mesmas pistas.

Ele tinha continuado acrescentando informação ao cofre nos últimos oito anos?

— O que vocês acham que ele quis dizer — Grayson disse lentamente — com legados que não deveríamos ter que carregar?

— Eu me importo menos com isso — Jameson respondeu — do que com a lista no final. O que você acha dela, Herdeira?

Ter acabado entre Jameson e Grayson deveria ter sido desconfortável. Deveria ter sido insuportável — mas, naquele momento, não era.

Lentamente, voltei meus olhos para a carta, para a lista. Havia dezenas de lugares listados, espalhados por todo o mundo, como se Toby nunca tivesse ficado em um lugar por muito tempo. Mas, um a um, certos lugares me chamaram a atenção. *Waialua, Oahu. Waitomo, Nova Zelândia. Cusco, Peru. Tóquio, Japão. Bali, Indonésia.*

Eu literalmente parei de respirar.

— Herdeira? — Jameson disse.

Grayson deu um passo na minha direção.

— Avery?

Oahu era uma das ilhas do Havaí. Cusco, no Peru, era a cidade mais próxima de Machu Picchu. Meus olhos desceram pela lista. *Havaí. Nova Zelândia. Machu Picchu. Tóquio. Bali.* Encarei a página.

— Havaí — eu disse alto, minha voz trêmula. — Nova Zelândia. Machu Picchu. Tóquio. Bali.

— Pra um fugitivo — Xander comentou —, ele deu suas voltas.

Sacudi a cabeça. Xander não via o que eu estava vendo. Ele não poderia.

— Havaí, Nova Zelândia, Machu Picchu, Tóquio, Bali. Eu conheço essa lista.

Tinham mais. Pelo menos cinco ou seis que eu reconhecia. Cinco ou seis lugares que eu tinha imaginado conhecer. Lugares que eu havia segurado na minha mão.

— Os cartões-postais da minha mãe — sussurrei e saí correndo.

Oren foi atrás de mim e os outros não demoraram.

Cheguei ao quarto em questão de segundos, ao armário em menos ainda, e logo eu estava segurando os postais na minha mão. Não havia nada escrito no verso, nenhum carimbo. Eu nunca tinha questionado onde minha mãe os tinha conseguido.

Ou de quem.

Ergui os olhos para Jameson e Grayson, Xander e Nash.

— Vocês, Hawthorne — eu disse em um sussurro embargado —, e sua tinta invisível.

CAPÍTULO 69

Uma luz negra revelou a escrita nos cartões-postais, da mesma maneira que tinha feito com as paredes de Toby. *A mesma letra.* Toby tinha escrito aquelas palavras. As respostas que estávamos buscando — tinha uma chance de que todas estivessem *ali,* mas precisei de toda força que tinha só para ler a abertura, igual em todos os postais.

— Querida Hannah — li —, *igual para a frente e para trás.*

Hannah. Pensei na acusação dos tabloides de que minha mãe estava vivendo com uma identidade falsa. Eu tinha passado minha vida inteira pensando que ela era Sarah.

As palavras nos postais se nublaram diante de mim. *Lágrimas. Nos meus olhos.* Meus pensamentos estavam distantes, como se tudo estivesse acontecendo com outra pessoa. O quarto a minha volta estava cheio da expectativa elétrica do momento, do que eu tinha acabado de descobrir, mas tudo que eu conseguia pensar era que o nome da minha mãe era *Hannah.*

Eu tenho um segredo... Quantas vezes tínhamos jogado? Quantas chances ela teve de me contar?

— Bem — Xander se intrometeu —, o que eles dizem?

Todo mundo estava em pé. Eu estava no chão. Todo mundo estava esperando. *Eu não consigo fazer isso.* Não conseguia olhar para Xander — ou Jameson ou Grayson.

— Eu queria ficar sozinha — eu disse, minha voz áspera contra a minha garganta. Eu entendi então como Zara deveria ter se sentido lendo a carta do pai. — *Por favor.*

Houve um momento de silêncio e então:

— Todo mundo pra fora.

Perceber que foi Jameson quem tinha dito essas palavras, Jameson, que estava deliberadamente se afastando do quebra-cabeça — por mim —, me abalou profundamente.

O que ele queria com isso?

Em instantes, os Hawthorne tinham saído. Oren estava a respeitosos dois metros de distância. E Libby se ajoelhou ao meu lado.

Olhei para ela de relance e ela apertou minha mão.

— Eu já te contei do meu aniversário de nove anos? — Libby perguntou.

Através da neblina, eu consegui sacudir a cabeça.

— Você tinha uns dois anos nessa época. Minha mãe odiava Sarah, mas às vezes ela a deixava cuidar de mim. Minha mãe sempre dizia que não contava como caridade se fosse *aquela vaca,* porque, se não fosse por Sarah e você, talvez Ricky tivesse voltado para nós. Ela dizia que sua mãe devia a ela e sua mãe agia como se devesse, para poder ficar comigo. Para eu poder ficar com você.

Eu não me lembrava de nada assim. Libby e eu mal nos víamos quando éramos menores — mas, se eu tinha dois anos, não me lembraria de muito mesmo.

— Minha mãe me deixou na sua casa por quase uma semana. E foi a melhor semana da minha vida, Ave. Sua mãe me fez bolinhos de aniversário e ela tinha uns colares baratos de carnaval e acho que usamos uns dez, cada uma. Ela tinha mechas de cabelo falsas em um arco-íris de cores néon e nós as usamos no cabelo. Ela te ensinou a cantar "Feliz aniversário". Minha mãe nem ligou, mas Sarah me colocou para dormir toda noite na cama *dela*. Ela dormia no sofá e você entrava na minha cama e sua mãe beijava nós duas. Toda noite.

As lágrimas nos meus olhos estavam rolando.

— E quando minha mãe voltou e viu o quanto eu estava feliz... ela nunca mais me deixou ir à sua casa. — A respiração de Libby ficou ofegante, mas ela conseguiu sorrir. — O que quero dizer é que você sabe quem era sua mãe, Avery. Nós duas sabemos. E ela era *maravilhosa*.

Fechei os olhos. Eu me forcei a parar de chorar, porque Libby estava certa. Minha mãe era *maravilhosa*. E se ela tinha mentido para mim ou guardado segredos demais — talvez tivesse sido necessário.

Respirando fundo, voltei para os cartões-postais. Eles não tinham data, então era impossível dizer em que ordem haviam sido escritos; não tinham carimbo, então nunca tinham sido postos no correio. Espalhei os postais pelo chão e comecei com o mais à esquerda, mirando a luz negra nele. Lentamente, o li.

Absorvi cada palavra.

Havia coisas naquele primeiro postal que não entendi — referências cujo significado haviam se perdido com a minha mãe. Mas, quase no fim, tinha algo que chamou minha atenção. *Eu espero que você tenha lido a carta que te deixei naquela noite. Espero que alguma parte de você tenha entendido. Espero que você vá para muito, muito longe e nunca olhe para trás, mas, se você um dia precisar de qualquer coisa, espero que você faça exatamente como eu te disse para fazer naquela carta. Vá a Jackson. Você sabe o que deixei lá. Você sabe o que vale.*

— Jackson — eu disse, minha voz fraca.

O que Toby tinha deixado para minha mãe em Jackson? No *Mississippi*? Estava na lista de Tobias Hawthorne?

Deixando o primeiro postal de lado, segui lendo e percebi que Toby nunca tinha pretendido enviar aquelas mensagens. Ele estava escrevendo para ela, mas para ele mesmo. Os postais deixavam claro que ele estava se mantendo longe dela de propósito. A única outra coisa clara é que eles estavam apaixonados. Epicamente apaixonados, do tipo sou incompleto sem você, do tipo que acontece só uma vez na vida.

O tipo de amor no qual eu nunca tinha acreditado.

O cartão seguinte dizia:

Querida Hannah, igual para a frente e para trás,

Você se lembra daquele dia na praia? Quando eu não sabia se andaria de novo e você me xingou até eu conseguir? Parecia que você nunca tinha xingado antes na vida, mas, ah, como você estava sendo sincera. E quando eu dei aquele passo e te xinguei de volta, você se lembra do que disse?

"É um passo", você cuspiu. "E agora?"

A luz vinha por trás de você e o sol estava afundando no horizonte e pela primeira vez em semanas parecia que meu coração tinha finalmente se lembrado de como bater.

E agora?

Era difícil ler as palavras de Toby sem sentir uma onda de emoção. Minha vida inteira, minha mãe nunca tinha se envolvido com ninguém além de Ricky. Eu nunca tinha visto alguém adorá-la como ela merecia ser adorada. Levei mais tempo para me concentrar nas implicações das palavras. Toby estava ferido — o suficiente para não ter certeza se andaria de novo — e minha mãe o tinha *xingado*?

Pensei no que o velho tinha dito em sua carta para Zara e Skye, a respeito do pescador puxando Toby para fora da água. Quão ferido ele estava? E onde minha mãe tinha entrado?

Com a cabeça girando, continuei lendo. Outro cartão e então mais outro e eu percebi que, sim, minha mãe tinha estado lá, em Rockaway Watch, depois do incêndio.

Querida Hannah, igual para a frente e para trás,
Na noite passada, sonhei que me afogava e acordei com seu nome nos lábios. Você era tão silenciosa naqueles primeiros dias. Você se lembra disso? Quando nem aguentava olhar para mim. Não falava comigo. Você me odiava. Eu sentia, e fui horrível com você. Eu não sabia quem eu era ou o que eu tinha feito. Eu não me lembrava de nada da minha vida na ilha. Mas, ainda assim, fui horrendo. A abstinência era uma fera, mas fui pior. E você estava lá e eu sei, hoje, que não merecia nada de você. Mas você trocou meus curativos. Me segurou. Me tocou, com mais bondade do que eu poderia ter merecido.

Sabendo o que sei agora, eu não sei como você fez. Eu deveria ter me afogado. Deveria ter queimado. Meus lábios nunca deveriam ter tocado os seus, mas pelo resto da minha vida, Hannah, ó, Hannah — eu vou sentir cada beijo. Sentir seu toque quando eu estava meio morto e totalmente podre e você me amou apesar de mim mesmo.

— Ele perdeu a memória. — Ergui os olhos para Libby. — Toby. Jameson e eu achamos que ele poderia ter tido amnésia, havia uma sugestão no velho testamento de Tobias Hawthorne. Mas essa carta confirma. Quando ele conheceu minha mãe, ele estava ferido e em abstinência, provavelmente de algum tipo de droga, e não sabia quem era.

Ou o que tinha feito. Eu pensei no incêndio. Na Ilha Hawthorne e nas três pessoas que não tinham sobrevivido. Minha mãe era de Rockaway Watch? Ou de alguma outra cidade próxima?

Mais postais, mais mensagens. Uma após a outra, sem respostas.

Querida Hannah, igual para a frente e para trás,
Desde a ilha, morro de pavor da água, mas sigo me forçando a embarcar em navios. Eu sei que você me diria que não preciso, mas preciso, sim. O medo é bom para mim. Eu me lembro muito bem de como era quando não sentia nenhum.
Se eu tivesse te conhecido então, seu toque teria me atingido? Você teria me odiado até me amar? Se tivéssemos nos conhecido em outro momento, em circunstâncias diferentes, eu ainda sonharia com você toda noite — e me perguntaria se você sonha comigo?
Eu deveria abrir mão de você. Quando tudo voltou de repente, quando entendi o que você vinha escondendo de mim, prometi que iria. Prometi a mim mesmo. Prometi a você.
Prometi a Kaylie.

O nome me fez congelar. *Kaylie Rooney.* A local que tinha morrido na Ilha Hawthorne. A menina em quem Tobias Hawthorne tinha colocado muito da culpa por meio da imprensa. Vasculhei o resto dos cartões-postais, procurando por algo que me dissesse o que exatamente eu deveria entender das palavras de Toby, e finalmente — *finalmente* — eu encontrei, perto do final de uma mensagem que começava com um tom muito mais sonhador.

> *Eu sei que nunca mais vou te ver de novo, Hannah. Que eu não mereço. Eu sei que você nunca vai ler uma palavra que eu escrever e, porque você nunca vai ler isso, eu sei que posso dizer o que você me proibiu de dizer muito tempo atrás.*
> *Me desculpe.*
> *Me desculpe, Hannah, ó, Hannah. Me desculpe por fugir no meio da noite. Me desculpe por ter te deixado me amar uma fração do quanto eu vou, até o dia em que morrer, te amar. Me desculpe pelo que fiz. Pelo incêndio.*
> *E eu nunca vou parar de pedir desculpas pela sua irmã.*

CAPÍTULO 70

Irmã. **A palavra ecoou** sem parar na minha mente. *Irmã. Irmã. Irmã.*

— Toby pediu desculpas a minha mãe, a *Hannah,* pela irmã dela. — Os pensamentos estavam se chocando uns com os outros no meu cérebro, como um engavetamento de dez carros, uma cacofonia ensurdecedora. — E em outro postal ele mencionou Kaylie. Kaylie Rooney, a menina que morreu no incêndio na Ilha Hawthorne. Algum tempo depois disso, minha mãe ajudou a cuidar de Toby. Ele não se lembrava do que tinha acontecido, mas disse que ela o odiava. Ela deveria saber.

— Saber o quê? — Libby perguntou, me lembrando de que eu não estava falando sozinha.

Pensei no incêndio, no relatório policial enterrado. Sheffield Grayson dizendo que Toby tinha comprado combustível.

— Que Toby era responsável pela morte da irmã dela.

No segundo seguinte, eu estava com o notebook aberto, fazendo mais uma busca na internet por Kaylie Rooney. De início, não encontrei nada que eu não tivesse visto antes, mas então eu comecei a acrescentar termos de busca. Tentei *irmã* e não deu em nada. Tentei *família* e encontrei a única entrevista com um membro da família Rooney. Não era uma entrevista muito boa. Tudo que o repórter tinha tirado da mãe de Kaylie era, e eu cito, "Minha Kaylie era uma boa menina e aqueles ricos escrotos a mataram". Mas também havia uma foto. Um retrato da... *minha avó?* Tentei considerar aquela possibilidade. Então ouvi a porta se abrir atrás de mim.

Max enfiou a cabeça para dentro do quarto.

— Venho em paz. — Ela se enfiou pela porta e passou por Oren. — Bom avisar que venho armada apenas de sarcasmo. — Max parou bem ao meu lado e saltou para cima da escrivaninha. — O que estamos fazendo?

— Olhando uma foto da minha avó. — Dizer as palavras as tornava um pouco mais concretas. — A mãe da minha mãe. Talvez.

Max encarou a foto.

— Sem talvez — ela disse. — Ela até *parece* sua mãe.

A mulher na foto estava de cara fechada. Eu nunca tinha visto minha mãe de cara fechada. Ela usava o cabelo preso em um coque apertado e minha mãe sempre usava o dela solto. Vinte anos antes, aquela mulher parecia décadas mais velha do que minha mãe quando ela morreu.

Ainda assim, Max estava certa. Os traços eram os mesmos.

— Como ninguém fez essa conexão? — perguntou, incrédula. — Todos esses rumores sobre a sua mãe, todo mundo tentando encontrar uma conexão entre você e os Hawthorne e ninguém pensou em olhar para a família de uma menina que eles basicamente assassinaram? E os parentes da sua mãe e as pessoas que a conheciam quando jovem? Alguém deve ter reconhecido, quando você virou notícia. Por que ninguém avisou a imprensa?

Eu pensei em Eli, me vendendo por um pagamento. Que tipo de cidade era Rockaway Watch, para ninguém ter feito o mesmo?

— Eu não sei — respondi. — Mas sei que o que quer que Tobias Hawthorne tenha deixado naquele cofre, o relatório policial, os arquivos da investigação, eu quero ver tudo. Eu *preciso* ver. Agora.

CAPÍTULO 71

Oren pegou a chave na caixa de ferramentas, mas não a entregou para mim. Ele a entregou para Zara e me mandou me arrumar para a escola.

— Você ficou louco? — perguntei a ele. — Eu não vou para a escola.

— É o lugar mais seguro para você agora — Oren disse. — Alisa vai concordar comigo.

— Alisa está cuidando do controle de danos da entrevista — respondi. — Eu tenho certeza de que a última coisa que ela quer é que eu apareça em público. Ninguém vai questionar por que eu iria querer ficar em casa.

— Country Day não é pública — Oren me disse.

Alguns segundos depois, ele estava com Alisa no viva-voz e ela repetiu o que ele tinha acabado de dizer: era para eu vestir meu uniforme de escola particular, fazer minha melhor cara e fingir que nada tinha acontecido.

Se tratássemos aquilo como uma crise, seria visto como uma crise.

Como eu tinha prometido manter Alisa informada, contei tudo a ela. Ainda assim, ela não mudou de ideia.

— Aja normalmente — ela me disse.

Eu não agia *normalmente* havia semanas. Porém, menos de uma hora depois, estava em minha saia xadrez, com uma camisa branca e um blazer vinho, meu cabelo bagunçado do jeito certo e um mínimo de maquiagem, exceto pelos olhos. Patricinha com algo a mais, para que o mundo todo visse — ou pelos menos os alunos da Escola Heights Country Day.

Eu me sentia como no primeiro dia. Ninguém olhava diretamente para mim, mas a forma como não olhavam era muito mais suspeita. Jameson e Xander deslizaram para fora do carro depois de mim e se posicionaram dos meus dois lados. Pelo menos dessa vez éramos eu *e* os Hawthorne contra o mundo.

Sobrevivi ao dia pouco a pouco, mas, na hora do almoço, não aguentava mais. Não aguentava mais os olhares. Não aguentava mais fingir que estava tudo normal. Não aguentava mais fingir que estava feliz. Eu estava me escondendo — ou tentando — no arquivo quando Jameson me encontrou.

— Você parece alguém que precisa de uma distração — ele me disse.

A alguns metros de distância, Oren cruzou os braços.

— Não.

Jameson deu seu olhar mais inocente para o meu guarda-costas.

— Eu te conheço — Oren respondeu. — Eu conheço suas *distrações*. Você não vai levá-la para saltar de paraquedas. Ou pular de asa-delta na praia. Nada de pistas de corrida. Nada de motocicletas. Nada de lançamento de machado…

— Lançamento de machado?
Olhei para Jameson, intrigada.
Ele se voltou para Oren.
— O que você acha de telhados?

Dez minutos depois, Jameson e eu estávamos no topo do Centro de Artes. Ele abriu a grama e arrumou uma bola.
— Fique longe da beira — Oren me disse e então, deliberadamente, virou as costas para nós dois.
Eu esperei que Jameson me perguntasse dos cartões-postais. Esperei que ele flertasse comigo, me tocasse, usasse os métodos Jameson Hawthorne para arrancar a resposta de mim. Mas tudo que ele fez foi me dar um taco.
Eu me posicionei para a tacada. Parte de mim queria que ele viesse ficar atrás de mim, queria seus braços grudados aos meus. *Jameson no telhado. Grayson no labirinto.* Minha cabeça estava uma zona. Eu estava uma zona.
Soltei o taco.
— Minha mãe era irmã de Kaylie Rooney — eu disse.
E assim começou. Era difícil colocar em palavras tudo que eu tinha descoberto, mas consegui. Quanto mais eu falava, mais fácil era ver Jameson pensando.
Quanto mais ele pensava, mais perto de mim chegava.
— O que você acha que Toby deixou em Jackson que vale tanto? — ele perguntou. — E onde em Jackson? — Jameson me estudou como se meu rosto tivesse as respostas. — Quanto tempo durou a amnésia de Toby? Por que continuar "morto" depois que a memória dele voltou?
— Culpa. — Eu quase engasguei com a palavra, embora não pudesse explicar por quê. — Toby se odiava quase tanto quanto amava minha mãe.

Era a primeira vez que eu tinha dito aquela última parte em voz alta. *Toby Hawthorne amava minha mãe. Ela o amava.* Tinha sido um amor épico à beira-mar. Literalmente. Só saber disso fazia eu sentir que estava mentindo para mim mesma toda vez que fingia que eu não tinha sentimentos, que as coisas não precisavam ser complicadas.

Que eu poderia ter o que queria sem desejar nada de verdade, de corpo e alma.

— Herdeira?

Havia uma pergunta nos olhos verde-escuros de Jameson. Eu não estava certa do que ele estava pedindo, do que queria de mim.

Do que eu queria dele.

— Olá, olá! — Xander enfiou a cabeça para fora da porta. — Aconteceu de eu ter meu ouvido colado à porta. Posso ter escutado alguma coisa. Tenho uma sugestão!

Jameson parecia disposto a efetivamente estrangular o irmão. Olhei para Oren, que ainda estava fazendo questão de ignorá-lo. Eu quase conseguia ouvi-lo pensando: *não é o meu trabalho.*

— Ligue para ela!

Xander atirou algo em mim. Foi só quando peguei que notei que era o celular dele e que um número já tinha sido discado.

— Ligue para quem? — Jameson perguntou, estreitando os olhos.

— Sua avó — Xander me disse. — Como eu disse, sem querer ouvi algumas coisas enquanto minha orelha estava casualmente na porta. A mãe de Kaylie Rooney é sua avó, Avery. Essa é uma peça do quebra-cabeça que nunca tivemos antes, e *esse* — ele apontou com a cabeça para o celular — é o telefone dela.

— Você não precisa ligar — Jameson me disse, o que fazia tanto sentido quanto o fato de que ele havia se afastado voluntariamente dos cartões-postais.

— Não. — Engoli em seco. — Preciso, sim.

Meu coração saltou para a garganta só de pensar nisso, mas apertei o botão de discar. A linha chamou, chamou e chamou sem que ninguém atendesse e sem que fosse para a caixa-postal. Eu não conseguia desligar, então só deixei tocar, até que, finalmente, alguém atendeu. Tudo que consegui dizer foi alô e meu nome antes da pessoa que atendeu me interromper.

— Eu sei quem você é. — De início eu pensei que a voz grave era de um homem, mas, conforme as palavras foram vindo, percebi que era uma mulher. — Se a inútil da minha filha tivesse te ensinado alguma coisa sobre essa família, você não teria ousado ligar para mim.

Eu não estava certa do que esperava. Minha mãe sempre tinha me dito que ela não tinha família. Ainda assim, cada palavra que a mãe dela — minha *avó* — disse me cortou.

— Se aquela putinha não tivesse fugido, eu mesma teria enfiado uma bala nela. Você acha que quero um centavo do seu dinheiro sujo, menina? Acha que somos uma família? Desligue esse celular. Esqueça meu nome. E, se você tiver *sorte*, vou garantir que essa família, que essa cidade inteira, esqueça o seu.

O som do outro lado da linha foi cortado. Eu fiquei ali, congelada, o celular ainda na orelha.

— Tudo bem aí, amiga? — Xander perguntou.

Eu não conseguia responder. Eu não conseguia dizer nada. *Você acha que quero um centavo do seu dinheiro sujo, menina? Você acha que somos uma família?*

Eu nem tinha certeza de que estava respirando.
Se aquela putinha não tivesse fugido...
Jameson veio ficar ao meu lado. Ele tocou nos meus ombros. Por um segundo, achei que ele ia me forçar a olhar para ele, mas ele não o fez. Ele me levou até a beira do telhado. Bem na beira, tanto que Oren me chamou, mas, em resposta, tudo que Jameson fez foi abrir meus braços, até que os meus e os dele estivessem em um T.
— Feche os olhos — ele sussurrou. — Respire.
Se aquela putinha não tivesse fugido...
Eu fechei os olhos. Respirei. Eu o senti respirando. O vento aumentou. E eu contei tudo a eles.

CAPÍTULO 72

Quando a suv passou pelos portões da Casa Hawthorne naquela tarde, eu ainda estava abalada. Para minha surpresa, Zara encontrou Jameson, Xander e eu na entrada. Pela primeira vez desde que eu havia conhecido a primogênita de Tobias Hawthorne ela parecia algo aquém de perfeita. Seus olhos estavam inchados. Os cabelos soltos estavam grudados na testa. Ela estava segurando uma pasta. A pasta tinha só uns três centímetros de largura, mas mesmo isso foi o suficiente para me fazer congelar.

— Era isso que estava no cofre? — Xander perguntou.

— Você quer um resumo? — Zara perguntou, fria. — Ou preferem ler vocês mesmos?

— Os dois — Jameson disse.

Primeiro, uma visão geral, e então iríamos examinar os materiais em busca de indiretas sutis, pistas, qualquer coisa que Zara pudesse ter deixado passar.

Cadê o Grayson? A pergunta veio à minha mente sem ser convidada. Alguma parte de mim esperava que ele estivesse ali, esperando. Mesmo que ele mal tivesse falado comigo desde a entrevista. Mesmo que mal conseguisse olhar para mim.

— Resumo? — pedi a Zara, me forçando a me concentrar.

Zara abaixou o queixo de leve, assentindo.

— Toby vinha entrando e saindo da reabilitação fazia um ou dois anos quando desapareceu. Ele obviamente estava com raiva, embora na época eu não soubesse por quê. Pelo que meu pai conseguiu descobrir, Toby conheceu outros dois garotos na reabilitação. Todos eles saíram para viajar juntos naquele verão. Parece que os meninos foram festejando e dormindo por aí, país afora. Uma jovem em particular, uma garçonete em um bar onde os meninos pararam, foi bem informativa quando o investigador do meu pai a encontrou. Ela disse ao investigador exatamente o que Toby vinha cheirando e exatamente o que ele tinha dito na manhã depois de terem relações sexuais.

— O que ele disse? — Xander perguntou.

A voz de Zara nem estremeceu.

— Ele disse a ela que ele iria colocar fogo em tudo.

Encarei Zara por um momento, então meu olhar foi para Jameson. Ele tinha estado lá quando Sheffield Grayson afirmou que Toby era responsável pelo incêndio. Mesmo depois de ler os cartões-postais e ver o tipo de culpa que Toby carregava, alguma parte de mim ainda pensava que o incêndio tinha sido um acidente, que Toby e seus amigos estavam bêbados, ou chapados, e que as coisas saíram do controle.

— Toby chegou a especificar *em que* ele iria botar fogo? — Jameson perguntou.

— Não — Zara manteve a resposta sucinta. — Mas logo antes de chegarem a Rockaway Watch, ele comprou uma boa quantidade de combustível.

Ele começou o incêndio. Ele matou todos eles.

— Isso estava no relatório policial? — consegui perguntar. — O que Toby disse sobre botar fogo em tudo... A polícia sabia?

— Não — Zara respondeu. — A mulher para quem Toby disse aquilo não tinha ideia de quem ele era. Mesmo quando nossos investigadores particulares a encontraram, ela continuou no escuro. A polícia nunca a encontrou. Nunca tiveram motivo para isso. Mas eles sabiam do combustível. Pelo que os investigadores do incêndio perceberam, a casa na Ilha Hawthorne tinha sido encharcada. O gás tinha sido ligado.

Senti a mão indo para minha boca. Um som escapou por entre meus dedos, algo entre um engasgo horrorizado e um miado.

— Toby não era idiota. — A expressão de Jameson estava dura. — A menos que isso fosse algum tipo de pacto suicida, ele teria um plano de contingência para ter certeza de que ele e os amigos não ficariam presos nas chamas.

Zara fechou os olhos com força.

— Aí está a questão — ela sussurrou. — A casa estava encharcada de combustível. O gás estava ligado, mas ninguém nunca acendeu um fósforo. Houve uma tempestade com raios naquela noite. Toby provavelmente estava planejando queimar a casa a uma distância segura. Os outros podem ter ajudado. Mas nenhum deles realmente ateou o fogo.

— Raios — Xander disse, horrorizado. — Se o gás já estava ligado, se eles tinham encharcado as tábuas com combustível...

Eu conseguia imaginar. A casa tinha explodido? Eles ainda estavam dentro? Ou o fogo tinha se espalhado rapidamente pela ilha?

— Durante meses, meu pai acreditou que Toby tinha realmente morrido. Ele convenceu a polícia a enterrar o relatório. Não era incêndio intencional, tecnicamente. Na melhor das hipóteses era uma *tentativa* de incêndio. E eles nunca concluíram a tentativa.

— Por que a polícia não culpou os raios? — perguntei. Eu tinha lido os artigos na imprensa. Eles não mencionavam o clima. O quadro que haviam pintado era de uma festa adolescente que tinha saído do controle. Três meninos exemplares haviam morrido... e uma menina que não era tão exemplar, nascida no lugar errado.

— A casa queimou como uma bola de fogo — Zara respondeu simplesmente. — Conseguiam ver do continente. Era óbvio que não era só um raio. E a menina que estava lá com eles, Kaylie Rooney, tinha acabado de sair do reformatório por *incêndio intencional*. Era mais fácil desviar a culpa na direção dela do que da natureza.

— Se ela era menor — Xander disse lentamente —, a ficha estaria em sigilo.

— O velho tirou do sigilo. — Jameson não formulou a frase como pergunta. — Qualquer coisa para proteger o nome da família.

Eu entendia por que a mãe da minha mãe havia chamado a fortuna de Tobias Hawthorne de dinheiro sujo. Ele a tinha deixado para mim em parte por culpa?

— Eu não sentiria tanta pena de Kaylie Rooney — Zara disse, fria. — O que aconteceu com ela... o que aconteceu com todos eles... foi uma tragédia, lógico, mas ela não era inocente. Pelo que o investigador conseguiu deduzir, a família Rooney trafica praticamente todas as drogas que passam por Rockaway Watch. Eles têm uma reputação impiedosa, e

Kaylie, com quase toda certeza, já estava enfiada nos negócios da família.

Se a inútil da minha filha tivesse te ensinado alguma coisa sobre essa família, você não teria ousado me ligar. A conversa que eu tinha tido naquela tarde voltou para mim.

Se aquela putinha não tivesse fugido, eu mesma teria enfiado uma bala nela.

Se o que Zara estava contando sobre a família da minha mãe era verdade, então aquela frase provavelmente não tinha sido uma metáfora.

— E o pescador que tirou Toby da água? — perguntei, tentando me concentrar nos fatos do caso e não pensar muito a respeito das origens da minha mãe. — O arquivo dava algum detalhe disso?

— A tempestade daquela noite foi severa — Zara respondeu. — Incialmente, meu pai acreditou que nenhum barco havia saído, mas finalmente o investigador falou com alguém que jurava que um barco tinha saído para a água durante a tempestade. O dono era praticamente um ermitão. Ele mora em uma cabana perto de um antigo farol abandonado em Rockaway Watch. Os locais ficam longe dele. Com base nas discussões que o investigador teve com as pessoas da cidade, a maioria acha que ele não bate muito bem da cabeça. Daí, sair de barco no meio de uma tempestade assassina.

— Ele encontra Toby — eu disse, pensando alto. — O tira da água. O leva para casa. E ninguém fica sabendo.

— Meu pai acreditava que Toby tinha perdido a memória, embora não esteja claro se foi resultado de uma lesão ou do trauma psicológico. De alguma maneira, esse homem, Jackson Currie, conseguiu cuidar dele até que ficasse bem.

Não só o homem, pensei. *Minha mãe também estava lá.* Ela tinha ajudado a cuidar dele.

Eu estava tão ocupada pensando na minha mãe e reconstruindo essa parte da história na minha cabeça que perdi o resto do que Zara havia dito. O *nome* que ela havia dito.

— Jackson — Jameson ofegou. — Herdeira, o nome do pescador era *Jackson*.

Eu congelei, só por um instante. *Eu espero que você vá para muito, muito longe,* Toby tinha escrito, *mas, se você um dia precisar de qualquer coisa, espero que você faça exatamente como eu te disse para fazer naquela carta. Vá a Jackson. Você sabe o que deixei lá. Você sabe o que vale.*

Não Jackson, Mississippi.

Jackson Currie. O pescador que tirou Toby da água.

— O que eu não entendo — Zara disse — é por que Toby estava tão determinado a fugir quando ele recuperou a memória, supondo que ele a recuperou. Ele deveria saber que nossa segurança poderia protegê-lo de qualquer ameaça. Os Rooney podem até comandar Rockaway Watch, mas é uma cidade pequena. Eles são gente pequena com um alcance pequeno e a situação legal já tinha sido arranjada. Toby poderia ter vindo para casa, mas ele lutou contra isso.

Ele não voltou para casa porque não achava que merecia. Tendo lido os cartões-postais, eu entendia Toby. Não era assim que eu teria me sentido se tivesse feito o que ele fez?

Um toque me arrancou desse pensamento. Meu celular. Eu baixei os olhos. Grayson estava ligando.

Eu voltei para o momento em que ele tinha me beijado. Eu o tinha beijado de volta. Desde então, não tínhamos nem conseguido olhar um na cara do outro. Não tínhamos conversado de verdade. Então por que ele estava me ligando?

Cadê ele?
— Alô? — atendi.
— Avery. — Grayson se demorou no meu nome, só por um momento.
— Onde você está? — perguntei.
Houve uma pausa do outro lado da linha e então ele me mandou um convite para passar para uma conversa em vídeo. Eu aceitei, e a primeira coisa que vi foi seu rosto. Olhos cinzentos, maçãs do rosto altas, maxilar duro. No sol, seu cabelo loiro-claro parecia platinado.
— Depois de um pouco de persuasão, Max me contou o que estava escrito nos seus cartões-postais — Grayson disse.
— A respeito da sua mãe. Você lembra quando eu te disse que estava dentro? Que ia te ajudar? — Ele virou o celular e eu vi ruínas. Ruínas queimadas. Árvores queimadas. — É isso que estou fazendo.
— Você foi à Ilha Hawthorne sem a gente? — Xander estava absolutamente indignado.
Ele fez isso por mim. Eu não tinha certeza de como deveria me sentir a respeito daquilo, visto que, se ele tivesse esperado algumas horas, nós poderíamos ter ido juntos. Não parecia ser um gesto grandioso. Parecia ser Grayson fugindo.
Mantendo sua promessa o mais longe de mim que podia.
— Ilha Hawthorne — Grayson confirmou, em resposta à acusação de Xander. — E Rockaway Watch. Eu não diria que os locais são simpáticos, mas estou otimista que vou encontrar a peça que falta, qualquer que seja.
Ele estava otimista que *ele* encontraria a resposta. Ele tinha sequer considerado me incluir?
— Rockaway Watch — Xander disse lentamente.

O nome da cidade ecoou na minha mente. *Rockaway Watch. A família da minha mãe.* De repente, eu tinha preocupações bem maiores do que o que o comportamento de Grayson significava ou deixava de significar — ou o que ele fazia ou não me fazia sentir.

— Grayson. — Minha voz soou urgente, mesmo nos meus próprios ouvidos. — Você não entende. Minha mãe mudou de nome e saiu desse lugar porque a família dela é perigosa. Eu não sei o que eles sabem sobre Toby. Eu não sei se é por isso que eles a odiavam tanto... mas eles culpam os Hawthorne pela morte da filha deles. Você precisa sair daí.

Ao meu lado, Oren xingou. Grayson virou o telefone de volta e aquele olhar cinzento encontrou o meu.

— Avery, eu já te dei motivos para acreditar que eu seja particularmente avesso a perigo?

Grayson Hawthorne era arrogante o suficiente para se considerar a prova de balas — e honrado suficiente para levar uma promessa até o fim.

— Você precisa sair daí — repeti.

No momento seguinte, Jameson enfiou a cabeça por cima do meu ombro e gritou para o irmão:

— Você está atrás de um homem chamado Jackson Currie. Ele é um recluso que vive perto de um farol abandonado. Fale com ele. Veja o que ele sabe.

Grayson sorriu e aquele sorriso me cortou, tanto quanto o beijo.

— Entendido.

CAPÍTULO 73

Passou-se mais de uma hora antes de termos notícias de Grayson novamente, e Oren passou uma boa parte do tempo pedindo favores na costa oeste. Eu não era a única preocupada com a segurança de um Hawthorne nas redondezas da cidade de Rockaway Watch.

Quando meu celular tocou de novo, Grayson não estava feliz com a equipe de segurança que tinha caído sobre ele.

— Você o encontrou? — Jameson se espremeu ao meu lado para falar com o irmão. — Jackson Currie?

— Ele tem um vocabulário exuberante — Grayson reportou. — E o entorno da cabana dele é cheio de armadilhas.

— Papai e os investigadores dele tiveram problemas semelhantes — Zara disse atrás de nós. — Eles nunca arrancaram uma palavra do homem. Grayson, você deveria vir para casa. Isso é um erro. Existem outras pistas que podemos seguir.

Em qualquer outra circunstância, eu teria perguntado quais eram as pistas, mas tudo em que conseguia pensar era que Toby tinha dito para minha mãe ir até Jackson se ela precisasse de algo. Isso parecia sugerir que, se minha mãe aparecesse, ele teria aberto a porta.

— Você consegue chegar perto o suficiente para me colocar no telefone com ele? — pedi.

— Supondo que ninguém tente me impedir... — Grayson olhou por cima do ombro, para o que eu só podia concluir que era sua equipe de segurança, e então se voltou para olhar direto para a câmera, direto para mim. — Posso tentar.

A cabana de Jackson Currie era *mesmo* uma cabana. Eu teria apostado dinheiro que ele mesmo a construíra. Não era grande. Não tinha janelas.

Grayson bateu no que parecia ser uma porta de metal. *Pensando bem, talvez* cabana *seja a palavra errada,* pensei. O que Jackson Currie havia construído se parecia mais com um bunker.

Grayson bateu de novo e tudo que conseguiu foi que uma grande pedra fosse atirada nele de algum lugar alto.

— Eu não gosto disso — disse Oren, duro.

Nem eu, mas estávamos tão perto — não só de Toby, mas de respostas. *Eu tenho um segredo...*

Eu sabia de tanta coisa que não sabia antes. Talvez eu soubesse tudo, mas não conseguia afastar a sensação de que aquela era minha oportunidade — talvez minha última oportunidade — de saber com certeza, de conhecer minha mãe de uma forma que nunca a tinha conhecido.

De entender o que ela e Toby tiveram.

— Veja se ele fala comigo — pedi a Grayson. — Diga a ele... — Minha voz falhou. — Diga a ele que a filha de Hannah está no telefone. Hannah Rooney.

Era a primeira vez que eu tinha digo o nome de batismo da minha mãe. O nome que ela nunca tinha me contado.

A imagem na tela do celular ficou embaçada por um momento. Grayson devia ter abaixado o celular. Eu o ouvi ao fundo, gritando algo.

Fale comigo, pedi a Jackson Currie de longe. *Me conte tudo e qualquer coisa que você sabe. Sobre Toby. Sobre minha mãe. Sobre o que quer que Toby tenha deixado com você.*

— Eu falei. — O rosto de Grayson voltou ao foco. — Sem resposta. Acho que nós…

Eu nunca ouvi o resto do que Grayson achava, porque, um momento depois, ouvi o som peculiar de metal batendo em metal. *Fechaduras,* percebi, *sendo abertas.*

Grayson virou a câmera a tempo de eu ver a porta de metal se abrir. Tudo que vi de início foi a barba enorme de Jackson Currie, mas então apareceram os olhos dele, apertados.

— Cadê ela? — resmungou.

— Aqui — eu disse, minha voz quase um grito. — Eu estou aqui. Eu sou a filha de Hannah.

— Não. — Ele cuspiu. — Não confio em telefones.

Com isso, ele bateu a porta.

— O que ele quer dizer? — Jameson perguntou. — Por que não confiar?

Meus pensamentos estavam em outro lugar. Nós sabíamos que Jackson Currie falaria comigo. Ele não falaria com Grayson. Ele não tinha falado com os investigadores de Tobias Hawthorne. Ele era paranoico, basicamente um ermitão. Ele não confiava em telefones.

Mas ele falaria comigo — pessoalmente.

— Eu te ligo de volta — eu disse a Grayson.

Então fiz outra ligação, para Alisa:

— Eu posso passar três noites por mês longe da Casa Hawthorne. Até agora eu só passei uma.

CAPÍTULO 74

Alisa não gostou da minha ideia de visitar a Ilha Hawthorne. Oren gostou menos ainda. Mas não havia como me impedir.

— Certo — Oren me olhou feio. — Eu vou arranjar segurança para você. — Os olhos dele se estreitaram. — E *só* para você.

Ao meu lado, Xander se ergueu de um salto.

— Protesto!

— Negado! — A resposta de Oren foi imediata. — Entraremos em uma situação de ameaça alta. Eu quero, no mínimo, uma equipe de segurança de oito pessoas no chão. Não podemos ter nenhuma distração. Avery é o pacote, o único pacote, ou eu vou amarrar vocês três em cadeiras e deixar por isso mesmo.

Nós três. Meu olhar encontrou o de Jameson. Eu esperei que ele discutisse com Oren. Jameson Winchester Hawthorne nunca tinha ficado de fora de nada em sua vida. Ele não era capaz disso. Então por que ele não estava tentando negociar?

Jameson notou algo em como eu estava olhando para ele.

— O que foi?

— Você não vai reclamar disso?

Eu o encarei.

— Por que eu reclamaria, Herdeira?

Porque você joga para ganhar. Porque Grayson já está lá. Porque esse era nosso jogo — seu e meu —, antes que fosse de mais alguém. Eu tentei parar ali. *Porque seu irmão me beijou. Porque, quando eu e você nos beijamos, você sente, assim como eu.*

Eu não ia dizer nada daquilo em voz alta.

— Certo. — Mantive o olhar em Jameson por mais um momento, então me virei para Oren. — Eu vou sozinha.

Levei um pouco mais de quatro horas para voar do Texas até a costa do Oregon. Incluindo o translado para o aeroporto em cada ponta, foram quase cinco. Cheguei na porta de Jackson Currie — ou o que se podia chamar de porta — ao anoitecer.

— Está pronta? — Grayson perguntou ao meu lado, sua voz baixa.

Eu fiz que sim.

— Seus homens precisam ficar para trás — Grayson disse a Oren. — Eles podem montar um cerco, mas eu apostaria muito dinheiro que Currie não vai abrir a porta se Avery aparecer com seu próprio exército.

Oren acenou com a cabeça para seus homens e fez algum tipo de gesto, e eles se espalharam. Se tudo acontecesse como o planejado, a família da minha mãe nunca saberia que eu estivera ali. Mas, se eles descobrissem, criminosos de segunda não fariam nem sombra no poder dos Hawthorne.

Meu poder, agora. Eu tentei acreditar nisso quando avancei e bati à porta de Jackson Currie. A primeira batida foi hesitante, mas depois soquei a porta.

— Estou aqui! — eu disse. — De verdade, dessa vez. — Sem resposta. — Meu nome é Avery. Eu sou filha de Hannah. — Se eu tivesse ido até lá e ele ainda não abrisse a porta para mim, eu não saberia o que fazer. — Toby escreveu cartões-postais para minha mãe — segui gritando. — Ele disse que, se um dia precisasse de algo, ela deveria vir aqui. Eu sei que você salvou a vida de Toby depois do incêndio. Eu sei que minha mãe te ajudou. Sei que eles estavam apaixonados. Eu não sei se a família dela descobriu, o que aconteceu exatamente...

A porta se abriu.

— Aquela família sempre descobre — Jackson Currie resmungou.

No telefone eu não tinha notado o quanto ele era grande. Devia ter pelo menos dois metros de altura e o porte dos homens de Oren.

— Foi por isso que minha mãe mudou de nome? — perguntei a ele. — Por isso que ela fugiu?

O pescador me encarou por um momento, sua expressão dura como pedra.

— Você não se parece muito com Hannah — ele grunhiu. Por um momento aterrorizante, achei que ele ia bater a porta na minha cara. — Exceto pelos olhos.

Com isso, ele deixou que a porta terminasse de abrir e Oren, Grayson e eu o seguimos para dentro.

— Só a menina — Jackson Currie rosnou sem sequer se virar.

Eu sabia que Oren ia discutir.

— Por favor — eu disse a ele. — Oren, *por favor*.

— Eu fico na porta. — A voz de Oren era como aço. — Ela fica no meu campo de visão o tempo todo. Você não chega a menos de um metro dela.

Esperei que Jackson Currie fosse ficar indignado, mas ele assentiu.

— Gostei dele — ele me disse e então deu outra ordem. — O menino fica fora também.

O menino. Grayson. Ele não gostou de se afastar por mim, mas o fez. Eu me virei por só um momento para vê-lo sair.

— É assim, então? — Currie me perguntou, como se naquele momento ele tivesse visto algo que eu não queria mostrar.

Eu me voltei para ele.

— Por favor, só me conte da minha mãe.

— Não há muito o que contar — ele disse. — Ela vinha dar uma olhada em mim de vez em quando. Sempre me enchendo para ir ao hospital por causa de qualquer arranhãozinho. Ela estava estudando para ser enfermeira. Não era ruim de pontos.

Ela estava na faculdade de enfermagem? Parecia um fato tão banal de descobrir sobre a minha mãe.

— Ela te ajudou a cuidar de Toby depois que você o tirou da água?

Ele assentiu.

— Ajudou. Não posso dizer que gostou, mas ela estava sempre falando de algum juramento.

O juramento de Hipócrates. Eu revirei a memória e me lembrei das linhas gerais dele.

— Nunca com malévolos propósitos.

— Era a coisa mais doida que um Rooney poderia dizer — Currie resmungou. — Mas Hannah sempre foi a Rooney mais doida.

Os músculos na minha garganta apertaram.

— Ela te ajudou a cuidar de Toby apesar de saber quem ele era. Apesar de culpá-lo pela morte da irmã.

— Você está contando a história, ou eu?

Eu fiquei quieta e, depois de um ou dois segundos, meu silêncio foi recompensado.

— Ela amava a irmã, sabe? Sempre disse que Kaylie não era igual ao resto. Hannah ia tirar ela daqui.

Minha mãe não podia ser mais do que três ou quatro anos mais velha do que eu quando tudo tinha acontecido. Kaylie deveria ser sua irmã mais nova. Eu queria chorar. Eu nem sabia o que mais perguntar, mas fui em frente.

— Quanto tempo Toby passou aqui depois do acidente?

— Três meses, mais ou menos. Ele se recuperou quase completamente nesse meio-tempo.

— E eles se apaixonaram.

Houve um longo silêncio.

— Hannah sempre foi a Rooney mais doida.

Em outras circunstâncias, talvez fosse mais difícil para eu entender, mas se Toby estivesse sofrendo de amnésia, ele não saberia o que aconteceu na ilha. Ele não saberia de Kaylie — ou quem ela era para minha mãe.

E minha mãe tinha um coração enorme. Ela podia odiá-lo no início, mas ele era um Hawthorne, e eu sabia bem demais que os meninos Hawthorne tinham um jeitinho próprio.

— O que aconteceu depois de três meses? — perguntei.

— A memória do menino voltou. — Jackson sacudiu a cabeça. — Eles tiveram uma briga enorme naquela noite. Ele chegou bem perto de se matar, mas ela não deixou. Ele queria se entregar, mas ela não deixou ele fazer isso também, não.

— Por que não? — perguntei.

Por mais apaixonada que ela estivesse, Toby era responsável por três mortes. Ele tinha planejado começar um incêndio naquela noite, mesmo que nunca tivesse acendido o fósforo.

— Quanto tempo você acha que a pessoa que matou Kaylie Rooney iria durar em qualquer prisão por aqui? — Jackson perguntou. — Hannah queria fugir, só os dois, mas o menino disse que não. Ele não podia fazer isso com ela.

— Fazer o que com ela? — perguntei.

Minha mãe acabou fugindo de qualquer maneira. Mudado de nome. Três anos depois, apareci eu.

— E eu lá conseguia entender eles? — Jackson Currie resmungou. — Aqui.

Ele jogou algo aos meus pés. Atrás de mim Oren se movimentou, mas não fez objeção quando eu me mexi para pegar o objeto no chão. Era um embrulho de linho. Ao desenrolar, encontrei duas coisas: uma carta e um pequeno disco de metal, do tamanho de uma moeda.

Eu li a carta. Não precisei de muito tempo para entender que era a carta que Toby tinha mencionado nos postais.

Querida Hannah, igual para a frente e para trás,

Por favor, não me odeie — ou, se o fizer, me odeie pelos motivos certos. Me odeie por ter raiva e ser egoísta e estúpido. Me odeie por ficar chapado e decidir que pôr fogo no píer não era suficiente — nós precisávamos queimar a casa para pegar meu pai onde dói. Me odeie por deixar os outros jogarem o jogo comigo — por tratar isso como um jogo. Me odeie por ser quem sobreviveu.

Mas não me odeie por ir embora.

Você pode me dizer quantas vezes quiser que eu nunca teria acendido o fósforo. Você pode acreditar nisso. Nos dias bons, talvez eu também acredite. Mas três pessoas ainda estão mortas por minha causa. Eu não posso ficar aqui. Não posso ficar com você. Eu não te mereço. Eu também não vou para casa. Não vou deixar meu pai fingir que isso não aconteceu.

Mais cedo ou mais tarde, ele vai descobrir. Ele sempre descobre. E vai vir atrás de mim, Hannah. Ele vai tentar melhorar as coisas. E, se eu deixar ele me encontrar, se eu deixá-lo sibilar com sua língua de mel no meu ouvido, talvez comece a acreditar nele. Posso acabar tentado a deixá-lo lavar meus pecados, de um jeito que só bilhões podem fazer, para que eu e você vivamos felizes para sempre. Mas você merece mais que isso. Sua irmã merecia mais. E eu mereço desaparecer.

Eu não vou me matar. Você me arrancou essa promessa e eu vou cumpri-la. Eu não vou me entregar. Mas não podemos ficar juntos, eu não posso fazer isso com você. Eu te conheço — sei que me amar deve te machucar. E eu não quero te machucar de novo.

Vá embora de Rockaway Watch, Hannah. Sem Kaylie, não tem nada te prendendo aqui. Mude de nome. Comece de novo. Você ama contos de fadas, eu sei, mas eu não posso ser seu felizes para sempre. Não podemos ficar aqui em nosso pequeno castelo para sempre. Você precisa encontrar um novo castelo. Você precisa seguir em frente. Você precisa viver, por mim.

Se você precisar de qualquer coisa, vá até Jackson. Você sabe o que o círculo vale. Você sabe por quê. Você sabe de tudo. Talvez você seja a única pessoa nesse planeta que me conhece de verdade.

Me odeie, se puder, por todos os motivos pelos quais eu mereço. Mas não me odeie por ir embora enquanto você dormia. Eu sei que você não me deixaria ir e eu não conseguiria me despedir.

Harry

Ergui o olhar, meus ouvidos latejando.

— Ele assinou como Harry.

Jackson inclinou a cabeça para o lado.

— Era como eu chamava ele antes de saber seu nome. É como Hannah chamava ele também.

Algo cedeu dentro de mim. Fechei os olhos e deixei minha cabeça cair, só por um momento. Eu não tinha ideia do que havia acontecido com Toby entre sair da cabana vinte anos atrás e a morte da minha mãe. Se ele era meu pai, ele tinha que tê-la encontrado em algum momento. Eles teriam que ter ficado juntos de novo, pelo menos uma vez.

— Ele me encontrou depois que ela morreu — sussurrei. — Ele me disse que seu nome era Harry.

— Ela morreu? — Jackson Currie me encarou. — A pequena Hannah?

Eu fiz que sim.

— Causas naturais.

Dado o contexto, parecia importante esclarecer. Jackson se virou de repente. Um segundo depois, ele estava revirando armários. Ele jogou outro objeto em mim, chegando perto o suficiente para que nossos dedos se tocassem dessa vez.

— Eu devia dar isso a Harry — ele grunhiu —, se ele um dia voltasse. Hannah os mandou para cá, todo ano. Mas se ela se foi... parece certo dar a você.

Olhei para o que ele tinha acabado de me entregar. Eu estava segurando outro pacote de cartões-postais.

CAPÍTULO 75

Uma coisa foi ler as cartas de amor de Toby para minha mãe. Outra completamente diferente foi ler as dela para ele. Ela soava como ela mesma, tanto que eu conseguia ouvir sua voz a cada palavra que lia.

Ela o amava. Meu peito apertou. *Doía amá-lo e ela o amou mesmo assim.* Eu inspirei e expirei. *Ele a deixou e ela o amou mesmo assim.* Essa linha de pensamento circulou pela minha cabeça repetidamente enquanto voltávamos para a pista aérea onde os jatinhos estavam esperando. O que minha mãe e Toby tinham era trágico, complicado e envolvente, e, se os cartões-postais tinham deixado uma coisa clara, é que ela teria feito tudo de novo.

— Você está bem? — Grayson perguntou ao meu lado, como se estivéssemos sozinhos na suv, como se não estivéssemos cercados pelos homens de Oren.

Havia mais duas suvs, uma na nossa frente e outra atrás. Havia quatro homens armados, incluindo Oren, só nesse carro.

— Não — respondi. — Na verdade, não.

Minha vida toda eu tinha crescido sabendo que eu era suficiente para minha mãe. Ela não namorava. Ela não queria nada de Ricky, não precisava de nada. A vida dela era cheia de amor. *Ela* era cheia de amor — mas romance? Não era algo de que ela precisava. Não era algo que ela quisesse. Nem era algo a que ela estivesse aberta — e eu finalmente sabia por quê.

Porque ela nunca tinha deixado de amar Toby.

Feche os olhos, eu conseguia ouvir Max me dizendo. *Se imagine em um penhasco, o mar lá embaixo. O vento está soprando seu cabelo. O sol está se pondo. Você deseja, de corpo e alma, uma coisa. Uma pessoa. Você ouve passos atrás de você. Você se vira.*

Quem é?

E minha resposta tinha sido: *ninguém*.

Mas depois de ter lido só alguns dos postais da minha mãe? Estava ficando cada vez mais difícil ignorar a presença de Grayson ao meu lado, mais difícil não pensar em Jameson. Meus olhos ardiam, embora não houvesse nenhum motivo para eu estar chorando.

Encarei, através das lágrimas, os postais que minha mãe tinha escrito para Toby e me forcei a continuar lendo. Logo, o foco do que minha mãe estava escrevendo mudou do que eles tinham para um outro tipo de história de amor. A partir daquele ponto, todos os postais falavam de mim.

Avery deu seus primeiros passos hoje.

A primeira palavra de Avery foi "oh-oh!".

Hoje, Avery inventou um jogo que combinava Candyland, Cobras e Escadas e damas.

E por aí ia, até que os postais pararam. Até ela morrer.

Minha mão tremia, segurando o último postal. A mão de Grayson foi até a minha.

— Ela escreveu isso — eu disse, minha voz falhando na garganta — contando para Toby de mim.

Não podia ter ficado mais claro: ele era mesmo meu pai. Eu vinha trabalhando com aquela hipótese havia tanto tempo que não devia ter sido um choque.

Ao meu lado, o telefone de Grayson tocou.

— É Jameson — ele disse.

Meu coração parou e então se estabilizou.

— Atenda — eu disse a Grayson, tirando minha mão da dele.

Grayson fez o que pedi.

— Estamos a caminho do avião — ele disse a Jameson.

Ele vai querer saber o que eu encontrei. Eu sabia disso, conhecia Jameson. Ergui o pequeno disco de metal que Jackson Currie tinha me dado.

— Foi isso que Toby deixou com Jackson.

Grayson encarou o disco, então colocou Jameson em uma chamada de vídeo para que ele também pudesse ver.

— O que você acha que isso é? — perguntei.

O disco era dourado e tinha talvez uns dois centímetros de diâmetro. Parecia algum tipo de moeda, mas nenhum que eu já tivesse visto. De um lado estavam gravados nove círculos concêntricos, enquanto o outro era liso.

— Não parece valer muito — Jameson comentou. — Mas, nessa família, isso não significa nada.

O som da voz dele fez algo comigo, algo que não devia ter feito. Algo que não teria feito antes de eu ler os postais da minha mãe.

Feche os olhos, eu conseguia ouvir Max me dizendo. *Quem está lá?*

— Estamos chegando — Oren anunciou, sucinto; para quem, eu não sei. — Vasculhem o avião.

Quando chegamos na pista aérea, ele abriu a minha porta e três seguranças me acompanharam até o avião. Atrás de mim, Grayson tinha desligado a chamada de vídeo, mas ainda estava na linha com Jameson.

Minha mente estava cheia de imagens dos dois — e das palavras que minha mãe tinha escrito para Toby.

O ar da noite estava ficando cada vez mais frio. Enquanto eu andava na direção do jatinho, um vento brutal começou e, de repente, foi substituído por uma quietude súbita e completa. Eu ouvi um único bipe e então o mundo explodiu. Em fogo. Em nada.

CAPÍTULO 76

Tudo doía. Eu não escutava. Eu não enxergava. Quando imagens embaçadas finalmente começaram a se formar, tudo que eu vi foi fogo. Fogo e Grayson, parado a uns trinta metros de distância de mim.

Eu esperei que ele viesse correndo.
Eu esperei.
Eu esperei.
Ele não veio.
E então não havia mais nada.

O mundo a minha volta estava escuro e eu ouvi uma voz.
— Vamos jogar um jogo.
Eu não sabia se estava em pé ou deitada. Eu não sentia meu corpo.
— Eu tenho um segredo.
Se eu tinha olhos, eu os abri. Ou talvez eles já estivessem abertos? De qualquer forma, fiz *algo* e o mundo se encheu de luz.

— Estou cansada de jogar — eu disse a minha mãe.

— Eu sei, querida.

— Estou tão cansada — eu disse.

— Eu sei. Mas eu tenho um segredo, Avery e você precisa jogar… só mais uma vez, só por mim. Tá bom, querida? Você não pode soltar.

Eu ouvi um bipe longo e distante. Um relâmpago passou pelo meu corpo.

— Afastem-se! — uma voz gritou.

— Vamos lá, Avery — minha mãe sussurrou. — *Eu tenho um segredo…*

Outro relâmpago passou por mim.

— Afastem-se!

Eu queria parar de respirar. Queria ir para um lugar em que o relâmpago, o fogo e a dor não pudessem me tocar.

— Você precisa lutar — minha mãe disse. — Você precisa aguentar firme.

— Você não é real — sussurrei. — *Você está morta.* Então ou isso é um sonho e você nem está aqui ou eu estou…

Morta também.

CAPÍTULO 77

Eu sonhei que estava correndo pela Casa Hawthorne. Cheguei a uma escada e, no fim dela, vi uma menina morta. De início, pensei que fosse Emily Laughlin, mas então me aproximei — e percebi que era eu.

Eu estava parada na beira do mar. Toda vez que a crista de uma onda vinha na minha direção, eu me preparava para que ela me engolisse inteira.

Mas toda vez, quando a escuridão se anunciava, eu ouvia uma voz: Jameson Winchester Hawthorne.

— Seu filho da puta. — As palavras cortaram a escuridão de uma forma que nada mais tinha feito desde que eu chegara ali. Era a voz de Jameson de novo, mas mais alta, mais afiada, como o fio de uma faca. — Ela estava morrendo e você ficou parado! E não me diga que foi o choque.

Tentei abrir os olhos. Tentei... mas não consegui.

— Você deve saber, Jamie, como é ficar ali e ver alguém morrer.

— *Emily.* Tudo sempre volta para Emily com você.

Eu queria dizer a eles que estava ouvindo, mas não conseguia mexer a boca. Tudo estava escuro. Tudo doía.

— Sabe o que eu acho, Gray? Acho que toda essa pose de mártir é uma mentira que você contou para você mesmo. Eu não acho que você se afastou de Avery por mim. Acho que você precisava de uma desculpa para traçar um limite e ficar seguro atrás dele.

— Você não sabe do que está falando.

— Você não consegue seguir em frente. Não conseguia quando Emily estava viva, não importava o que ela fizesse, e não consegue agora.

— Acabou? — Grayson estava gritando.

— Avery estava morrendo e você não conseguiu correr para ela.

— O que você quer de mim, Jamie?

— Você acha que eu não comprei a mesma briga? Eu quase me convenci de que, enquanto Avery fosse uma charada ou um enigma, enquanto eu só estivesse jogando, ficaria *tudo bem*. Bom, bela piada, porque, no meio do caminho, eu parei de jogar.

Eu estou ouvindo vocês. Estou ouvindo cada palavra. Eu estou bem aqui...

— O que você quer de mim?

— Olhe para ela, Gray. Olhe para ela, porra! *Est unus ex nobis. Nos defendat eius.*

Ela é uma de nós. Nós a protegemos. O que quer que Grayson tenha dito em resposta, se perdeu com o som de uma onda quebrando.

* * *

Eu estava sentada em frente a um tabuleiro de xadrez. Na minha frente estava um homem que eu não via desde os meus seis anos de idade.

Tobias Hawthorne pegou sua rainha, então a baixou de volta. Em vez disso, ele colocou três novas peças no tabuleiro. Um saca-rolhas. Um funil. Uma corrente.

Eu olhei para elas.

— Não sei o que fazer com isso.

Silenciosamente, ele colocou um quarto objeto no tabuleiro: um disco de metal.

— Também não sei o que fazer com isso.

— Não olhe para mim, mocinha — Tobias Hawthorne respondeu. — Esse é o *seu* inconsciente. Tudo isso... é um jogo que você fez, não eu.

— E se eu não quiser mais jogar? — perguntei.

Ele se inclinou para trás e pegou a rainha mais uma vez.

— Então pare.

CAPÍTULO 78

A primeira coisa que notei foi a pressão no meu peito. Parecia que um bloco de cimento estava me segurando. Eu lutei contra o peso e, como se um interruptor tivesse sido ligado, cada nervo do meu corpo começou a gritar. Meus olhos se abriram.

A primeira coisa que vi foi a máquina, então os tubos. Muitos tubos, conectados ao meu corpo.

Eu estou no hospital, pensei, mas então o resto do mundo entrou em foco a minha volta e eu percebi que não era um quarto de hospital. Era *meu* quarto. Na Casa Hawthorne.

Segundos se arrastaram lentamente. Eu precisei de toda a força que tinha para não arrancar os tubos do meu corpo. A memória desceu a minha volta. A voz de Jameson — e de Grayson. Relâmpagos e fogo e...

Uma bomba.

Um monitor próximo começou a soar como algum tipo de alarme e, no momento seguinte, uma mulher usando um jaleco branco correu para dentro do quarto. Quando eu a reconheci, achei que estava sonhando de novo.

— Dra. Liu?

— Bem-vinda de volta, Avery. — A mãe de Max me deu um olhar de quem não está pra brincadeiras. — Preciso que você se deite e respire.

Eu fui cutucada, revirada e dopada com remédios para a dor. Quando a dra. Liu liberou Libby e Max para entrarem no quarto, eu estava me sentindo chapadíssima.

— Eu dei um pouco de morfina a ela — ouvi a dra. Liu dizer a Libby. — Se ela quiser dormir, deixe.

Max se aproximou da minha cama, o mais hesitante que eu já a tinha visto.

— Sua mãe está aqui — eu disse.

— Correto — Max respondeu, sentando-se ao lado da cama.

— Na Casa Hawthorne.

— Muito bem — Max disse. — Agora, me diga que ano é hoje, quem é o presidente e qual irmão Hawthorne você vai deixar trecar com você até cansar primeiro.

— Maxine! — A dra. Liu soou como se fosse *ela* quem estivesse com a cabeça estourando.

— Desculpe, mamãe — Max disse. Ela se virou para mim. — Eu liguei para ela quando Alisa te trouxe de volta para cá. Dona Advogada meio que roubou seu lindo corpinho em coma do hospital no Oregon e todo mundo ficou bravo pra borra. Nós não íamos deixar ela chamar os médicos dela. Precisávamos de alguém em quem pudéssemos confiar. Posso ter sido deserdada, mas não sou idiota. Eu liguei. A grande dra. Liu veio.

— Você não foi deserdada — a mãe de Max disse, rígida.

— Eu me lembro bem de ser — Max respondeu. — Vamos concordar em discordar.

Se me dissessem, algumas horas antes, que Max e a mãe estariam no mesmo quarto e não seria doloroso, desconfortável ou dolorosamente desconfortável, eu não teria acreditado. *Algumas horas antes.* Meu cérebro se agarrou àquela ideia e eu percebi o óbvio: se tinha dado tempo de Alisa me roubar do hospital e tempo de Max ligar para a mãe dela...

— Quanto tempo eu fiquei apagada? — perguntei.

Max não respondeu, não de imediato. Ela olhou de volta para a mãe, que assentiu. Max abriu a boca, mas Libby falou antes.

— Sete dias.

— *Uma semana inteira?*

O cabelo de Libby tinha sido pintado de novo — não de uma cor, mas de dezenas. Pensei no que ela tinha dito a respeito de seu aniversário de nove anos. Nos bolinhos que minha mãe tinha feito para ela e nas cores néon que tinha colocado em seu cabelo. Eu me perguntei quanto tempo da sua vida Libby tinha passado tentando reconquistar aquele único momento perfeito.

— Me disseram que você poderia não acordar.

A voz de Libby estava trêmula.

— Eu estou bem — falei, mas então percebi que não fazia ideia se era verdade.

Olhei de esguelha para a dra. Liu.

— Seu corpo está se recuperando bem — ela me disse. — O coma foi induzido. Nós tentamos te acordar dois dias atrás, mas havia um inchaço inesperado no seu cérebro. Já está sob controle.

Olhei para a porta atrás dela.

— Os outros sabem? — perguntei. — Que eu acordei? *Os meninos sabem?*
A dra. Liu foi até o meu lado.
— Vamos dar um passo de cada vez.

CAPÍTULO 79

Finalmente, deixaram Oren entrar para me ver.

— A bomba foi plantada dentro do motor do avião... a investigação sugere que ela estava lá há dias e foi ativada remotamente. — Oren tinha feridas parcialmente cicatrizadas na lateral do queixo e no dorso das mãos. — Quem quer que tenha ativado a explosão deve ter calculado mal as coisas. Se você estivesse dois passos mais perto, teria morrido. — A voz dele ficou mais tensa. — Dois dos meus homens não resistiram.

Uma culpa devastadora passou por mim, uma agulha de gelo bem no meu coração. Eu me senti pesada e anestesiada.

— Me desculpe.

Oren não disse que eu não precisava pedir desculpas. Ele não disse que, se eu não tivesse forçado a ida a Rockaway Watch, seus homens ainda estariam vivos.

— Espere... — Eu o encarei. — Você disse que a bomba foi plantada dias antes de explodir? Então os Rooney... — o motivo para termos levado tanta segurança conosco — não foram eles que...

— Não — Oren confirmou.
Alguém plantou aquela bomba.
— Ela deve ter sido plantada em algum momento depois de irmos a Verdadeiro Norte. — Tentei ser lógica, ver com distanciamento, sem pensar no fogo, nos relâmpagos, na *dor*. — Aquele homem em Verdadeiro Norte, o profissional... — Minha voz falhou. — Para quem ele estava trabalhando?

Antes que Oren pudesse responder, ouvi o som familiar de saltos altos no chão de madeira. Alisa apareceu na porta. Ela entrou e, quando seu olhar caiu sobre mim, apoiou-se em uma cômoda próxima, os dedos agarrando a borda com tanta ferocidade que os nós ficaram brancos.

— Graças a Deus — ela murmurou. Ela fechou os olhos, procurando calma, e os abriu de novo. — Obrigada por dizer a seus homens para baixarem a guarda.

Isso era para Oren, não para mim.

— Você tem cinco minutos — ele disse com frieza.

Dor passou pelas feições de Alisa e eu me lembrei do que Max havia dito. Alisa tinha me trazido para cá sem permissão. Com minha vida em jogo, ela tinha agido para salvar minha herança.

— Não me olhe assim — Alisa disse, para mim dessa vez. — Funcionou, não foi?

Eu estava aqui. Estava viva. E ainda era bilionária.

— Me custou muito. — Alisa sustentou meu olhar. — Me custou essa família. Mas *funcionou*.

Eu não sabia o que dizer.

— Como está a investigação policial da bomba? — perguntei. — Nós temos alguma ideia de quem...

— A polícia efetuou uma prisão ontem. — O tom de Alisa ficou mais seco, direto ao ponto. Familiar. — Foi um trabalho profissional, claro, mas a polícia o rastreou até Skye Hawthorne e... — Ela teve a decência de hesitar, só por um momento. — Ricky Grambs.

A resposta não deveria ter me surpreendido. Não deveria ter importado, mas, por um segundo, me vi com quatro anos de idade. Vi Ricky me erguendo e me colocando nos seus ombros.

Engoli em seco.

— O nome dele está na minha certidão de nascimento. Se eu morrer, ele e Libby são meus herdeiros.

Era a mesma música, em um tom diferente, cortesia de Skye Hawthorne.

— Tem algo que você precisa saber — Alisa me disse, baixo. — Nós recebemos o teste de DNA que você pediu.

Claro, eu tinha apagado por uma semana.

— Eu sei — eu disse. — Ricky não é meu pai.

Alisa caminhou até ficar ao meu lado.

— Aí é que está, Avery. Ele é, sim.

CAPÍTULO 80

Eu encarei minha certidão de nascimento. A assinatura. Não fazia sentido. Nenhum. Todas as pistas apontavam na mesma direção. Toby tinha me procurado depois da morte da minha mãe. Ele tinha assinado minha certidão de nascimento. Ele e minha mãe tinham sido apaixonados. Tobias Hawthorne tinha me deixado sua fortuna.

Eu tenho um segredo, minha mãe tinha me dito, *sobre o dia que você nasceu.*

Como era possível que Toby não fosse meu pai?

— Lado de cima, lado de baixo, lado de dentro, lado de fora, lado esquerdo, lado direito. — Jameson Hawthorne estava parado na porta. Quando eu o vi, algo se encaixou. Era a sensação de uma onda caindo em cima de mim, finalmente.

— O que está faltando? — Jameson perguntou. Ele andou na minha direção e eu segui cada passo. Ele repetiu a charada.

— Lado de cima, lado de baixo, lado de dentro, lado de fora, lado esquerdo, lado direito. O que falta?

Ele parou ao lado da cama, bem ao meu lado.

— Lado contrário — sussurrei.

Ele me encarou: meus olhos, as linhas do meu rosto, como se o estivesse bebendo.

— Devo dizer, Herdeira, que não sou fã de comas.

Jameson soava o mesmo, ácido e tentador de uma maneira sombria, mas a expressão em seu rosto era uma que eu nunca tinha visto.

Ele não estava brincando.

Eu me lembrei de algo parecido com um sonho. *Bom, bela piada, porque, no meio do caminho, eu parei de jogar.* Jameson Hawthorne e eu tínhamos um acordo. Sem sentimentos. Sem complicação. Não era para ser um amor épico.

— Eu vim te ver — Jameson me disse. — Todos os dias. O mínimo que você poderia ter feito era acordar enquanto eu estava aqui, iluminado de maneira trágica, impossivelmente bonito, esperando.

Se imagine em um penhasco, o mar lá embaixo. O vento está soprando seu cabelo. O sol está se pondo. Você deseja de corpo e alma uma coisa. Uma pessoa. Você ouve passos atrás de você. Você se vira.

Quem é?

— Todos os dias? — perguntei, minha voz raspando a garganta. Eu me lembrava de estar na beira do mar, eu me lembrava de uma voz. *Jameson Winchester Hawthorne.*

— Sem falta, Herdeira. — Jameson fechou os olhos, só por um instante. — Mas se não sou eu quem você quer ver...

— Claro que eu quero te ver. — Era verdade. Eu podia dizer. — Mas você não precisa...

Me dizer que sou especial. Me dizer que sou importante.

— Preciso — Jameson interrompeu — preciso, sim. — Ele afundou ao meu lado na cama, levando os olhos ao nível dos meus. — Você não é um prêmio a ser conquistado.

Eu não estava ouvindo aquilo. Ele não estava dizendo aquilo. *Não podia* estar.

— Você não é um enigma, uma charada, nem uma pista. — Jameson estava inteiramente concentrado. Em mim. Todo em mim. — Você não é um mistério para mim, Avery, porque no fundo nós somos iguais. Você pode não ver isso. — Ele me deu um olhar longo e penetrante. — Você pode não acreditar nisso... por enquanto. — Ele ergueu as mãos, o punho levemente fechado. — Mas ninguém além de nós dois teria voltado aos destroços daquela bomba para procurar *isso*.

Ele abriu a mão e eu vi um pequeno disco de metal na sua palma.

Todos os músculos do meu corpo se contraíram. Tudo em mim queria ir na direção dele.

— Como você...

Jameson deu de ombros, e o gesto, como o sorriso dele, era *devastador*.

— Como não?

Ele me encarou por mais um momento, então pressionou o disco contra a minha mão. Eu senti os dedos dele na minha palma. Ele os deixou ali por um momento, então deslizou-os para o meu pulso.

Eu prendi a respiração e olhei do rosto de Jameson para o disco. Círculos concêntricos marcavam o metal de um lado. O outro lado era liso.

Ele ainda estava deslizando os dedos pelo meu braço.

— Você já descobriu o que é? — perguntei, cada nervo do meu corpo aceso.

— Não. — Jameson sorriu, aquele sorriso torto e devastador de Jameson Hawthorne. — Eu estava esperando você.

Jameson não era paciente. Ele não *esperava*. Ele vivia com o pé no acelerador.

— Você quer descobrir. — Eu o encarei, sentindo o olhar dele em mim. — Juntos.

— Você não precisa dizer nada. — Jameson se levantou. Eu ainda sentia o fantasma do toque dele no meu braço. Eu via a veia do meu pulso e *sentia* meu coração batendo. — Você não precisa me beijar agora. Você não precisa me amar agora, Herdeira. Mas quando você estiver pronta... — Ele levou a mão até a lateral do meu rosto. Eu me encostei nela. A respiração dele ficou ofegante e, então, ele puxou a mão de volta e apontou com a cabeça o disco na minha mão. — Quando você estiver pronta, *se* um dia você estiver pronta, se for eu... só gire esse disco. Cara, eu te beijo. — A voz dele falhou de leve. — Coroa, você me beija. E, de qualquer forma, *vai significar algo.*

Eu encarei o disco na minha mão. Ele tinha o tamanho de uma moeda. Todas as pistas que havíamos seguido, todas as trilhas que tinham sido deixadas, levavam àquilo.

Engoli em seco e olhei de volta para Jameson.

— Toby não era meu pai — eu disse e então corrigi o tempo verbal. — Ele *não é* meu pai.

Toby Hawthorne estava por aí em algum lugar. Ele ainda não queria ser encontrado.

Ao meu lado, Jameson inclinou a cabeça, os olhos brilhando.

— Bem, então, Herdeira... Que o jogo comece.

CAPÍTULO 81

Eu sobrevivi àquele dia. Àquela noite. Ao dia seguinte. À noite seguinte. E assim foi. Na manhã que fui liberada para voltar à escola, ouvi um barulho do outro lado da minha lareira.

Jameson. Fui até lá e fechei a mão em volta do candelabro. Inspirando, eu o puxei para frente.

Não era Jameson quem estava do outro lado.

— Thea?

Eu estava confusa. Não tinha ideia do que ela estava fazendo na Casa Hawthorne ou de por que tinha vindo pela passagem. Meu olhar foi para a porta. Oren estava no corredor. Mesmo com Skye e Ricky na prisão, ele estava se mantendo próximo.

— Não diga nada — Thea me implorou, sua voz baixa. — Preciso que você venha comigo. É o Grayson.

— Grayson? — repeti.

Ele tinha sido como um fantasma na Casa desde que eu tinha acordado. Ele não queria me ver, ou não conseguia me encarar. Eu o tinha visto nadando todas as noites.

— Ele está com problemas, Avery.

Thea parecia ter chorado, o que me assustou, porque Thea Calligaris não chorava. Ela não aceitava ser vulnerável.

Ela não aceitava estar assustada.

— O que está acontecendo? *Thea*.

Ela desapareceu de volta na passagem. Eu a segui e, um instante depois, mãos me agarraram por trás. Alguém colocou um pano úmido sobre a minha boca e nariz. Eu não conseguia respirar. Eu não conseguia gritar.

O cheiro no pano era excessivamente doce. Tudo começou a escurecer a minha volta e a última coisa que ouvi foi Thea.

— Eu precisei fazer isso, Avery. Eles estão com Rebecca.

CAPÍTULO 82

Acordei amarrada a uma cadeira antiga. A sala a minha volta estava lotada de caixas e bugigangas. O lugar parecia ter sido encharcado de gasolina.

Duas pessoas estavam na minha frente: Mellie, que parecia prestes a vomitar a qualquer momento. E Sheffield Grayson.

— Onde estou? — perguntei, e então a memória do que tinha acontecido na passagem voltou com tudo. — Cadê Thea? E Rebecca?

— Eu te garanto que suas amigas estão bem.

Sheffield Grayson estava vestindo um terno. Ele tinha me amarrado a uma cadeira no que parecia algum tipo de depósito e ele *vestia um terno*.

Ele tem os olhos de Grayson.

— Sinto muito por tudo isso — o pai de Grayson disse, limpando uma poeira do punho de sua camisa. — O clorofórmio. As amarras. — Ele fez uma pausa. — A bomba.

— A bomba? — repeti.

A polícia tinha prendido Ricky e Skye semanas antes. Eles tinham um motivo e havia provas... tinha que haver, para uma prisão.

— Não entendi.

— Eu sei que não. — O pai de Grayson fechou os olhos. — Eu não sou um homem mau, srta. Grambs. Eu não tenho nenhum prazer... nisso.

Ele não especificou o que *isso* era.

— Você me sequestrou — eu disse, rouca. — Estou amarrada a uma cadeira. — Ele não respondeu. — Você tentou me matar.

— Te ferir. Se eu quisesse que você morresse, meu homem teria programado a explosão em outro momento, não teria?

Pensei em Oren me dizendo que, se eu estivesse alguns passos mais perto do avião quando a bomba foi detonada, eu teria morrido.

— Por quê? — perguntei baixo.

— O quê? A bomba ou... — Sheffield Grayson apontou para as amarras nos meus pulsos. — O resto?

— Tudo.

Minha voz tremeu. *Por que me sequestrar? Por que me trazer para cá? O que ele está planejando fazer comigo?*

— Culpe seu pai. — Sheffield Grayson desviou os olhos e, por motivos que eu não sabia identificar exatamente, isso me causou um calafrio. — Seu verdadeiro pai. Se Tobias Hawthorne Segundo não fosse tão covarde, eu não precisaria ir tão longe para atraí-lo.

A voz do meu sequestrador era calma, autoritária. Como se fosse ele quem estivesse sendo racional.

Meu peito apertou, ameaçando expulsar o ar dos pulmões, mas me forcei a respirar, a continuar concentrada. *Fique viva.*

— Toby — chamei. — Você está atrás de Toby.

— A bomba deveria ter funcionado. — Sheffield começou a dobrar as mangas da camisa, um movimento furioso... e familiar. — Você foi levada às pressas para o hospital. Foi notícia no mundo todo. Eu estava pronto. A armadilha estava pronta. Tudo que restava fazer era esperar que o imbecil viesse para o seu lado, como qualquer pai com alguma dignidade faria. E então sua advogada teve a audácia de te *remover*.

Para a Casa Hawthorne, com toda aquela segurança.

— Então aqui estamos — Sheffield Grayson disse —, por mais infeliz que isso seja.

Tentei ler nas entrelinhas do que ele estava dizendo. Tinha ficado claro, pelo encontro que Grayson tivera com o pai, que o homem culpava Toby pela morte de Colin. Meu sequestrador devia ter descoberto, de alguma forma, que Toby estava vivo. Ele se convencera de que eu era a filha de Toby.

E o lugar cheirava a gasolina.

— Desculpa. — A voz de Mellie tremeu. — Não deveria ser assim.

Meu coração martelava. Meu corpo gritava para que eu fugisse, mas eu não podia. Eu não tinha ideia de por que Mellie teria ajudado aquele homem a me sequestrar — ou do que exatamente ele planejava fazer comigo.

— Toby não vai vir atrás de mim — falei. Emoção subiu pela minha garganta e eu a engoli. — Ele não é meu pai. — Isso doeu... mais do que deveria **ter doído**. — Não sou nada para ele.

— Eu tenho motivos para acreditar que ele está na cidade. Ele pôs a cabeça para fora do buraco onde vem se escondendo por tempo suficiente para eu conferir. Você é a filha dele. Ele vai vir atrás de você.

Era como se ele não estivesse me ouvindo.

— Eu não sou filha dele.

Eu desejei ser. Acreditei que era.

Mas não era.

O olhar dolorosamente familiar de Sheffield Grayson encontrou o meu.

— Eu tenho um teste de DNA que diz outra coisa.

Eu o encarei. O que ele tinha dito não fazia sentido. *Alisa* tinha feito um teste de DNA. Ricky Grambs *era* meu pai. Isso significava, obviamente, que Toby não era.

— Não entendi.

Eu realmente não entendia.

Não conseguia entender.

— Mellie aqui foi muito prestativa e conseguiu uma amostra do seu DNA. Eu adquiri uma amostra do de Toby na investigação da Ilha Hawthorne anos atrás. — Sheffield Grayson se endireitou. — O resultado foi definitivo. Você tem o sangue dele. — Sheffield me deu um sorriso gelado. — E você realmente deveria pagar melhor seus funcionários.

Pela primeira vez, olhei para Mellie, realmente olhei para ela. Ela não me olhava nos olhos. Tinha sido ela quem me dopara na passagem?

Por quê? Como Eli, ela tinha me vendido por dinheiro?

— Pode ir agora, querida — Sheffield Grayson disse a ela.

Mellie se arrastou na direção da porta.

Ela vai me deixar aqui. Pânico começou a subir pelo meu corpo.

— Você acha que ele só vai te deixar ir embora? — eu disse enquanto ela saía. — Você acha que ele é o tipo de homem que deixa pontas soltas? — Eu não conhecia Sheffield Grayson. Eu nem conhecia Mellie, na verdade, mas tudo em mim me dizia que eu não podia permitir que ela me deixasse sozinha com ele. — O que você acha que Nash diria se soubesse o que você está fazendo?

Ela hesitou, mas continuou andando. Eu estava ficando descontrolada... e ela se afastava cada vez mais. O som dos passos ficou mais baixo.

— E agora — Sheffield Grayson me disse, na mesma voz calma e autoritária — nós esperamos.

CAPÍTULO 83

Toby não viria. Mais cedo ou mais tarde, meu sequestrador perceberia isso. E quando percebesse... bem, ele não podia só me liberar.

— O que te faz pensar que Toby está por perto? — Tentei não soar amedrontada. Tentei não *ficar* amedrontada. Raiva era melhor... muito melhor. — Como ele saberia que você me sequestrou? Ou para onde vir?

Ele não é meu pai. Ele não vem.

— Eu deixei pistas — Sheffield disse, inspecionando uma de suas abotoaduras. — Um joguinho para seu pai jogar. Entendo que os Hawthorne são dados a esse tipo de coisa.

— Que tipo de pistas?

Nenhuma resposta.

— Como você mandou pistas para ele se não sabe onde ele está?

Nenhuma reação.

Era inútil. Toby tinha me mandado parar de procurar por ele. Ele vinha se escondendo havia décadas. Eu não era sua filha.

Ele não viria.

Era o único pensamento que meu cérebro era capaz de produzir. Ele ressoou na minha mente repetidas vezes até que ouvi passos. Eram pesados demais para serem de Mellie.

— Ah. — Sheffield Grayson inclinou a cabeça. Ele andou na minha direção, me examinando, então levou uma das mãos até o meu rosto e colocou dois dedos embaixo do meu queixo. Ele o levantou. — É importante que você saiba, Avery: isso não é pessoal.

Eu me afastei, mas foi inútil. Eu ainda estava presa. E não ia a lugar nenhum. Os passos seguiam se aproximando.

Alguém estava vindo atrás de mim. Mas provavelmente não era a pessoa que ele estava esperando.

— E se você estiver errado? — perguntei, apressando as palavras. — E se a pessoa que encontrou suas *pistas* não for Toby? O que você vai fazer se for Jameson? Xander? *Grayson?*

O som do nome do filho dele — do nome *dele* — fez Sheffield Grayson pausar por um brevíssimo momento. Ele fechou os olhos de novo por um instante, então os abriu, resoluto e se protegendo de qualquer pensamento indesejado que minha pergunta tivesse despertado.

— Essas eram as coisas do meu sobrinho. — Sheffield apontou para os itens no depósito. A voz dele ficou mais dura. — Nunca consegui me desfazer delas.

Os passos estavam quase lá. Sheffield Grayson se virou na direção da entrada do depósito. Ele puxou a arma do paletó. Finalmente, os passos pararam quando um homem apareceu. Ele tinha feito a barba desde a última vez que eu o tinha visto, mas ainda usava camadas de roupas sujas e gastas.

— Harry.

Era o nome errado, eu sabia, mas não consegui impedir a palavra de passar pelos meus lábios. *Ele está aqui. Ele veio.* Lágrimas marejaram meus olhos e abriram caminho pelas minhas faces quando o homem que eu conhecia como Harry ignorou Sheffield Grayson, ignorou a arma e olhou para mim.

— Menina horrorosa. — A voz de Toby era carinhosa. Ele me chamava de várias coisas quando jogávamos xadrez, essa era uma delas. *Especialmente quando ele ganhava.* — Solte-a — ele disse ao meu sequestrador.

Sheffield Grayson sorriu, a arma firme.

— Irônico, não é? Meu filho tem o sobrenome Hawthorne e sua filha, não. E agora... — Ele saiu lentamente do depósito, na direção de Toby. — Sou eu quem tem o fósforo.

Eu não vi um fósforo, mas ele tinha uma arma. O lugar tinha sido coberto de combustível. Se ele disparasse...

— Entre aqui — Sheffield ordenou.

Toby fez o que ele tinha mandado.

— Avery não é minha filha.

A voz dele era uniforme.

Eu não sou. Sou?

— Ele diz que tem um teste de DNA — eu disse a Toby, ganhando tempo, tentando pensar em alguma maneira, qualquer maneira, de sair dali antes do lugar pegar fogo.

A alguns passos de mim, Tobias Hawthorne Segundo desviou os olhos de Sheffield Grayson — e da arma — só por um momento.

— Rainha para torre cinco — ele me disse.

Era um movimento no xadrez, um que eu tinha usado no nosso último jogo, uma enganação.

Enganação. Meu cérebro conseguiu se prender àquilo. *Ele vai distrair Sheffield*. Eu testei a firmeza das amarras que me mantinham na cadeira. Elas estavam tão apertadas quanto um minuto antes, mas uma onda de adrenalina me atingiu e pensei no fato de que mães às vezes erguem carros de cima de seus bebês durante momentos de crise. A cadeira era uma antiguidade. Com pressão suficiente, eu conseguiria quebrar os braços dela?

— Eu te disse. — Toby voltou a atenção para o homem com a arma. — Avery não é minha filha. Eu não sei que tipo de teste de DNA você acha que tem, mas, quando Hannah ficou grávida, fazia anos que eu não a via.

Eu tentei me concentrar na cadeira, não nas palavras dele, e deslizei as amarras até a parte mais fina da madeira.

— Você veio atrás da menina. — Sheffield Grayson soava diferente. Mais duro. — Você está aqui. — Ele baixou a voz. — Você está aqui e meu sobrinho não está.

Era claramente uma acusação... e o homem com a arma era o juiz, o júri e o carrasco.

— Ele te odiava — Toby retrucou.

— Ele seria grande — Sheffield disse, determinado. — Eu iria torná-lo grande.

Toby nem pestanejou.

— O incêndio foi ideia de Colin, sabia? Eu vivia dizendo que queria pôr fogo em tudo e ele me desafiou a cumprir minha palavra.

— Você é um mentiroso.

Eu puxei os braços para cima. De novo. E de novo. Joguei o peso do meu corpo, e o braço direito da cadeira cedeu. O barulho foi alto suficiente para eu esperar que Sheffield Grayson virasse o olhar para mim, mas ele estava cem por cento concentrado em Toby.

— Colin me desafiou — Toby falou outra vez —, mas não foi culpa dele eu aceitar o desafio. Eu estava com raiva. E chapado. E a casa na Ilha Hawthorne era importante para o meu pai. Eu iria cuidar para que todo mundo estivesse longe. Nós deveríamos ter assistido ao incêndio *de longe*.

O segundo braço da cadeira cedeu e Toby ergueu a voz.

— Nós não contávamos com os relâmpagos.

Sheffield Grayson andou na direção dele.

— Meu sobrinho está morto. Queimado, por sua causa.

O lugar inteiro tinha sido encharcado de combustível. No fundo, eu sabia por quê. *Queimado, por sua causa.*

— Eu sou o que sou — Toby respondeu. — Se você quiser me matar, não vou lutar contra isso. Mas solte Avery.

Os olhos de Sheffield Grayson — *os olhos de Grayson* — viraram na minha direção.

— Eu sinto muito, de verdade — ele me disse. — Mas não posso deixar testemunhas para trás. Diferente de algumas pessoas, não gosto da ideia de desaparecer durante décadas. Minha família merece mais que isso.

— E Mellie? — perguntei, ganhando tempo. — Ou o homem que plantou a bomba?

— Você não precisa se preocupar com isso.

Sheffield mirou a arma em Toby. Ele ainda estava calmo, ainda no controle.

Ele vai matar nós dois. Eu ia morrer ali, com Toby Hawthorne. O Toby da minha mãe. *Não.* Eu me levantei, pronta para lutar, ciente de que não adiantava — mas o que mais eu deveria fazer?

Eu me lancei à frente. No mesmo minuto, uma arma disparou. O som foi ensurdecedor.

Eu esperava uma explosão. Esperava queimar. Em vez disso, vi Sheffield Grayson cair no chão. Um instante depois, Mellie apareceu, seus olhos arregalados e fora de foco, segurando uma arma.

CAPÍTULO 84

— **Eu o matei** — Mellie parecia atordoada. — Eu... Ele estava segurando uma arma. E ele ia... E eu...

— Calma — Toby murmurou.

Ele deu um passo à frente e tirou a arma da mão dela. Mellie deixou.

O que aconteceu aqui? Tentando não olhar para o corpo no chão — para *o pai de Grayson* —, eu saí do depósito.

— Não entendi. — Provavelmente era o maior eufemismo da minha vida. — Você me vendeu, Mellie. Você foi embora. Por que você...

— Não deveria ter sido assim. — Mellie sacudiu a cabeça e, por alguns segundos, parecia que ela não conseguiria parar de sacudi-la. — E nós não te vendemos. Nunca foi por dinheiro.

Nós?, pensei, tonta

— Quem é nós? — Toby perguntou.

Em resposta, Mellie engoliu em seco e ergueu um dedo na direção do olho. De início, não entendi bem o que ela estava fazendo, mas então ela removeu uma lente de contato. Eu andei até ela e ela piscou para mim. A lente que ela tinha tirado era colorida. O olho esquerdo dela ainda era castanho, mas seu olho direito era de um azul vibrante com um círculo âmbar bem no meio. *Como os de Eli.*

— Meu irmão e eu concordamos que era eu quem deveria usar lentes de contato — Mellie disse, sua voz ainda um pouco trêmula.

— Eli é seu irmão. — Minha cabeça estava a mil. — Ele criou uma ameaça contra mim para poder ficar próximo, então ele vazou informação sobre Toby para a imprensa. E então você...

— Não deveria ter sido assim — Mellie repetiu. — Nós só estávamos tentando arrancar Toby do esconderijo. Nós só queríamos conversar. Quando o sr. Grayson ofereceu ajuda...

— Você me sequestrou para ele.

— Não! — A resposta de Mellie foi instantânea. — Quer dizer... *mais ou menos.* — Ela sacudiu a cabeça de novo. — Depois que Grayson e Jameson foram visitá-lo no Arizona, Sheffield Grayson mandou um homem segui-los até Verdadeiro Norte. Para vigiá-los.

Eu pensei no profissional no bosque. Oren tinha me tirado da jacuzzi e mandado um de seus homens atrás do intruso.

— Eli pegou o cara — Mellie continuou. — Ele o imobilizou e então... eles conversaram.

— Sobre mim? — Eu parei. — Sobre Toby?

Mellie não respondeu nenhuma das perguntas.

— Nós não sabíamos para quem o homem estava trabalhando — ela disse. — Não de início. Mas todos nós queríamos a mesma coisa.

Toby.

— Então Eli vazou aquelas fotos — constatei, minha garganta apertando. — E, alguns dias depois, alguém explodiu meu avião.

— Não fomos nós! Eli e eu nunca quisemos te ferir. Nós nunca quisemos ferir ninguém. — O olhar de Mellie foi para Toby. — Nós só precisávamos conversar.

— Por quê? — exigi, mas Mellie não respondeu.

Agora que tinha olhado para Toby, ela não conseguia parar de encará-lo.

— Eu te conheço? — ele perguntou a ela, franzindo o cenho.

Mellie baixou os olhos.

— Você conhecia a minha mãe.

O mundo se abriu embaixo dos meus pés — subitamente, abruptamente. *Sheffield Grayson disse que tinha um teste de DNA me ligando a Toby.* Eu prendi a respiração. *Mas Toby não é meu pai. Não era meu DNA.*

— Essa é minha mãe. — Mellie puxou o celular e mostrou uma foto a Toby. — Eu não espero que você se lembre dela. Com certeza ela foi só mais uma noite agitada naquele seu verão.

No verão que ele "morreu", pensei. Na minha frente, Toby olhou para a foto e eu me lembrei de Zara dizendo que os investigadores de Tobias Hawthorne tinham falado com pelo menos uma mulher que havia transado com Toby naquele verão. *A mãe de Mellie?*

À minha frente, eu vi Toby chegar à mesma conclusão.

— Sheffield Grayson disse que você deu a ele uma amostra de DNA para testar — eu disse, encarando Mellie. — Ele estava certo de que eu era filha de Toby. — Eu olhei para Toby e meu estômago revirou. — Mas não sou. Sou?

— Não de sangue. — Toby sustentou meu olhar por mais um momento, então se voltou para Mellie. — Você está certa. Eu não me lembro da sua mãe.

— Eu tinha cinco anos — Mellie disse a ele. — Eli tinha seis. Nossos pais estavam mal e, de repente, minha mãe ficou grávida. Ela não sabia seu nome. Ela não sabia que tipo de dinheiro você tinha.

— Mas você descobriu? — eu disse.

Eu não conseguia parar de encarar Mellie. Alisa tinha me dito uma vez que ela era uma das que Nash tinha "salvado" de circunstâncias infelizes. Eu não tinha ideia de quais eram as circunstâncias, mas não podia ser coincidência que ela e o irmão tinham acabado trabalhando para os Hawthorne.

Por quanto tempo eles tinham planejado aquilo?

— Você disse que sua mãe ficou grávida — Toby disse baixo. — Ela teve o filho?

O filho, eu pensei, meu estômago afundando. *O filho dele.* O DNA que Mellie tinha dado a Sheffield Grayson, o DNA que tinha vindo como ligado ao de Toby — não era meu.

— Minha irmã — Mellie respondeu. — O nome dela é Evelyn. Mas a chamamos de Eve.

Eu vi algo — uma nota de emoção — nos olhos de Toby.

— Um palíndromo.

— Ela mesma escolheu — Mellie respondeu baixo —, quando tinha três anos de idade, por esse motivo. Ela tem dezenove agora. — Mellie se virou para mim. — E tudo que *você* tem deveria ser dela.

Pela primeira vez, ouvi a certeza queimando o tom de Mellie e entendi que, embora ela não quisesse que eu me ferisse, era um risco que estava disposta a aceitar, porque Toby Hawthorne tinha de fato uma filha.

Só não era eu.

O velho sabia? Mellie tentou contar para ele?

— O que você quer de mim? — Toby perguntou.

— Eu quero que cuidem de Eve — Mellie disse com ferocidade. — Ela é uma Hawthorne.

Meu olhar foi para Toby.

— E uma Laughlin — eu disse baixo.

Eu não era a bisneta da sra. Laughlin. Eu não era sobrinha de Rebecca, sobrinha de Emily. Eve era.

Era ela quem pertencia àquele lugar.

Engoli em seco.

— Leve-a à Casa Hawthorne. — As palavras rasparam minha garganta, mas eu não ia ceder à dor. — Tem espaço suficiente.

— Não. — A voz de Toby era como uma adaga.

Mellie desceu furiosamente pelo celular e enfiou outra foto na cara dele.

— Olhe para ela — exigiu. — Ela é sua filha, e você não tem ideia de como foi a vida dela.

Toby olhou a foto. Sem querer, dei um passo à frente. Eu olhei também e, no segundo que vi o rosto da irmã de Mellie, parei de respirar.

Eve era a cara de Emily Laughlin. Cabelo loiro arruivado, como a luz do sol passando pelo âmbar. Olhos de esmeralda, grandes demais para o rosto dela. Lábios de coração, uma constelação de sardas.

— Minha filha não vai para a Casa Hawthorne — Toby disse a Mellie. — Se você levá-la até mim, vou garantir que ela será cuidada. Discretamente.

— O que isso quer dizer? — perguntei, finalmente recuperando minha voz.

Toby estava falando em ir embora. Como se ele só fosse sumir. Depois de tudo que eu tinha passado, tudo pelo que Jameson, Xander, Grayson e eu tínhamos feito para procurá-lo.

— Você promete? — Mellie encarou Toby como se eu nem estivesse ali.

— Eu prometo. — O olhar de Toby foi de encontro ao meu. — Mas, primeiro — ele continuou suavemente —, Avery e eu precisamos conversar a sós.

CAPÍTULO 85

— **Você vai mantê-la** em segredo? — exigi quando Mellie não podia mais nos ouvir. — Eve?

Toby pegou meu cotovelo e me guiou para a saída.

— Tem um carro lá fora — ele me disse. — A chave está no contato. Entre nele e vá para o norte.

Eu o encarei.

— É isso? — eu disse. — É só isso que você tem a me dizer?

O rosto de Eve, o rosto de Emily, ainda estava fresco na minha memória.

Toby esticou o braço e afastou o cabelo da minha testa.

— No meu coração — ele sussurrou —, você sempre foi minha.

Engoli em seco.

— Mas biologicamente eu não sou.

— A biologia não é tudo.

Eu soube naquele momento que isso eu tinha acertado: Toby *tinha* me procurado depois que minha mãe morreu. Ele vinha me observando. Ele queria saber se eu estava bem.

— Minha mãe e eu tínhamos um jogo — eu disse a ele, fazendo esforço para não chorar. — Nós tínhamos muitos jogos, na verdade... mas esse, o favorito dela, era sobre segredos.

Ele olhou ao longe por um momento.

— Eu a fiz prometer que ela nunca ia te contar... de mim, da minha família. Mas se era só um jogo, se você adivinhasse... — Ele olhou de volta para mim e seus olhos estavam brilhando. — Maldita Hannah.

— Como raios eu iria adivinhar? — As palavras explodiram para fora da minha boca. Eu estava subitamente furiosa, com ela, com ele. — Ela disse que tinha um segredo sobre o dia em que eu nasci.

Toby não disse nada.

— Você assinou minha certidão de nascimento.

Eu queria respostas. Ele me devia pelo menos isso.

Ele levou uma das mãos ao meu rosto.

— Houve uma tempestade naquela noite — ele disse baixo. — A pior que eu já vi... incluindo a da Ilha Hawthorne. Eu não deveria nem estar lá. Eu tinha conseguido ficar longe de Hannah por três longos anos. Mas algo me trouxe de volta. Eu queria *vê-la* de novo, mesmo que não pudesse deixar que ela me visse. Ela estava grávida. A previsão estava anunciando um furacão. E ela estava sozinha. Eu ia ficar longe. Ela nunca deveria saber que eu estava lá, mas a energia acabou... e ela entrou em trabalho de parto.

Comigo. Eu não conseguia dizer aquilo, não conseguia dizer nada, não conseguia nem dizer a ele que minha mãe era capaz de tomar suas *próprias* decisões.

— A ambulância não chegou a tempo — Toby disse, sua voz ficando embargada. — Ela precisava de *alguém*.

— Você — consegui dizer uma palavra, só uma.

— Eu te trouxe ao mundo, Avery Kylie Grambs.

Ali estava. O segredo da minha mãe. Toby estivera lá na noite em que nasci. Ele fizera meu parto. Eu me perguntei o que minha mãe tinha sentido ao vê-lo depois de anos. Eu me perguntei se ele a tinha chamado de *Hannah, ó, Hannah*, e se ela tinha tentado convencê-lo a ficar.

— Avery Kylie Grambs — repeti as últimas palavras que Toby tinha me dito. Havia algo na forma como ele dissera meu nome completo. — É um anagrama. — Engoli em seco de novo, e, por algum motivo, a força que vinha segurando minhas lágrimas cedeu. — Mas você já sabia disso.

Toby não negou.

— Sua mãe tinha escolhido o nome do meio. Kylie... igual a Kaylie, com uma letra a menos.

Aquilo me atingiu. Eu nunca soube que tinha o nome da irmã da minha mãe. Eu nunca tinha ouvido falar de Kaylie.

— Hannah estava decidida a te dar o sobrenome de Ricky — Toby continuou —, mas não gostava do nome que ele tinha escolhido.

Natasha.

— Ricky não estava lá. — Pisquei para segurar as lágrimas e olhei para Toby. — Você estava.

— *Alguma coisa* Kylie Grambs. — Toby sorriu e deu de ombros. — Eu não resisti.

Ele era um Hawthorne. Ele amava quebra-cabeças, charadas e códigos.

— Você escolheu meu nome. — Não era uma pergunta. — Você sugeriu Avery.

— *A Very Risky Gamble*, uma aposta muito arriscada. — Toby baixou os olhos. — O que eu fiz naquela noite. O que

Hannah tinha feito quando cuidou de mim, sabendo o que a família dela faria se descobrisse.

Uma aposta muito arriscada — o motivo para Tobias Hawthorne ter me deixado sua fortuna. Ele tinha reconhecido as digitais do filho no meu nome? Ele tinha suspeitado, no momento que ouviu o nome, que eu era um laço com Toby?

— Quando a ambulância chegou, eu desapareci — Toby continuou. — Entrei escondido no hospital uma última vez para ver vocês duas.

— Você assinou minha certidão de nascimento — eu disse.

— Com o nome do seu pai, não o meu. Era o mínimo que ele devia a ela.

— E você foi embora.

Eu o encarei, tentando não o odiar por isso.

— Eu precisava.

Uma espécie de fúria se ergueu dentro de mim.

— Não, não precisava.

Minha mãe tinha sido apaixonada por ele. Ela tinha passado a vida toda dela apaixonada por ele e eu nem sequer sabia.

— Você precisa entender. Os recursos do meu pai eram ilimitados. Ele nunca parou de procurar por mim. Eu precisava seguir em movimento se queria permanecer morto.

Pensei em Tobias Hawthorne, comendo em uma lanchonete vagabunda em New Castle, Connecticut. Ele tinha levado seis anos para saber que Toby tinha estado lá?

Ele tinha achado que o filho voltaria?

Tinha entendido quem minha mãe era?

Tinha pensado, por um momento que fosse, que eu era filha de Toby?

— O que você vai fazer agora? — perguntei, minha voz arranhando a garganta como lixa. — O mundo sabe que você está vivo. Seu pai está morto. Até onde sabemos, Sheffield Grayson era a única pessoa que sabia que o velho havia enterrado o relatório policial a respeito da Ilha Hawthorne. Ele era o único que sabia...

— Eu sei o que você está pensando, Avery. — Os olhos de Toby endureceram. — Mas não posso voltar. Eu prometi a mim mesmo, muito tempo atrás, que nunca iria esquecer o que fiz, que nunca seguiria em frente. Hannah não deixou que eu me entregasse, mas o exílio é o que eu mereço.

— E o que os outros merecem? — perguntei com veemência. — Minha mãe merecia morrer sem você? Ela merecia passar a vida toda apaixonada por um fantasma?

— Hannah merecia o mundo.

— Então por que você não o deu a ela? — perguntei. — Por que se punir era mais importante do que o que *ela* queria?

Por que era mais importante que o que eu queria?

— Eu não espero que você entenda — Toby me disse suavemente, mais suavemente do que ele já tinha falado comigo sendo Harry.

— Eu entendo — respondi. — Você não vai continuar desaparecido porque precisa. Você está fazendo uma escolha e é egoísta. — Pensei no sr. e na sra. Laughlin, na mãe de Rebecca. — O que te dá o direito de enganar as pessoas que amam você? Tomar esse tipo de decisão pelos outros?

Ele não respondeu.

— Você tem uma filha agora — eu disse a ele em voz baixa.

Ele olhou para mim e sua expressão não vacilou.

— Eu tenho duas.

Em um segundo, a fúria deu lugar a devastação. Tobias Hawthorne Segundo não era meu pai. Ele não tinha me criado. Eu não carregava uma gota do seu sangue.

Mas tinha acabado de me chamar de filha.

— Eu quero que você saia daqui, princesa. Entre no carro e dirija para o norte.

— Não posso fazer isso — eu disse. — Sheffield Grayson está morto! O corpo está aqui. A polícia vai querer saber o que aconteceu. E por mais doido que tenha sido o que Mellie fez, ela não merece ser presa por assassinato. Se contarmos à polícia o que aconteceu...

— Eu conheço homens como Sheffield Grayson. — A expressão de Toby mudou, e era completamente impossível decifrá-la. — Ele escondeu seus rastros. Ninguém sabe onde ele está, nem atrás de quem ele estava. Não vai haver nada ligando-o ao depósito, nada que sequer sugira que ele esteve na propriedade.

— E daí? — eu disse.

Toby olhou além de mim por um momento.

— Eu sei mais do que gostaria de saber a respeito do que é necessário para algo, ou *alguém*, desaparecer.

— E a família dele? — perguntei. *A família de Grayson.* — Eu não posso deixar você...

— Você não está me *deixando* fazer nada. — Toby tocou meu rosto. — Menina horrorosa — sussurrou. — Você ainda não aprendeu? Ninguém *deixa* um Hawthorne fazer seja lá o que for.

Era verdade.

— Isso é errado — repeti.

Ele não podia só sumir com aquele corpo.

— Eu preciso, Avery. — Toby foi implacável. — Por Eve. Os holofotes, o circo da mídia, os rumores, os perseguidores, as ameaças... eu não posso te salvar disso, Avery Kylie Grambs. Eu salvaria se pudesse, mas é tarde demais. O velho fez o que fez. Ele te puxou para o tabuleiro. Mas se eu ficar nas sombras, se fizer isso desaparecer, se *eu* desaparecer... então podemos salvar Eve.

Nunca tinha ficado mais claro: para Toby, o nome Hawthorne, o dinheiro... era uma maldição. *Veneno é a árvore, percebeu? Envenenou S e Z e eu.*

— Não é de todo mal — eu disse. — Deixando de lado sequestros e tentativas de assassinato, eu estou me dando bem.

Era uma afirmação ridícula, mas Toby sequer riu.

— E você vai continuar bem, enquanto eu continuar morto. — Ele parecia tão certo. — Vá. Entre no carro. Dirija. Se alguém te perguntar o que aconteceu, alegue amnésia. Eu vou cuidar do resto.

Era isso mesmo. Ele ia mesmo ir embora de mim. Ia desaparecer de novo.

— Eu sei da adoção — eu disse, desesperada para mantê-lo ali, para fazê-lo ficar. — Eu sei que sua mãe biológica era a filha dos Laughlin e que ela foi forçada a te entregar para adoção. Eu sei que você culpa seus pais por guardar segredos, por arruinar vocês três. Mas suas irmãs... elas precisam de você.

Skye estava em uma cela de prisão, mas ela não era culpada — dessa vez, pelo menos. Zara era mais humana do que gostaria de admitir. E Rebecca? A mãe dela ainda estava de luto por Toby.

— Eu li os cartões-postais que você escreveu para minha mãe — continuei. — Eu falei com Jackson Currie. Eu sei de tudo... e estou te dizendo: você não precisa mais ficar longe.

— Você soa igualzinha a ela. — A expressão de Toby abrandou. — Eu nunca conseguia ganhar uma discussão com Hannah. — Ele fechou os olhos. — Algumas pessoas são inteligentes. Algumas pessoas são boas. — Ele abriu os olhos e colocou as mãos em meus ombros. — E algumas pessoas são os dois.

Eu sabia, como um tipo estranho de premonição, que aquele momento nunca iria me deixar.

— Você não vai ficar, vai? — perguntei. — Não importa o que eu diga.

— Eu não posso.

Toby me puxou. Eu nunca tinha sido muito de abraços, mas, por um momento, me deixei ser envolvida.

Quando Toby finalmente me soltou, enfiei a mão no bolso e puxei um disco de metal, o que ele tinha dito para minha mãe que era valioso.

— O que é isso?

Era a última pergunta que eu tinha para ele. A última chance que eu tinha de fazê-lo ficar.

Toby se mexeu como um raio. Em um segundo o disco estava na minha mão, no segundo, estava na dele.

— Algo que vou levar comigo — ele disse.

— O que você não está me contando? — perguntei.

Ele sacudiu a cabeça.

— *Menina horrorosa* — ele sussurrou, a voz carinhosa.

Pensei na minha mãe, em cada palavra que ela tinha escrito a ele sobre mim, na forma como ele tinha vindo atrás de mim.

Você tem uma filha, eu disse a ele.

Eu tenho duas.

— Eu vou te ver de novo um dia? — perguntei, minha garganta se fechando com essas palavras.

Ele se inclinou para a frente, deu um beijo na minha testa e se afastou.

— Seria um aposta muito arriscada.

Eu abri a boca para responder, mas a porta do depósito se abriu. Homens surgiram. Os homens de Oren.

Meu chefe de segurança se colocou entre mim e Toby Hawthorne e então lançou um olhar mortífero para o único filho de Tobias Hawthorne.

— Acho que é hora de termos uma conversinha.

CAPÍTULO 86

Eu não pude ouvir as palavras trocadas entre Oren e Toby. Fui levada para a SUV e, quando Oren assumiu seu lugar no banco do motorista alguns minutos mais tarde, notei que ele tinha deixado vários dos seus homens lá dentro.

Pensei em Sheffield Grayson, morto no chão. No plano de Toby para o corpo.

— Desovar cadáveres é parte do seu trabalho? — perguntei a Oren.

Ele olhou nos meus olhos pelo retrovisor.

— Você quer uma resposta sincera pra isso?

Olhei pela janela. O mundo embaçou quando a SUV acelerou.

— Skye e Ricky não plantaram aquela bomba — contei. Tentei me concentrar nos fatos, não na enchente de emoções que eu mal estava conseguindo controlar. — Foi armação.

— *Dessa vez* — Oren disse. — Skye já tentou mandar te matar uma vez. Os dois são ameaças. Sugiro deixá-los esfriar a cabeça na cadeia pelo menos até sua emancipação sair.

Quando eu fosse legalmente uma adulta, quando pudesse escrever meu próprio testamento, Ricky e Skye não teriam mais nada a ganhar com a minha morte.

— Rebecca. — Eu me inclinei para a frente na cadeira de repente, me lembrando. — Thea ajudou Mellie a me sequestrar porque alguém estava com Rebecca.

— Já foi resolvido — Oren me disse. — Elas estão bem. Você também. O resto da família não precisa saber.

Pelo tom dele, não parecia nada demais. O sequestro. O corpo. Encobrir.

— Era assim com o velho? — perguntei. — Ou eu só tenho sorte?

Pensei em Toby, poupando Eve do meu destino, como se herdar a fortuna tivesse sido menos uma bênção que uma maldição.

— O sr. Hawthorne tinha uma lista. — Oren levou tempo para responder. — Era um tipo de lista diferente da sua. Ele tinha inimigos. Alguns deles tinham recursos, mas, no geral, nós sabíamos o que esperar. O sr. Hawthorne tinha um jeito para antecipar as coisas.

Eu estava começando a achar que, se eu queria sobreviver sendo a herdeira Hawthorne, precisaria começar a fazer o mesmo. Precisaria aprender a pensar como o velho.

Doze coelhos, uma cajadada.

De volta à Casa Hawthorne, Oren deixou claro que pretendia me acompanhar até o quarto. Quando chegamos à escadaria principal, eu pigarreei.

— Vamos precisar fechar a passagem — eu disse a ele. — Permanentemente.

Eu parei na frente da escadaria, na frente do retrato de Tobias Hawthorne. Não pela primeira vez, encarei o velho. Ele sabia quem Mellie e Eli eram? Ele sabia de Eve? Eu tinha certeza de que ele teria feito um teste de DNA em mim em algum momento. Ele sabia que eu não era filha de Toby... não de sangue.

Mas ele ainda tinha me usado para atrair Toby — assim como Sheffield Grayson fizera, como Mellie e Eli fizeram. *Você não é uma jogadora,* Nash tinha me dito uma eternidade atrás. *Você é a bailarina de vidro... ou a faca.*

Talvez eu fosse os dois. Talvez eu fosse uma dúzia de coisas, escolhidas por uma dúzia de razões diferentes — nenhuma delas tendo nada a ver com quem eu era ou com o que me tornava especial.

Olhei nos olhos do retrato e pensei no meu sonho — em jogar xadrez com o velho. *Você não me escolheu. Você me usou. Você ainda está me usando.* Mas a partir dali?

Eu não seria mais usada.

CAPÍTULO 87

Uma hora depois, eu estava em busca de um Hawthorne.

— Tenho uma coisa para te contar.

Xander estava em seu "laboratório", um quarto escondido no qual ele construía máquinas que faziam coisas simples de formas complicadas.

— Uma coisa para me contar? É possível que você esteja me confundindo com um dos meus irmãos? — ele perguntou. — Porque ninguém me conta nada.

Ele estava mexendo em algum tipo de mecanismo de catapulta em miniatura, parte de uma complicada reação em cadeia nascida do cérebro de Xander Hawthorne.

— Esse era seu jogo — eu disse. — O velho o deixou para você.

— Ou assim parecia. — Xander colocou uma bola de metal na catapulta. — No início.

Eu olhei para ele.

— Como assim?

— Jameson tem seu foco. Grayson sempre termina o que começa. Mesmo Nash, ele pode pegar o caminho mais longo, mas ele é feito para ir do ponto A ao ponto B. — Xander terminou de mexer e finalmente se virou para me olhar. — Mas eu? Eu não sou assim. Eu começo no ponto A e, em algum momento do caminho, acabo no cruzamento entre cento e vinte e sete e roxo. — Ele deu de ombros. — É parte do meu charme. Meu cérebro gosta de digressões. Eu sigo os caminhos que encontro. O velho sabia disso. — Xander deu de ombros. — Ele esperava que eu colocasse a bola para rolar dessa vez? Sim. Mas onde eu acabaria? — Xander se afastou do trabalho e observou a máquina de Rube Goldberg que tinha construído por inteiro. — O velho sabia muito bem que não seria no ponto B.

Eu precisava contar para alguém o que tinha acontecido. Eu o tinha escolhido porque sentia que devia isso a ele — como se o universo ou talvez o avô dele devessem isso a ele. Mas Xander parecia muito com alguém que não queria aquela conclusão.

Alguém que não precisava dela.

— Então onde você acabou? — perguntei.

Xander se inclinou para a frente e lançou a catapulta. A bolinha de metal voou para um funil, espiralou por uma série de rampas e bateu em uma alavanca que derrubou um balde de água, que por sua vez soltou um balão...

Finalmente a máquina inteira se abriu, relevando a parede por trás. A parede estava coberta de fotos — fotos de homens que tinham pele marrom. As legendas embaixo das fotos me informavam que todos eles tinham o sobrenome Alexander.

Eu pensei no jogo que tínhamos passado as últimas semanas jogando. *Sheffield Grayson. Jake Nash.* Era aquele o desvio que o velho esperava que Xander pegasse?

— Você quer saber o que descobri? — perguntei a Xander.

— Claro — ele disse, disposto. — Mas antes que eu esqueça: duas coisas. — Ele ergueu o dedo indicador e o médio. — Primeiro, esse é o telefone de Thea. — Ele me deu um pedaço de papel com um número rabiscado. — Eu deveria ligar para ela e avisar que você está viva.

Franzi o cenho.

— Então por que me dar o telefone dela? — perguntei.

— Porque — Xander respondeu — quando se trata de Thea, nunca é demais prevenir.

Eu estreitei os olhos.

— Qual a segunda coisa? — perguntei, desconfiada.

Xander apertou um botão e a parede deslizou, revelando uma segunda oficina.

— Voilà!

Meus olhos se arregalaram quando eu vi o que havia na oficina.

— Isso são...

— Reproduções em tamanho real dos três androides mais amáveis do universo *Star Wars*. — Xander sorriu. — Para Max.

CAPÍTULO 88

— **Suas patas lindas.** — Max ficou mais do que feliz com a oferta de Xander, o suficiente pra demorar um momento para me olhar em tom de reprovação. — Eu me sinto obrigada a te avisar que você está um pouco pálida e a grande dra. Liu não vai gostar disso.

O que entendi foi que minha médica não iria gostar nada de saber o que eu tinha aprontado nas doze horas anteriores.

— Obrigada. — Esperei até que Max olhasse para mim antes de continuar. — Por ter trazido sua mãe para cá.

Eu conhecia minha melhor amiga bem o suficiente para saber que não tinha sido uma ligação fácil.

— É, bem... — Max deu de ombros. — Obrigada. Por ter se explodido.

Por te dar um motivo para ligar — e por ter dado a ela um motivo para atender.

— Você acha que vai para casa logo?

Eu não queria que Max fosse embora, mas, ao mesmo tempo, minha melhor amiga tinha sua própria vida e eu não conseguia me impedir de pensar que ela ficaria mais segura bem longe da Casa Hawthorne. Longe de mim, da família Hawthorne, de tudo que eu tinha herdado junto com os bilhões de Tobias Hawthorne.

Árvore envenenada e todo o resto.

Quando Thea ligou, quase não atendi. Era por isso que Xander tinha me dado o telefone dela. Ainda assim...

— Alô? — eu disse pesadamente.

Houve um momento de hesitação e então:

— Investiguei e descobri quem vandalizou seu armário. Foi um calouro. Você quer o nome?

Tontinha. Eu estava esperando um pedido de desculpas.

— Não. — Fiquei tentada a deixar por isso mesmo, mas não consegui. — Rebecca está bem?

— Ela está abalada, mas bem. — A voz de Thea era suave, mas ela estragou o efeito com uma risada alta de desdém. — Bem o suficiente para gritar comigo por ter te colocado em risco.

— É, bem... — Dei de ombros, embora Thea não pudesse me ver. — Quem é Rebecca para falar?

Eu poder brincar com aquilo era prova do quão longe Rebecca e eu tínhamos chegado.

— Eu tinha uma escolha. — A voz de Thea tremeu. Ela era diabólica, complicada e mais um milhão de outras coisas, mas não era cruel. Ela estava preocupada comigo. — Eu precisava escolher ela. Você entende isso, Avery? — Thea não esperou a minha resposta. — Para mim, sempre vai ser Rebecca. Ela não acredita nisso, mas não importa quanto tempo demore, eu vou continuar escolhendo ela.

Eu nunca tinha entendido como era quando uma pessoa era tudo para você, como era olhar para aquela pessoa e *saber*. Eu nunca tinha acreditado que era capaz disso. Não queria ser capaz disso.

Quando Thea e eu desligamos, fui ver Grayson.

CAPÍTULO 89

Eu contei a Grayson o que tinha acontecido com o pai dele. Não contei a ele sobre Eve. O tempo todo, o rosto dele era como uma pedra.

— Você parece querer quebrar alguma coisa — eu disse a ele.

Ele sacudiu a cabeça.

Eu o fiz olhar para mim.

— Que tal uma luta de espadas?

Grayson corrigiu minha postura.

— Deixe que a espada faça o trabalho por você — ele me lembrou e, naquele momento, eu me lembrei de mais.

Do dia em que eu o tinha conhecido. Quão arrogante ele era, quão seguro de si e do seu lugar no mundo. Pensei na primeira vez que o peguei realmente olhando para mim e na forma como ele tinha me dito que eu tinha um rosto expressivo. Pensei em acordos negociados e promessas feitas e momentos roubados e palavras ditas em latim.

Mas, ainda mais, pensei nas formas que nós dois éramos parecidos.

— Eu tive um sonho — eu disse a ele. — Quando estava em coma. Você e Jameson estavam brigando. Por minha causa.

— Avery... — Grayson baixou a espada.

— No meu *sonho* — continuei —, Jameson estava com raiva porque você não correu na minha direção. Porque eu estava lá à beira da morte e você não conseguiu se mexer. Mas, Grayson? — Esperei que ele olhasse para mim, com seus olhos prateados e o peso do mundo nos ombros. — Eu não estou com raiva. Eu passei minha vida inteira não correndo na direção de ninguém. Sei como é só ficar ali... e não ser capaz de fazer mais nada. Sei como é perder alguém.

Eu pensei na minha mãe e então em Emily.

— Sou especialista em não querer as coisas. — Segurei minha espada por mais um momento, então a baixei, da mesma forma que ele tinha baixado a dele. — Mas estou começando a perceber que a pessoa que eu preciso ser, a pessoa que estou me tornando... ela não é mais essa garota.

Eu tinha ganhado o mundo. Era hora de parar de viver com medo, hora de tomar as rédeas.

Era hora de arriscar.

CAPÍTULO 90

— **Srta. Grambs, você** entende que, se for emancipada, você será legalmente considerada uma adulta. Você será responsável por si mesma. Será cobrada como uma adulta. Você está literalmente abrindo mão do resto da sua infância.

Durante as seis semanas anteriores eu tinha levado um tiro, explodido, sido sequestrada e desfilada por aí como a encarnação viva das histórias de Cinderela. Para o mundo eu era um escândalo, um mistério, uma curiosidade, uma fantasia.

Para Tobias Hawthorne, eu tinha sido uma ferramenta.

— Eu entendo — respondi ao juïz.

E então tinha acabado.

— Parabéns — Alisa disse quando saímos do tribunal. Os homens de Oren abriram caminho pelos *paparazzi* e eu segui para a SUV. — Você é uma adulta. — Alisa parecia muito orgulhosa. — Pode escrever seu próprio testamento.

Eu me inclinei no assento e pensei em quanto cuidado minha advogada estava colocando em gerenciar minha imagem pública, quanto ela queria que o mundo acreditasse que o escritório de advocacia estava tomando as decisões.

Eu sorri.

— Posso fazer bem mais que isso.

Três horas depois, encontrei Jameson no telhado. Ele estava segurando uma faca conhecida nas mãos. Fingiu que ia jogá-la para mim e meu coração acelerou.

O olhar dele encontrou o meu e meu coração acelerou ainda mais.

— Tenho muita coisa para te contar. — O vento bateu no meu cabelo, soprando-o em volta do meu rosto. — Eu encontrei Toby, cara a cara. Ele tem uma filha, mas não sou eu. Ela é igualzinha a Emily Laughlin.

Os olhos verdes de Jameson eram insondáveis.

— Estou intrigado, Herdeira.

Enfiei a mão no bolso e puxei uma moeda. Parecia mais perigoso do que andar na garupa de uma motocicleta, acelerar em uma pista de corrida ou levar um tiro em Black Wood. Não era só uma onda.

Era um risco — um que a velha Avery nunca teria sido capaz de assumir.

Com o olhar no de Jameson, abri meus dedos, revelando a moeda na minha palma.

— Toby levou o disco — falei. — A gente talvez nunca saiba o que era.

Os lábios de Jameson se curvaram.

— Essa é a Casa Hawthorne, Herdeira. Sempre vai ter outro mistério. Quando você achar que encontrou a última passagem secreta, o último túnel, o último segredo embutido nas paredes... sempre vai haver mais um.

Havia uma energia na voz dele quando falou sobre a Casa.

— É por isso que você a ama. — Olhei bem nos olhos dele. — A Casa.

Ele se inclinou para a frente.

— É por isso que eu amo a Casa.

Ergui a moeda.

— Não é o disco — eu disse. — Mas às vezes temos que improvisar.

Meu coração estava acelerado. Eu estava vibrando com a mesma energia que tinha ouvido no tom dele.

E, como Jameson, eu a amava.

— Cara, você me beija — eu disse. — Coroa, eu te beijo. E dessa vez... — Minha voz falhou. — Significa alguma coisa.

Jameson me deu um daqueles devastadores e tortos sorrisos de Jameson Winchester Hawthorne.

— O que você está dizendo, Herdeira?

Joguei a moeda no ar e, enquanto ela girava, pensei no que tinha acontecido. Em todas as coisas.

Eu tinha encontrado Toby.

Eu sabia o segredo da minha mãe.

E entendia, mais do que nunca, por que meu nome tinha chamado a atenção de um bilionário que eu só tinha visto uma única vez. Talvez fosse tudo que havia nisso. Ou talvez eu fosse uma cajadada para doze coelhos, a maioria deles ainda desconhecida.

Como Jameson tinha dito, era a Casa Hawthorne. Sempre haveria outro mistério. Como eu, Jameson sempre seria levado a resolvê-los.

A moeda aterrissou.

— Coroa — eu disse. — Eu te beijo.

Passei os braços ao redor do seu pescoço. Pressionei meus lábios contra os dele. E, dessa vez, que bela piada... porque eu não estava jogando.

Não era nada.

Era o início... e eu estava pronta para ser ousada.

AGRADECIMENTOS

Este livro foi escrito e revisado na primavera e no verão de 2020, quase todo enquanto eu estava trancada em casa com meu marido e meus filhos pequenos; *Jogos de herança* foi publicado pela primeira vez em setembro de 2020, no meio da pandemia. Devido ao trabalho incansável e apoio incrível da minha equipe editorial maravilhosa, o livro de alguma maneira conseguiu encontrar seu público durante esse período tumultuado. Mais do que qualquer outro livro ou série que escrevi, este tem uma dívida incrível de gratidão para com as pessoas sem as quais ele simplesmente não teria acontecido.

Primeiro, eu gostaria de agradecer a minha equipe incrível na Little, Brown Books for Young Readers. O que vocês fizeram pela série Jogos de Herança e por mim, como autora, me impressiona e enche de humildade. Eu não tenho ideia de como tive tanta sorte para trabalhar com um grupo de pessoas cujo entusiasmo, ética, generosidade e brilhantismo generalizado são tão fora de qualquer medida que as medidas nem estão mais visíveis. O que todos vocês fizeram por esses livros — em tempos sem precedentes e incrivelmente desafiadores, além de tudo! — é mais incrível do que eu poderia expressar. Eu fico com lágrimas nos olhos só de pensar em tudo que essa equipe fez para levar *Jogos de herança* e *O herdeiro perdido* até as mãos dos leitores.

Obrigada à minha incrível editora Lisa Yoskowitz, cuja brilhante mente editorial só se iguala à gentileza e graça que ela estende àqueles com quem trabalha. Poder trabalhar juntas de novo foi um sonho realizado.

Obrigada a Megan Tingley e Jackie Engel; eu nem consigo começar a expressar a absoluta alegria que foi ser publicada pela LBYR sob a liderança de vocês.

Enorme agradecimento à capista Karina Granda e à artista Katt Phatt; as capas que vocês deram às edições originais de *Jogos de herança* e *O herdeiro perdido* não são nada menos que perfeitas. Eu sorrio literalmente toda vez que olho para elas!

Às minhas incríveis equipes de marketing e publicidade, obrigada, obrigada, obrigada por ajudar *Jogos de herança* e *O herdeiro perdido* a encontrar tantos leitores. Obrigada a Emilie Polster, que tem sido uma defensora incrível desses livros desde o primeiro dia, e a Bill Grace, Savannah Kennelly, Christie Michel, Victoria Stapleton, Amber Mercado e Cheryl Lew por seu trabalho tremendo com *O herdeiro perdido,* assim como a Katharine McAnarney e Tanya Farrell pela ajuda de vocês com o primeiro livro! Um enorme agradecimento também vai para a maravilhosa equipe de vendas da LBYR: Shawn Foster, Danielle Cantarella, Celeste Risko, Anna Herling, Katie Tucker, Claire Gamble, Naomi Kennedy e Karen Torres.

Eu também sou incrivelmente grata à equipe de produção, que fez de tudo para configurar nosso cronograma de forma que eu pudesse sair de licença-maternidade com um bebê novo no meio do processo. Obrigada, Marisa Finkelstein, Barbara Bakowski, Virginia Lawther e Olivia Davis. Obrigada também a Lisa Cahn, Janelle DeLuise e Hannah Koerner, por ajudar a dar vida a essa série em áudio e no exterior.

Além da minha equipe editorial nos Estados Unidos, eu gostaria também de agradecer à minha maravilhosa equipe editorial do Reino Unido, incluindo Anthea Townsend, Phoebe Williams, Ruth Knowles, Sara Jafari, Jane Griffiths, Kat McKenna, Rowan Ellis e todo mundo na Penguin Random House UK!

Obrigada também a Josh Berman, que está adaptando *Jogos de herança* para a televisão. Josh, você foi uma das primeiras pessoas a ler *Jogos de herança*, e sua crença nesse projeto significa muito. Para o restante da equipe trabalhando duro nesse projeto, incluindo Grainne Godfree, Jeffrey Frost, Jennifer Robinson, Alec Durkheimer e Sam Lion — obrigada!

Esse é meu vigésimo segundo livro e fui incrivelmente sortuda de ter Curtis Brown como minha agência desde que eu mesma era basicamente uma criança! Obrigada, Elizabeth Harding, por lutar por mim durante todos esses anos. Holly Frederick, obrigada não apenas por ter encontrado uma maravilhosa casa para esses livros em Hollywood, mas também por seu feedback perspicaz durante os primeiros estágios do primeiro livro. Obrigada, Sarah Perillo, por seu trabalho incrível defendendo essa série ao redor do globo. E obrigada ao restante da minha equipe na Curtis Brown, incluindo Nicole Eisenbraun, Sarah Gerton, Michaela Glover, Madeline Tavis e Jazmia Young.

Escrever é uma profissão solitária; neste ano, a solidão foi elevada um tanto. Sou grata a todos os amigos de escrita que tornaram o processo menos isolado. Obrigada a Ally Carter, Rachel Vincent, Emily Lockhart, Sarah Mlynowski e toda a BOB pela quantidade tremenda de apoio literário e aos colegas autores que foram apoiadores incríveis dessa série, incluindo Katharine McGee, Karen McManus, Kat Ellis, Dahlia Adler e muitos outros.

Como provavelmente já está claro a esta altura, a escrita e publicação deste livro foram um verdadeiro trabalho em equipe. Por este livro, escrito em um dos períodos mais difíceis e caóticos da minha vida, também tenho uma dívida enorme a minha equipe em casa. Obrigada, Avery Eshelman e Ruth Davis, por ajudar a cuidar dos meus filhos enquanto eu escrevia, e obrigada a minha família por TUDO. Anthony, eu não poderia ter pedido um parceiro melhor. Obrigada por tudo que você faz; eu não poderia ter feito isso sem você. A minha mãe e ao meu pai, obrigada por sempre estarem a apenas um telefonema de distância e por tudo que vocês fizeram para nos ajudar nesse período difícil. E aos meus filhos, obrigada pelos carinhos e diversão, mas também por entenderem que às vezes a mamãe precisa escrever!

Finalmente, obrigada a VOCÊ, caro leitor! Depois de todos esses anos e vinte e dois livros, ainda estou maravilhada por as histórias que escrevo serem lidas por pessoas como você.

Este livro, composto na fonte Fairfield,
foi impresso em papel Pólen natural 70g/m² na BMF.
São Paulo, Brasil, agosto de 2022.